CHILDREN
OF THE
RUNE
DEMONIC

9

전민희
장편
판타지

9

룬의아이들

데모닉

CHILDREN
OF THE
RUNE
DEMONIC

엘릭시르

네냐플 학교 입학식

엉킨 실은 아주 풀기가 어렵지.

오늘 기적적으로 풀어져도

내일부터 다시 엉키겠지.

그렇다고 풀지 않을 순 없는 거지.

✍

991년이 저물었다.

신년 겨울은 유난히 추웠다. 2월인데 남부에 눈이 내리니 아이들은 좋아했지만, 파노자레 산맥에서 약초를 캐러 다니는 사람들에게는 최악의 겨울이었다. 약초의 공급이 줄어들자 주요 고객인 네냐플 교수들도 연구가 진척되지 않아 기분이 좋지 않았다. 그러자 교수들의 기분에 직접적인 영향을 받는 학교 재학생들의 기분은 배로 나빠졌다. 재학생들은 사냥감이 필요해졌다.

"야, 거기 안경!"

뒤통수를 긁다 말고 막시민은 불길한 예감이 들었다. 뒤를 돌아보면 좋은 일이 없을 것 같다든가, 그런 치명적인 느낌 말이다. 시선을 유지한 채로 걸음을 옮기려는데 다시 외침이 들렸다.

"야, 안경. 안 서냐?"

예감이 확신으로 바뀌는 것과 함께 상대의 불쑥 내민 머리가 시야 안으로 들어왔다. '안경'을 부르고 있는 주제에 자신도 안경을 쓴 낯선 소년의 얼굴을 본 막시민은 고개를 기우뚱하게 하며 대꾸했다.

"뭐?"

"뭐가 뭐야 인마, 너 신입생이지? 아랫마을에 가서 로글랑탱 아줌마 파이 네 개만 사 와."

손에 엘소노 동전 네 개가 대뜸 쥐어졌다. 막시민이 생각하기에 상대의 말에는 세 가지 어폐가 있었다. 자신이 신입생이라면 아랫마을이 어딘지 모를 것이고, 그렇다면 로글랑탱인지 뭔지는 더더욱 모를 것이 틀림없었다. 무엇보다 아직 신입생도 아니다. 입학식은 시작도 안 했잖은가?

그러나 막시민은 자기 손에 돈이 쥐어지면 저절로 주머니에 넣는 습관이 있었다.

"남탑 2층 동쪽 첫 번째 방으로 갖고 와라. 알았지? 슬쩍 해먹을 생각 말고. 네 얼굴 다 봤다. 신입생이 끽해야 백 명쯤인데 찾으려고 마음먹으면 뭐 빛의 속도지."

이름 모를 안경 낀 선배는 손가락을 세워 자신과 막시민을 번갈아 가리키며 옆걸음질로 뛰어 사라져갔다. 도저히 추측할 수 없는 어이없는 원인으로 동전 네 개를 주운 셈이 된 막시민은 주머니를 툭툭 쳐보고 나서 중얼거렸다.

"돈이란 놈은 지조가 없어서 일단 새 주머니에 들어가고 나면 전 주인은 알 거 없는 거지."

이렇듯 날벼락도 잘 피해가는 긍정적 사고방식의 막시민에게도 천적은 있었다. 기숙사 앞 산책로를 유유히 빠져나와 신입생과 동행인이 와글거리는 데스 데이븐 관으로 접어들려 했을 때 사람들 틈에서 누군가가 손을 번쩍 들고 소리쳤다.

"앗, 막시민! 나야, 나! 여기!"

흠칫 놀란 막시민은 사람들 틈으로 숨으려 했으나 키가 큰 편이어서 쉽지 않았다. 그러는 동안 하얀 모자를 쓰고 반원형 손가방을 든 티치엘이 사람들을 뚫고 다가와 막시민의 어깨를 가볍게 치면서 웃었다.

"이제 왔구나? 얼마나 기다렸다고."

정서가 불안해진 막시민은 맞은편에서 오던 학생이 든 이젤에 걸려 자빠질 뻔하다가 겨우 대꾸했다.

"네가 왜 날 기다려?"

"그야 너무 안 오니까 그렇지."

"그러니까, 그게 아니고, 네가 왜 여기 와 있냐고!"

티치엘은 빙긋 웃더니 엄지손가락으로 자신을 가리켰다.

"왜 오긴. 나도 입학하려고 왔지."

막시민은 티치엘을 뚫어져라 보더니 두 손으로 머리를 감싸쥐었다.

"네가 입학을 왜 해? 네가 배울 게 뭐가 있어? 혹시 있더라도 너네 아버지한테 배우면 되는데 비싼 돈 내면서 뭐하러 학교 다녀? 날 괴롭히러 온 거지? 틀림없지? 대체 너희 부녀는 언제까지 날 괴롭혀야 속이 시원하겠냐?"

티치엘은 입술을 조금 내밀며 눈동자를 굴려 막시민을 올려다봤다.

"내가 그렇게 할 일이 없다고 생각하면 섭섭해."

막시민은 들은 척도 하지 않았다.

"젠장, 정말 질긴 사람들이야. 이럴 줄 알았으면 그때 그냥 바이올린을 주고 마는 건데."

그러자 티치엘이 뜻밖으로 관심을 보였다.

"정말이야? 나한테 주면 되는데."

"누가 널 준대!"

막시민이 빽 소리를 질렀지만 티치엘은 키득키득 웃기만 하더니 곧 스스럼없이 그의 팔을 잡아끌었다.

"얼른 가자."

"어딜? 야, 이거 안 놓냐? 내가 왜 널 따라가야 되는…….."

신입생 한 명당 일가친척 열 명씩은 따라온 게 아닌가 싶은 인파를 헤치며 어느 기숙사의 2층으로 가는 계단을 오르고, 다시 3층으로 오르고, 복도를 돌아가고, 맨 끝 방 앞에 이르렀을 즈음이었다. 정확히는 티치엘이 문을 열고 막시민이 막 안을 들여다보는 순간이었다.

"아니, 저 자식은 왜 또 여기에…….."

갑자기 등뒤에서 튀어나온 손이 문을 쾅 닫아버렸다. 동시에 누군가가 업히다시피 매달리는 바람에 막시민은 닫힌 문짝에 머리를 부딪힐 뻔했다.

"이제 왔어?"

막시민은 문득 미간을 찡그렸다. 돌아서서 조슈아의 얼굴을 보자 의혹은 더 강해졌다. 조슈아는 웃다 말고 고개를 갸웃했다.

"뭐야, 안 반갑나 보네."

"반가운 게 문제가 아니고 넌 왜 또 여기에…… 아니, 그보다 내가 조금 전에 본 건……."

주위에는 아래층만큼은 아니었지만 사람이 몇 있었다. 조슈아가 손가락을 입술에 갖다 댔다. 티치엘이 곁에서 말했다.

"들어가서 얘기하는 게 낫지 않아?"

"아…… 막군한테 설명 좀 하고."

조슈아는 성큼성큼 걸어가 다른 열린 방을 찾아냈다. 방에 들어가 문을 닫자마자 막시민이 다그쳐 물었다.

"너 설마 같이 온 거냐?"

"응."

"너 진짜 어떻게 된 것 아니냐? 저게 네 친구, 아니 네 동생인 줄 알아? 대체 어쩔 참이야?"

조슈아는 억지로 웃으려 했지만 결국 포기하고 의자를 끌어당겨 앉았다. 티치엘이 대신 말했다.

"사정이 있었어. 여기로 오게 된 건……."

인형이 깨어나게 된 과정과 쥬스피앙의 충고에 대해 티치엘이 설명해주는 동안에도 굳어진 막시민의 얼굴은 풀리지 않았다. 다 듣고 난 그는 팔짱을 낀 채 조슈아를 내려다봤다.

"그래, 다 좋다 치자고. 그런데 방금 전에 왜 내 앞에서 문을 닫았던 거냐? 저쪽에서도 분명히 날 봤는데."

"네가 갑자기 마주치면 놀랄 것 같았어."

"어차피 금방 알게 될 거, 이런 식으로 하면……."

막시민은 자신의 생각을 설명하려고 애썼다. 말이 아니라 표정으로. 적당한 말을 찾아내지 못해 답답한 표정을 짓던 그는 결국 포기하고 간단히 말했다.

"저쪽 녀석이 상처를 받을 거 아니겠냐고."

"……."

조슈아는 대답 없이 고개를 숙였다가 시선을 돌린 채 일어섰다. 그리고 밖으로 나가버렸다.

"야."

돌아보니 티치엘도 영문을 모르는 표정이었다. 둘이 얼굴을 마주보다가 뒤따라 나가려는 순간 다시 조슈아가 안으로 들어왔다. 그는 문을 닫고 기대어 서며 말했다.

"나가지 마. 설명해줄게."

막시민은 의혹에 찬 눈길을 보내다가 문득 조슈아의 셔츠로 시선이 갔다. 그리고 미간에 힘이 들어갔다.

"너."

조슈아는 막시민의 시선을 따라가보고는 잠시 후 쓴웃음을 지었다. 자신의 셔츠 자락은 말끔하게 바지 안에 들어가 있었다. 조금 전에 막시민에게 매달리며 자락이 빠져나왔던 다른 하나의 셔츠와는 달리. 막시민은 입을 꾹 다물었다가 테이블을 탁 치며 고개를 돌렸다.

조슈아는 테이블을 짚고 한쪽 손에 얼굴을 묻었다가 한숨을 푹 내쉬고는 말했다.

"너무 화내지 마. 그 녀석에게 한 번만 기회를 주고 싶었어."

"무슨 놈의 기회? 넌 친구가 장난감으로 보이냐?"

"아니야, 절대로. 내가 그럴 리가 있겠어. 하지만 그 애에겐 일생 단 한 번일지도 모를 기회였어. 정말 미안해. 하지만 네 반응을 보니까 지금 그러길 잘했다는 생각이 들어. 정말로 마지막이었던 걸 알겠어."

"그래, 네 멋대로 다 나눠줘라. 부모도 친구도 다 나눠가져. 아예 결혼도 둘이서 한 명하고 하지 그러냐?"

티치엘이 영문을 몰라 눈을 굴리며 둘을 번갈아 보았다.

"왜 그래? 난 어떻게 된 건지 통 모르겠어."

막시민은 멀찍이 놓인 의자에 앉더니 고개를 돌려버렸고 조슈아가 티치엘을 향해 돌아서며 쓴웃음을 지었다.

"미안해, 티치엘. 지금 내가 네가 아는 나야. 조금 전은 아니었어."

티치엘도 혼란스러운 표정이었다.

"아…… 그러면 일부러 바꿨던 거야?"

"그 녀석한테 막군하고 재회할 기회를 주고 싶었어. 그런데 어쩐 일인지 돌아와버렸더라고. 무슨 얘기를 했어? 뭔가 기분 나쁠 만한 말이라도……."

"아니."

티치엘이 고개를 젓더니 막시민을 돌아보며 말했다.

"막시민이 그 애를 왜 데리고 왔느냐고 따지다가, 그렇더라도 그 앞에서 문을 닫아버리면 저쪽이 마음 상하지 않겠느냐고 했거든."

"……."

조슈아는 창밖만 보고 있는 막시민에게 다가가 어깨에 손을 얹었다.

"막군, 들어봐. 그 녀석의 머릿속에서는 말이지. 옛날 코츠볼트에서 내가 열흘만 있다가 돌아오겠다며 떠났던 그때…… 그날 이후로 칠 년 만의 재회인 거야."

막시민은 고개를 저었다.

"그놈이 그렇게 말해? 거짓말 말라고 해라. 내가 왜 널 찾으러 하이아칸까지 갔는데? 비취반지 성에 갔다가 너 대신 저 이상한 놈을 봤기 때문이란 말이다."

"그래, 그때 뭔가 이상하다고 생각했잖아? 그 초대장 말고도 태도나 모든 것이. 그때 그는 인형사의 지배를 받고 있었어. 파티장에서 테오 형을 살갑게 대하는 모습을 사람들에게 보여야만 했거든. 그때 너와 나눴던 대화는 그 애에게 열병에 걸려 꾼 꿈처럼 흐릿할 뿐이야."

막시민이 더 대꾸하지 않자 조슈아는 테이블 맞은편으로 돌아가 막시민의 얼굴을 마주보았다.

"난 네가 하이아칸으로 찾아왔을 때 얼마나 기뻤는지 기억하고 있어. 그 애에게도 같은 기억을 주고 싶었어. 네가 화가나는 것도 충분히 이해해. 하지만 너한테서 자신을 걱정하는 말을 듣고, 더이상 나인 체할 수가 없어 나가고 말았던 그 애의 마음도 조금은 이해해줘."

조슈아는 막시민이 줄곧 둘 다를 인정하지 않고 하나를 '가짜'로 규정하고 있음을 알고 있었다. 그런 만큼 '가짜' 앞에서 솔직한 기분을 말해버린 자신에게 더 화가 난 듯했다. 막시민에게도 혼란이 없을 리 없었다. 그러나 그는 천성적으로 혼란을 싫어했다.

"됐어, 그만하자. 네 녀석의 나쁜 장난이 하루이틀이냐. 그래서 너도 입학하게 됐다 이거지? 언제 왔냐? 잔소리 선생만 왔나 했더니 휴대용 수첩도 쫓아와서 다행히 지낼 만하겠네."

막시민의 얼굴을 쳐다본 티치엘이 조그맣게 말했다.

"난 잠깐 나갔다가 올게."

조슈아는 어쩐지 풀이 죽어 보이는 티치엘의 뒷모습을 보더니 어깨를 움츠렸다.

"티치엘한테 너무 그러지 마. 네가 시험도 안 보고, 성으로 돌아오지도 않아서 같이 걱정했거든. 나 때문에 저런 고생을 해주면서 불평도 없어서 얼마나 미안한지 몰라."

"그래. 그러기만 했다면 나도 아이고 고맙습니다, 였겠지만 저 애가 여긴 왜 왔다고 생각하냐? 입학은 대체 왜? 자기 아버지한테 공짜 개인 교습을 싫증나도록 받을 수 있는 애가 학교에는 뭘 하러 오냐고. 난 저들 부녀가 무서워. 나한테 바이올린을 줬다는 이유로 통째로 잡아먹을 작정인 것 같단 말이다."

"그런다고 잡아먹힐 너도 아니면서."

조슈아가 빙그레 웃었지만 막시민은 콧방귀를 뀌며 고개를 돌렸다. 조슈아가 물었다.

"자, 그럼 말해봐. 넌 그동안 어디에 있었어? 하이아칸에서 나온 다음에 성으로도 학교로도 안 오고 몇 달 동안 뭘 했던 거야?"

"내가 꼭 켈티카까지 다시 쫓아가야 할 이유라도 있었던 거냐? 학교야 입학할 때 오면 그만인 거고. 내가 네 보모도 아닌데. 왜? 나 없으면 사고 치려고?"

조금 전 기분이 덜 풀린 탓인지 어조가 까칠했지만 조슈아는 웃었다.

"그래도 어디 갔었는지는 말해줘. 어쨌든 쥬스피앙 님을 만난 거지? 그러니까 여기로 왔을 거 아냐."

"그래, 그 양반 아주 집요하더구만. 무려 코츠볼트로 쫓아왔어!"

눈을 둥그렇게 떴던 조슈아는 그 장면을 상상했는지 곧 웃음을 터뜨렸다.

"하하하하……."

"넌 웃지, 난 죽을 맛이다. 시험을 떼어먹었으니까 이젠 됐다고 생각했는데 그 아저씨가 어떻게 학장을 구워삶았는지 특별 전형은 또 뭐야? 코츠볼트는 또 어떻게 알았을까? 가만있자, 네가 가르쳐준 거 아냐?"

조슈아는 얼른 고개를 저었다.

"아니 아니, 그건 아니거든? 난 쥬스피앙 님이 작년에 성을 떠난 후로 만나지도 못했어. 그때 나도 곧바로 여기로 왔고."

"작년에 떠났다고?"

"응, 널 찾으러 간다고 하시더라고. 아주 비장해 보이던데? 그런데 너 바로 성으로 돌아오지 않은 게, 코츠볼트에 가서 숨을 생각을 한 거였구나?"

막시민이 발끈해서 소리쳤다.

"거기에 내 동생들이 우글거리며 살고 있다는 걸 잊었냐? 네 녀석 뒤를 그만큼 쫓아다녔으면 이제 동생들 살피러 갈 때도 된 거지. 이래 봬도 명색이 가장이란 말이야!"

조슈아가 탄복한 표정을 지었다가 곧 킥킥 웃더니 물었다.

"티치엘이 내주는 숙제를 하기 싫어서는 아니고?"

"……."

조슈아와 티치엘은 쥬스피앙과 헤어진 후 바로 네냐플로

돌아와서 포도원의 자료 더미에 파묻혀 지냈다. 네냐플의 마법 장벽이 필요한 또 한 사람도 함께. 막시민이 물었다.

"그런데 인형도 깨어났는데 넌 포도원에서 뭘 연구하고 있는 거냐? 거울? 아니면 인형사를 잡아올 궁리라도 하냐?"

"이제 악의 무구에 대한 조사에 들어갔어. 가나폴리 멸망기의 일이라 자료가 그리 많지는 않더라고. 거울도 물론 같이 연구하고 있고."

"그럼 넌 그거 연구 다 할 때까지만 학교에 다닐 참이냐?"

"글쎄, 인형사가 나타날 때까지는 여기서 나가면 안 되겠지만. 사실 입학할 필요까지는 없었는데 학생도 아니면서 새 학기에도 포도원에 계속 머물겠다고 하기가 그렇더라. 너무 신세 지는 느낌이어서. 그래서 보기 좋게 입학 정도는 해두려고 생각하게 됐어."

조슈아는 나름대로 예의를 갖추려 한 것일지 몰라도 입학 시험이니 입학금이니 하는 것에 시달려온 다른 학생들이 들었다면 무척 한가로운 소리로 들렸을 것이다. 막시민은 상대를 잘 아는 사람답게 어깨만 한번 움츠려 보였다.

"근데, 그럼 그 인형은 어떻게 숨겨둘 참인 거야? 같이 입학이라도 하는 거냐? 물론 가능할 리가 없겠고……."

"응, 그건 안 되지."

조슈아가 학교에서 아무리 조용히 지낸다 해도 아르닙 소공작이라는 사실을 숨길 수는 없을 터였다. 네냐플에는 귀족 학생도 많았다. 소공작이 갑자기 쌍둥이가 됐다는 소문 따위가 나서는 곤란했다.

"내 방에서 조용히 지내기로 하고 학장님의 허락을 얻었어. 따로 있다가 사람들 눈에 띄어서는 곤란하니까, 누구든 하나가 나간다면 다른 하나는 방에 있을 생각이야."

"그런 허락을 해주더라고?"

"하긴, 꽤 어려운 부탁일 줄 알았는데 의외로 간단히 허가가 나서 놀랐지. 우리가 몰라서 그렇지 사실은 네냐플 안에서는 별별 마법 실험이 다 진행되나 봐. 그래서인지 큰 거부감은 없더라고. 쥬스피앙 님 말씀대로 딱히 다른 대안이 없는 상황이라서 이해해주신 것 같기도 하고. 참, 또 학장님하고 이야기하면서 느낀 건데 마법사들은 '인형'이라는 존재에 대단히 친근감을 느끼는 것 같아서, 그 덕도 있었지 싶어. 포도원에서 기록을 보니까 가나폴리의 마법사들은 대부분 인형을 만들었나 보더라고. 물론 복제 인형은 아니었지만."

"괜찮으려나. 난 모르겠다."

막시민이 한숨을 내쉬는데 조슈아가 머뭇거리다가 말했다.

"저어, 그런데 네가 인형이라고 부르는 그 친구 말이야. 계속 그렇게 부를 순 없는 일이라…… 이름을 정했어."

"뭐?"

막시민은 웬 미친 소리냐는 표정이었다.

"카르디, 라고 불러줘. 그 이름을 그에게 주기로 했어."

"……"

막시민이 뭐라 반응을 보이기 전에 티치엘이 갑자기 문을 열어젖히며 외쳤다.

"입학식 늦겠어!"

막시민이 심드렁하게 대꾸했다.

"입학식 까짓거 꼭 가야 되냐? 끝날 때쯤 천천히 구경이나 하면 되지."

그러나 티치엘은 발을 동동 굴렀다.

"안 돼. 그게, 나 신입생 대표란 말이야!"

"왜 우리까지 달려야 되냐? 대표는 쟨데?"

"그래도, 혼자 가보라고 할 수는……."

복도에는 어느새 아무도 없었다. 손가방은 막시민이, 모자는 조슈아가 맡아 쥐고 셋은 순식간에 복도를 통과했다. 이어 계단을 세 개씩 건너뛰어 내려가던 티치엘이 발을 두 번이나 헛디뎠지만 두 소년이 번갈아 한 번씩 붙잡아 살려냈다. 다음은 텅 빈 교정이었다. 둘이 양쪽에서 달려줘서인지 아니면 책임감의 힘인지, 티치엘은 꽤 빠르게 교정을 주파했다.

입학식이 진행되고 있는 정원 입구에 서서 숨을 몰아쉰 티치엘은 허리를 동그랗게 굽히고 정원 모서리를 따라 걸어가기 시작했다. 단상에서는 마침 다시 한번 외치고 있었다.

"신입생 대표 티치엘 쥬스피앙 양의 입학 선서가 있겠습니다!"

겨우 단상 앞에 이른 티치엘은 이모인 레오멘티스 교수의 눈치를 보다가 계단 앞에서 그만 넘어지기까지 하고는 울상이 되어 일어났다. 간신히 신입생 대표 자리에 서긴 했지만 너무 빨리 뛰어서 얼굴은 새빨갛고, 앞머리는 엉망으로 달라붙고, 치맛단은 찢어져 너덜거리는 가운데 무릎까지 찧어 울먹거리고 있으니 입학 선서가 아니라 폭탄선언을 하러 온 듯한 모습이었다. 조금 전부터 살금살금 오느라 애쓰는 신입생 대표를 흥미진진하게 기다리고 있던 신입생들과 재학생들, 그리고 학교 교수들과 직원들은 학교 역사상 전무후무한 눈물의 입학 선서를 듣게 되었다.

"보통 졸업식 때 우는 거 아니었냐?"

"그런가? 졸업을 안 해봐서. 나, 입학만 세 번째야."

"그것참 고상한 취미 생활이네."

티치엘의 가방과 모자를 나눠 든 채 기웃대던 두 소년은 입학식장에 들어가는 것을 포기하고 정원 울타리 밖에서 구경할 태세를 잡았다. 정원에 늘어놓은 백여 개의 의자는 신입생들의 차지였으나 이미 꽉 차 보였고, 그 뒤로 재학생들이 앉는 자리가 있었다. 그중 2학년들은 신입생들을 잘 도와주겠다는 선서를 하게 되어 있었다.

물론 그들은 신입생을 돌볼 여유가 전혀 없을 것이 틀림없었다. 2학년이 됐다는 것은 무시무시한 승급 시험을 막 통과했거나, 작년에 통과했거나, 또는 그보다 몇 년 전에 통과했다는 의미로서 앞으로 3학년이 되려면 또다시 기나긴 고행길이 남아 있음을 깨닫는 시기이기도 했다. 그들 중 몇은 한 번더 승급에 실패하면 제적 처분되어 새로 입학해야 하는 궁지에 몰려 있었다. 그 말은 또 한 번의 입학시험, 엄청난 입학금, 그리고 1학년을 다시 처음부터 듣는 지루한 수고를 의미했다.

그런 공포를 실감할 리 없는 신입생들은 입학시험을 통과했다는 기쁨으로 지루한 입학식도 즐겁게 견뎌냈다. 그러나전혀 입학하고 싶지 않았기 때문에 시험 친 기억도 없는 한가한 특례 입학생에게는 감동 따위 눈곱만큼도 없었다. 밖에서기다리고 있는 주제에 벌써 지루해져서 사방을 두리번대던막시민은 뭔가를 발견하고는 흘끔거리면서 물었다.

"근데 티치엘이 왜 대표가 된 거야?"

"수석 입학이래. 당연한 일이지만."

"티치엘이 수석인 거야 뭐 당연하긴 한데…… 넌?"

막시민이 쳐다보자 조슈아는 난감하게 웃으며 말을 흐렸다.

"그게 뭐랄까……. 우등생 노릇은 모나 시드 다닐 때로 충분하기도 하고, 눈에 띄는 건 질렸다고나 할까……."

"배부른 소리 작작 해라 이 자식아. 너 일부러 개판으로 썼지?"

"그럼 시험 떨어져."

조슈아가 정색하며 말하자 막시민이 가소롭다는 눈초리로 째려봤다. 조슈아는 웃으면서 시선을 피했다. 막시민은 눈을 굴리다가 결국 머리 위를 신경질적으로 가리키며 중얼거렸다.

"근데 저 새는 아까부터 왜 저기서 계속 빙빙 돈대? 그 노을섬인지 거기에서 우릴 놀리려고 날아다니던 놈이 생각나서 기분 안 좋네."

조슈아도 손으로 볕을 가리며 올려다보았다.

"그런데 새가 굉장히 크다. 저런 새는 처음 봐."

입학식이 끝났다. 재학생들부터 우르르 일어나 나오기 시작했다. 입구에 서 있자니 수많은 학생이 그들을 스쳐갔다. 조슈아가 알 법한 얼굴도 몇 지나갔지만 사람도 많고 경황이 없어 인사하고 가는 사람은 없었다. 막시민이 말했다.

"여기 있자면 너 귀찮게 굴러 쫓아다니는 놈들도 많을 텐데."

"안 그래도 벌써 겪고 있어."

"하긴 여기 오래 있었댔지? 좀더 있으면 아주 징그럽겠네."

조슈아는 대답 없이 학생들을 보고 있다가 불쑥 말했다.

"그나저나 너도 얘기 좀 해줘. 하이아칸에 간 일."

"이따 어디 들어가서. 좀 심각한 얘기다."

그런 얘기를 나누는 가운데 재학생들이 거의 빠져나가고 신입생들이 지나가기 시작했다. 무심히 그들의 얼굴을 구경하고 있던 조슈아의 표정이 갑자기 변했다.

"어······?"

좁은 입구가 잠시 정체를 빚었다. 앞쪽의 학생들이 하나, 둘, 셋······ 빠져나가고 나자 몇 걸음 뒤로 빠져서 기다리던 소년이 다시 다가왔다. 다가올수록 확실해졌다. 눈앞을 스쳐 가는 순간 무어라 말할 수 없는 감정에 사로잡힌 조슈아는 곁에서 막시민이 툭툭 치는 것조차 깨닫지 못했다.

"야, 너 왜 그래?"

비슷한 또래의 소년이었다. 훤칠한 키에 검처럼 보이는 꾸러미를 등에 멨다. 교복 외투의 케이프 밖으로 길고 검푸른 머리카락이 흘러내렸다. 마법사나 그런 부류로 보이지는 않았다. 어느 모로 보나 전사다운 인상이었다.

"뭘 보냐니까!"

막시민이 뒤통수를 한 대 때리고서야 정신을 차린 조슈아가 꿈에서 깬 듯한 목소리로 중얼거렸다.

"조용해졌어."

"조용하다니?"

사방은 학생들의 왁자지껄한 목소리로 시끄러웠다. 그러나 조슈아는 크게 뜬 눈을 멀어져가는 소년의 뒷모습에 못박은 채 말했다.

"유령이 없어지니까 이렇게 고요하구나."

카르디는 창가에 붙어 서서 아래를 내려다보았다. 학생들이 물결처럼 흘러가는 것을 보았다. 입학식 날 갑자기 따뜻해진 날씨에 꽃눈이라도 틔우려는 듯 부푼 가지들과 눈 녹아 생긴 물줄기들을 보았다. 재재거리는 목소리들이 새소리와 섞여 하늘로 흩어져갔다. 그의 눈은 찾고자 하는 사람들을 찾아내고, 뒤따르고, 곧 잃어버렸다. 그들은 그가 따라가지 못하는 곳에서 다가올 봄에 대해 이야기할 것이다. 그를 겨울에 남겨두고서. 영원히 끝나지 않을 이 겨울에.

카르디는 고개를 돌려 테이블을 내려다보았다. 거기에는 귀퉁이가 부서진 체스판이 놓여 있었다. 공작부인 엘자가 일부러 넣어준 물건이었다. 그녀가 무슨 마음으로 그렇게 했는지 알고 있었다.

그러나 이제 그 물건은 그에게 기쁨이 아니었다. 오히려 그 자신이었다. 그는 묻고 싶었다. 자신은 저 체스판처럼 괜찮을까. 귀퉁이가 부서진 채로도 살아나갈까.

그럴 수 있다 해도 그가 살 곳은 이 작디작은 방뿐이었다.

이곳이 그의 세계였다. 다른 세계는 다른 그에게 속해 있었다. 그나마 이거라도 나누어준 것은 친절일지도 모른다. 어떤 식으로든 나누어 갖자고, 그래보려고 애쓴 흔적일지도 모른다.

그는 속삭였다. 난 싫어.

나눠 갖는 것은 싫어.

도토리 빌라

세상을 여행하고 많은 것을 보더라도
거기에 새 이름을 붙이지는 말라.
신전은 신전이고 궁전은 궁전이며
여물통은 여물통이니라.

❧

"엘라노어 테니튼. 그런 이름이었다."

조수아는 막시민이 테이블에 얹어놓은 상자를 물끄러미 보고 있었다. 두 사람이 온 곳은 아예 전용실이 되다시피 한 포도원 열람실이었다.

"시름시름 앓다가 죽었다더라. 귀신 들려 죽었다고도 하고. 어디까지 믿을지는 네가 결정하는 거지만, 애를 미워했던 것 같진 않더구만. 그 사람들이 너보다 연기를 더 잘하는 게 아니라면."

막시민이 상자를 뒤적거려 그림 한 장을 끄집어냈다. 제대로 채색된 것이 아니라 누군가가 목탄 따위로 끼적인 간단한 그림이었다. 그나마 오래되어 선이 많이 뭉개져 있었다. 세 살쯤 된 꼬마가 대문 앞 댓돌에 오도카니 앉아 턱을 괴고 있었다. 조슈아의 시선이 그림에 오래 머물렀다.

"이웃 학생이 그려준 거라니 얼마나 진짜에 가까울지는 모른다만, 그래도 비슷한 구석이라도 있나 보라고."

조슈아는 고개를 끄덕거렸다.

"비슷해."

"네가 그렇다면 그런 거겠지."

조슈아는 그림에서 눈을 떼고 잠시 천장을 올려다보았다.

"귀신 들렸다는 말, 진짜일까?"

"자꾸 이상한 걸 보고 겁을 내고, 그러다 자지러지고. 보통은 경기 일으켰다고들 하지만 그럴 법한 일이 있었으니 한 소리겠지."

"내가 유령을 처음 본 건 누나가 죽은 뒤였는데."

"그래, 아주 늦됐지. 켈스 말로는 무슨 그림 덕택이었다고 하지 않았냐?"

조슈아가 고개를 끄덕였다.

"그래. 저번에 아버지한테 물어봤는데 그 그림, 할아버지께서 걸어놓으라고 하셨다더라고. 내가 한 살 때 데모닉인 것 같다는 이야기를 듣고서 그 말씀을 하셔서 일부러 창고에서 찾아다가 걸어놨대."

막시민은 초상화를 밀어놓고는 한쪽 입꼬리를 올렸다.

"야, 진짜. 너 살려보려고 연구 많이 했었네, 그 노인네. 진짜 외로웠나 보다."

이윽고 조슈아는 상자 속을 뒤적대기를 그만두고 막시민을 보았다.

"네 의견부터 말해줘."

"의견이랄 게 있냐? 보면 그대로 나오는데. 네 매형이 혹시나 하고 준비하고 있다가 네 누나가 아기를 낳자마자 바꿔치기한 거 아니겠냐. 너와 네 아버지를 처리하고 가문을 차지할 계획을 세웠다면 딸보다는 아들인 쪽이 월등 입장이 좋다 이거지. 무엇보다 네 누나가 아기를 또 낳을 수 있다는 보장은 전혀 없었을 거니까. 양육비는 꼬박 보내줬다는 거 보면 나중에 일이 잘 풀리면 도로 데려올 작정이었는지 그거까지는 모르겠지만, 바꿔치기한 사내애를 데리고 켈티카로 왔다가 네 누나가 돌아가셨으니 하이아칸으로 돌아갈 일도 없어

30

데모닉 9

졌고, 그러니 들여다볼 새도 없었을 거고, 그사이 그 꼬마는 너희 집안의 전통대로 일찌감치 죽어버렸단 말이야. 그러다가 인형 같은 걸 만들 계획을 세웠을 때 제일 먼저 떠오른 게 누구였겠냐? 그래도 자연사여서 솔직히 한시름 놨다. 그걸 알기 전까지는 뱃속에 돌이 걸린 것 같더라."

조슈아도 더하면 더했지 덜하지 않은 심정이었을 것이다. 이윽고 조슈아의 입가에 씁쓸한 미소가 걸렸다.

"그래. 결국 테오 형은 누나의 관을 건드리지 않았다 해도 자기 딸을 이용한 셈이 되는구나. 누나를 그렇게 아꼈던 사람이 어째서 딸한테는 관심이 없었을까."

"우리가 그 마음을 알 길이야 있겠냐. 네 누나를 사랑하는 데 전력을 다하느라 다른 사람을 사랑할 힘이 모자랐나 보지."

막시민은 그냥 해본 말이었으나 조슈아는 의외로 수긍한 표정이었다.

"그 말이 답 같기도 하다. 누나를 사랑하는 건 아주 힘든 일이었을 거야. 나도 종종 힘들다고 생각했으니까. 가끔 테오 형이 어떻게 그럴 수 있는지 신기하기도 했어. 테오 형은 이브 누나 외에는 우리 가족 중 누구도 사랑하지 않았는데 그 생활을 견뎠지. 정말로 누나 외에는 사랑할 여력이 남지 않았는지도 몰라."

막시민도 쓴 입맛을 몇 번 다셨다.

"난 다른 의미에서 기분이 좀 그렇더구만. 그렇게 오랫동안 추리를 하며 돌아다녔는데 결국 추측도 못 하던 곳에 답이 있었으니. 네 누나한테 아이가 있다는 걸 일찌감치 고려하지 못한 나 자신도 한심하고. 물론 애가 바꿔치기됐을지도 모른다고 의심한다는 게 쉬운 일은 아니었지. 네가 네 대에 한 번이라고 한 말 때문에 더 헷갈렸고."

"아주 어려서 죽어버리면 데모닉인지 알지도 못하잖아. 따라서 세지도 못하지."

"넌 한 살 때부터 미심쩍었다면서. 그러고 보면 너희 부모님도 관찰력이 대단하시네. 세대도 안 맞는 거 보면 일찍 죽을 차례였던 거 같은데. 계속 살아 있는 게 수상쩍다."

조슈아가 당황한 눈빛을 하자 막시민은 딴전을 피웠다. 잠시 후 조슈아가 중얼거렸다.

"이제 생각해보니까 처음 프란츠를 데려왔을 때 일부러 아버지랑 닮지 않았느냐고 묻던 기억도 난다. 아버지 이름을 딴 것도 그렇고."

"그래. 그 애는 이제 어쩔 거냐? 성에 있는 녀석 말이야."

조슈아는 머뭇거리다가 말했다.

"글쎄……."

"글쎄라고 할 문제냐? 그 앤 너희 집안 핏줄도 아닌 거잖아."

조슈아는 고개를 흔들었다.

"아버지라면 결론이 확실하겠지만, 난 정말로 잘 모르겠어. 벌써 몇 년이나 이렇게 자라온 아이야. 나하고야 정들었다고 할 것도 없지만……. 그 애는 자기 엄마가 죽은 줄로만 알고 현실에 적응하려 애썼을 거 아냐. 이젠 아빠도 없지. 그런데 심지어 우리 집안도 아니라고 말해주면 기분이 어떨까?"

"상상력이 풍부해서 좋겠구만. 난 모르겠다. 우리 집안 문제도 아니고. 아니, 우리 집안이었으면야 당연히 그냥 키우지. 우리 동생들 봤잖냐?"

"그래. 너희 집안이 참 좋은데."

"누가 들으면 진짜 좋은 줄 알겠구만."

조슈아는 조금 지친 기색이었다. 테이블에 엎드려 있더니 잠시 후 고개를 들었다.

"누나한테 물어보고 싶다. 어떻게 생각하는지."

"너야 뭐 열심히 해보면 될 수도 있겠네. 아직까지 못 만났냐?"

조슈아는 고개를 저었다. 막시민이 문득 생각난 듯 말했다.

"너 물속에 있을 때 일도 생각 안 나?"

"물속이라니?"

"예전에 칼라이소에서 도망칠 때, 마차가 물에 빠진 다음에 네가 갑자기 이상해졌다고 말해줬잖냐? 그 직전에 내가 널 건지려고 죽을둥살둥 하는데 물속에서 네 목소리가 들렸어. 누나, 누나! 이렇게 부르는 소리가."

"……."

조슈아가 대답하지 못하고 있자 막시민이 등받이에 기대며 한숨을 내쉬었다.

"잘 모르는 얘긴 됐고, 어쨌든 드디어 본체의 정체를 알게 됐구만. 참 오래도 빙빙 돌았지 뭐냐. 인형사의 행방은 못 찾았지만 쥬스피앙 그 양반이 해준 말대로라면 언젠가 인형을 찾으러 올 테니까 여기서 잘 도사리고 있으면 되겠네."

"인형이 아니고……."

"그래, 카르디라 이거지? 어쨌든 그놈은 절대 학교 밖으로 내보내지 마라."

"알고 있어."

막시민이 일어나더니 바깥을 손가락질했다.

"그만 가자. 밖이 어둡네. 배정받은 기숙사 정리 안 해놓으면 잔소리할 누군가가 있는 것 같던데."

둘은 포도원을 나서서 기숙사로 향했다. 조슈아는 어둠 속에서 문득 움직이는 하얀 것을 보고 멈춰 섰다가 산에서 내려온 토끼인 것을 보고는 맥없이 웃었다. 그러다가 문득 말해보았다.

"누나, 내 근처 어딘가에 있는 거야?"

기숙사 입구에서 둘은 헤어졌다. 방이 다른 까닭이었다.

조슈아의 방은 북탑 기숙사 3층 안쪽에 있었는데 학생이 쓰는 방 중에서 손님용 방과 개인 세면실을 따로 갖춘 유일한 방이라고 했다. 작년에 고학년인 누군가가 쓰고 있었던 모양이지만 아르님 소공작이 온다는 말에 자진해서 내놓고 물러났다. 조슈아 성격에 평소라면 거절했을 테지만 이번에는 사양하지 않고 받아들였다. 둘이 쓸 방, 그것도 사람들에게 들키지 않고 생활할 만큼 넓은 방이 꼭 필요했는데 이 방 말고는 그런 곳이 없었다.

막시민이 쓸 방은 북탑 2층에 있었다. 네 개의 작은 방이 거실 하나를 두고 연결된 형태로 그런 곳 하나하나를 '빌라'라고 불렀다. 그런 빌라들에는 훌륭한 졸업생들의 이름이 주로 붙여졌다. 막시민이 머물 곳은 '위제니 롱사르 빌라'라는 이름인데 학생들이 그런 이름을 그대로 불러줄 리야 만무하고, 예전에 문짝에 붙어 있었다는 그림 때문에 간단히 '도토리 빌라'라고 불리는 모양이었다. 그 외에도 토끼 소동의 전설이 내려오는 '토끼집 빌라', 2층 맨 끄트머리에 있는 '뒷골목 빌라' 등 열한 채의 빌라가 2층을 차지하고 있었다. 3층에는 조슈아가 쓰는 특별실 하나와 빌라 열 채, 4층에는 빌라 네 채와 고학년들의 2인실, 그리고 소수의 독방들이 있었다.

도토리 그림은 이제 없었지만 막시민은 금세 방을 찾아냈다. 곳곳이 긁힌 떡갈나무 문에 올해 이 방을 쓸 학생들의 이름을 새긴 놋쇠 이름표가 붙어 있었기 때문이었다. 그런데 이 방만은 어찌된 일인지 이름이 셋뿐이었다.

매끈하게 닳은 손잡이를 돌려 열자 아늑한 거실이 그를 맞았다. 두툼한 양탄자 위로 벽난로가 드리운 그림자가 어른거렸다. 벽은 책상 네 개와 문 네 개, 날씬한 책꽂이들로 꽉 차서 빈틈이 거의 없었다. 가운데에 차 테이블이 있었고 녹색 천을 누빈 의자 네 개가 테이블을 둘러쌌다. 의자에 깔린 방석은 매년 다르게 제공된 것이 하나씩만 살아남았는지 아무런 공통점이 없었다. 다마스크, 양털, 조각보, 누비.

맞은편은 좁고 길쭉한 창이었으나 지금은 덧창이 닫혔고 두꺼운 암녹색 커튼도 내려져 있었다. 의자들을 비켜 다녀야 될 정도로 좁은 거실이긴 해도 신입생들이 막 도착한 오늘만은 잘 정돈된 모습이었다. 며칠 뒤의 모습은 아무도 장담하지 못하겠지만.

각 방으로 통하는 문은 모두 열려 있었다. 곧 취침 점검을 하러 사감 선생이 올 시각이기 때문이었다. 슬 훑어보니 청소부가 정리한 모양 그대로인 침대가 하나 있는 것으로 보아 이 빌라는 정말로 셋이 쓰게 될 모양이었다.

막시민은 학교에 붙잡혀 온 처지답게 같이 방을 쓸 녀석들이 누군지 전혀 관심이 없었으므로 그를 쳐다보는 시선들을 향해 손만 대충 흔들어 보이고는 자기 방으로 들어갔다. 편리하게 짐도 거의 없었다. 던져놨던 바이올린 꾸러미와 코트, 그리고 쥬스피앙이 떠맡긴 꾸러미를 통째로 옷장에 쑤셔넣고 구두는 침대 밑에 차 넣은 뒤 침대에 벌렁 드러누우면 끝이었다. 막 마지막 단계로 들어가려는 참인데 맞은편 방의 소년이 문간으로 나와 말을 걸었다.

"저기."

이미 드러누워버렸던 막시민이 고개를 삐딱하게 들고 앞을 봤다.

"나?"

"으응."

막시민은 친절하게 정정해주었다.

"난 저기가 아니니까 막시민이라고 부르라고."

"아, 알아. 방 앞에 씌어 있었어."

"그래. 거참 친절하게도. 그런데 난 왜?"

"누가 찾더라. 선배 같던데?"

막시민은 자기를 찾을 선배 따위는 없다고 단정짓고는 손을 굴뚝처럼 올려 내저었다.

"그럴 리 없어. 난 아는 선배 같은 거 없다고."

도로 머리를 베개에 붙이려다가 놀랍게도 예의를 떠올린 막시민이 다시 고개를 들었다.

"근데 넌 뭐라고 부르면 되냐?"

문 앞에는 그가 모르는 두 이름이 붙어 있었으니 그중 어느 쪽인지는 물어봐야 했다. 소년이 기다렸다는 듯 활짝 미소를 지어서 막시민은 조금 움찔했다.

"난 루시안이야. 루시안 칼츠. 만나서 반가워. 그런데 너 말하는 거 보니까 꽤 재미있는 녀석일 것 같다?"

네냐플은 몇백 년 묵은 학교였으므로 건물은 고풍스럽고 수령 높은 아름드리나무들이 그럴듯했으며 정원도 일품이라 처음 온 사람들은 누구나 감탄했다. 그러나 막상 이곳에서 살기 시작한 사람은 순식간에 그런 점을 느끼지 못하게 되었다. 몇백 년 동안 금속 손잡이며 창틀은 이지러져 삐걱댔고, 어떤 벽은 금이 갔으며 책상과 의자는 모서리가 곱게 닳았다. 도서관 서가 틈에서는 먼지가 풀풀 날렸다. 어느 건물은 진작 무너질 것을 마법 마스터들이 마법으로 떠받쳐놨다는 웃지 못할 이야기도 떠돌아다녔다.

아니나 다를까, 신학기 첫날부터 중앙 굴뚝 중 하나가 뭔가로 막혀 북탑 기숙사 전체가 찬물로 세수해야 하는 소동이 빚어졌다. 2층 공동 세면장을 메운 학생들은 얼어붙은 손가락을 비벼가며 겨우 세수를 마치고는 처음 본 사이끼리 불평을 늘어놓으며 안면을 텄다. 그래서 아침 식사를 위해 식당으로 모여들 즈음에는 꽤 많은 학생이 그럭저럭 대화를 나누는 사이가 되었다.

막시민은 그 애매한 사교의 장에 참여하지 못했다. 당연한 듯 늦잠을 잤던 것이다. 잠에서 깨어나 생각해보니 누군가가 문을 두드렸던 것 같기도 했다. 물론 문 두드리는 것쯤으로 단잠을 깰 그가 아니었다.

거실로 나와보니 다른 두 학생, 그러니까 루시안과 또 한 명은 이미 나가고 없었다. 빈 거실을 어슬렁대며 정신을 차린 막시민은 첫 번째로 떠오른 의문의 답을 궁리해보았다. 아침 식사를 몇 시에 준다고 했더라?

"하긴 안 주면 못 먹나 뭐."

텅 빈 세면장으로 간 그는 찬물에도 별 불만을 느끼지 못하며 세수를 마쳤다. 학생은 없지만 쥐새끼는 한두 마리 볼 수 있는 계단을 내려가 식당 건물로 향했다. 늦게 온 학생 몇이 허겁지겁 식사를 마치고 뛰어나가는 중이었다. 막시민이 태연히 테이블에 앉아 식사를 주문하자 일하는 아주머니가 의아한 얼굴로 물어보았다.

"학생이 아니고 조교님이시우?"

막시민은 아무렇게나 대답을 했다.

"식당 밥 맛있나 점검 나왔슈."

1학년 첫 수업, 정확히는 학교생활 안내에 가까울 수업은 아나야 사반테 관에서 진행된다고 했다. 흔히 '애니 관'이라고 불리는 아나야 사반테 관은 네냐플에서 두 번째로 오래된 건물이었다. 빈 복도를 통과하는 발소리가 유난히 크게 울리자 막시민은 중얼거렸다.

"구두 밑창쯤은 갈아둘걸 그랬나."

강의실 앞에 이르자 젊은 남자 교수의 목소리가 흘러나왔다. 창 너머로 슬쩍 들여다보니 강의실 뒤편에 조슈아가 혼자 앉아 있는 것이 보였다. 막시민은 뒷문을 두드리고 들어가 고개를 한 번 꾸벅한 뒤 조슈아 옆에 앉았다.

"학생은 늦었군."

한마디하는 성격의 교수인 모양이었다. 막시민이 검지를 쳐들어 보이며 대꾸했다.

"아, 네, 교내 지리를 잘 몰라서 찾다가 늦었습니다. 사람들이 다 애니 관이라고 불러서 어딘지 도통 모르겠더라고요. 헤매다가 뒷산까지 올라갔다 왔는데 바로 여기였지 뭡니까?"

그렇게 말하면서 곁에 앉은 조슈아를 흘끔 봤다. 작년에 포도원에서 지내는 동안 학교는 물론 주변 지역 지리까지 훤하다는 것을 뻔히 아는 녀석이 웃어버리면 곤란한 노릇이었다. 다행히 별 반응은 없었다.

"어제 바로 도착한 학생인가 보군. 오늘 교정을 한번 돌아보도록 하고 앞으로는 일찍 오게나."

"그러죠."

교수가 다시 칠판으로 돌아서자 막시민은 조슈아를 쿡 찔렀다.

"아침에 나 깨우러 왔었냐? 문 두드린 거 너지?"

"……."

고개를 숙이고 책상만 내려다보는 모습이 조금 이상했다. 막시민은 다시 한번 찌르려다가 문득 손을 멈췄다.

"너……."

상대는 고개를 들었으나 꼿꼿이 앞만 바라볼 뿐이었다. 막시민은 눈을 내리깔았다가 고개를 돌렸다. 얼굴이 굳어졌다. 배경음악처럼 들리던 교수의 목소리가 그제야 귀에 들어왔다.

"……사람도 있겠지요. 하지만 마법에 관심이 없다고 해서 마법이 어떤 것인지 전혀 모르고 졸업할 순 없습니다. 왜냐하면 네냐–야플리아가 탄생하고 지금까지 존재해온 근간은 바로 마법이기 때문입니다. 따라서 여러분은 1학년 때 초급 마법학을 필수적으로 들어야 합니다. 그 외에도 반드시 택해야 하는 과목이 몇 가지 더 있지만, 무엇보다 초급 마법학에서 낙제하면 2학년 진급이 불가함을 명심하기 바랍니다."

학생들 사이에서 한숨이 흘러나왔다. 입학시험에서 마법 시험을 택하지 않은 대부분의 학생은 마법에 대해 전혀 몰랐다. 교수는 웃었다.

"너무 걱정하지는 마십시오. 초급 마법학에서 주문이나 수인을 쓰는 것은 배우지 않습니다. 그런 것을 배울 사람은 주문학이나 수인 실습 쪽의 수업들을 따로 신청하면 됩니다. 초급 마법학에서 가르치는 것은 마법의 역사와 힘의 갈래, 자연과 마법의 관계, 마법의 근본적 구동 원리와 같은 것들입니다."

물론 학생들은 그게 훨씬 지루할 거라고 생각했다. 교수는 주문이나 수인이 더 어렵다고 생각하겠지만, 간단한 주문 한 개 쓸 수 없는 이론 과목으로서의 마법이 학생들에게 매력이 있을 턱이 없었다.

"네냐플의 학제는 학생들의 실력과 무관하게 첫 입학을 하면 무조건 1학년이 되며 아무리 시험을 잘 본다 해도 고학년 편입은 없습니다. 그러므로 이 자리에는 시험을 간신히 통과한 사람이 있는가 하면 이미 여러 분야에 상당한 실력을 갖춘 학생들도 있을 겁니다. 그런 학생들은 1학년 필수과목들만 신청하고 나머지 시간은 고학년들이 듣는 과목들을 신청해도 됩니다. 물론 평가는 공정하게 이루어지므로 고학년들과 같은 입장에서 경쟁할 각오는 해야겠지요. 어디, 내 담당인 역사학 쪽으로 고급 과목을 신청할 생각인 사람 있습니까?"

교수가 학생들을 둘러봤지만 물론 손을 드는 사람은 없었다. 전해 듣기로 수업 방식에 익숙해지기도 전에 고급 과목을

42

데모닉 9

신청하는 것은 상당한 만용이었다.

"그럼 마지막으로 학년말 승급 시험에 대해 이야기하지요. 아마 이 시험의 악명은 입학 전부터 충분히 들어왔을 겁니다. 정식 명칭은 '네냐의 11월 시험대'. 흔히 '11월 시험'이라고 부릅니다. 11월 시험의 응시 과목은 1학년 필수과목들, 그리고 개인이 선택해서 들은 1학년 대상 과목들로 한정됩니다. 고학년 수업을 들었다고 해서 그걸 시험 보는 건 아니니 걱정하지 마십시오. 시험은 교수들과 일대일로 치러지는 절대 평가와 지면 시험이 있으며, 낙제에도 두 등급이 있습니다. 유급과, 퇴학이 그것이죠. 총 다섯 등급 중 5등급을 받으면 바로 제적 조치됩니다. 재입학을 위해서는 다시 입학시험을 치러야 합니다. 3등급이나 4등급을 받으면 1학년을 다시 다니게 됩니다. 이러한 유급은 두 번만 가능하며 세 번째로 유급되면 역시 제적됩니다. 오직 1등급과 2등급만이 2학년 승급 대상입니다. 여기에 각 과목을 담당한 교수님들이 주시는 학점이 더해져서 최종 평가가 이루어집니다. 이 학점이 매우 좋으면 승급 시험에서 낮은 등급을 받고서도 2학년 승급이 허가되는 경우도 있습니다. 학점은 학기 중에 치러지는 크고 작은 시험들과 과제, 수업 태도, 출석 등으로 평가됩니다. 참고로 한 학년 전체에서 바로 승급하는 학생은 열 명 중 세 명 정도입니다."

그 순간 졸업을 포기한 막시민은 옆을 돌아보았다.

"조군 놈은 어디 갔냐."

카르디는 눈을 내리깐 채 대답했다.

"포도원."

"둘 다 밖에 나와도 되는 거냐."

"눈에 안 띄면 돼."

"너 조군한테 허락받고 나왔냐?"

그 순간 카르디가 고개를 홱 돌려 막시민을 노려보았다. 그 표정이 조수아와 너무도 같아 막시민은 그만 움찔했다.

"……."

그러나 항변은 없었다. 카르디는 다시 고개를 돌려 책상을 내려다보았다. 굳어진 옆얼굴과 꼭 다문 입술을 보자니 막시민도 기분이 착잡해졌다. 이런 복잡한 노릇 따위, 정말 질색이었다.

"……미안하다."

"뭐가."

"알잖아. 하여간…… 됐어."

막시민은 더 말을 잇지 않고 고개를 돌렸다. 이윽고 수업이 끝났다. 다음 수업은 왕국 역사 초급. 역시 애니 관이다.

막시민이 일어나는데 카르디가 뒤따라 일어나면서 낮게 말했다.

"나한테 말 걸지 않아도 돼."

돌아서서 강의실을 나가는 카르디의 뒷모습을 보며 막시민은 애꿎은 책상 다리를 걷어찼다.

"젠장."

포도나무들은 조용했다. 겨울나기를 위해 다 잘라내고 끄트머리만 남은 가지들에 작은 눈들이 띄엄띄엄 달라붙어 잠을 잤다. 덩굴을 잃은 버팀목들이 우두커니 서서 바람을 보고 있었다.

조슈아는 혼자 열람실에 있었다. 다른 학생들은 모두 오전 수업을 듣고 있을 시각이었다. 그러나 그는 그런 공부를 하러 네냐플에 오지 않았다. 예전에 모나 시드의 학생이었을 때는 다른 사람의 눈을 생각해서 아는 것도 배우는 체하려 애썼지만 이제는 그럴 필요를 느끼지 않았다.

작년 늦가을에 포도원으로 돌아왔을 때 열람실에 있던 사람들은 대부분 바뀌어 있었다. 인사라도 나누게 됐던 사람들도 떠나고 없었다. 그들이 끈기가 없어서 떠난 건 아니었다. 열람실 사용 허가가 몇 달씩 연속해서 주어지는 경우가 극히 드문 까닭이었다. 어떤 사람들은 네냐플의 마스터들이 독점적 지위를 누리기 위해 다른 사람들이 포도원의 정보에 깊이 접근하는 것을 막고 있다고 쑥덕거리기도 했다.

조슈아는 그런 쑥덕거림이 무색해질 정도로 오래 있었다. 티치엘의 번역을 거치는 과정이 없었더라면 레오멘티스 교수가 우려했던 대로 돌아버릴 정도로 많은 지식을 집어삼켰을 것이다. 조슈아는 기록조차 하지 않았다. 열람실 안에 탑을 이뤘던 정보들은 다 그의 머릿속에 들어가 있었다.

　　오늘 열람실은 깨끗했다. 꺼냈던 책이며 석판, 두루마리들은 거의 돌려보냈고 티치엘도 수업을 들으러 가고 없었다. 저녁 무렵에는 도와주러 오겠지만, 어쨌든 티치엘은 수업에 대한 관점이 조슈아와 달랐다.

　　조슈아는 생각에 잠겨 있었다. 테이블 구석을 바라보고 있을 뿐이지만 머릿속에서는 수많은 정보들이 군무를 추는 나비들처럼 움직였다. 가능성과 답 사이에 다리를 놓기 위해 수억 개 별무리 속에서 돌을 고르고 있었다.

　　시간이 많지 않았다. 조슈아는 그가 아니고는 불가능할 속도로, 남들이 수십 년 공부하고도 얻지 못할 해답을 얻고자 노력했다. 몇 년 전, 비취반지 성의 오두막에 틀어박혔던 사람이 그랬던 것처럼. 그러나 그 역시 정보는 부족했고 해답은 멀었다. 마법을 배울 수 없다는 점이 무엇보다 큰 걸림돌이었다. 인형사가 언제까지 기다려줄지도 모를 일이었다.

　　카르디는, 그는 언제까지 기다려줄까?

레몬 젤리와 썩은 셀러리

이 꽃이 왜 아름다운지 아십니까?

오늘 지기 때문입니다.

이 아이가 왜 사랑스러운지 아십니까?

내일은 커버리기 때문입니다.

이 이야기가 왜 재미있는지 아십니까?

다시는 되풀이되지 않기 때문입니다.

～

점심 식사를 마치고 방에 와서 잠시 낮잠이나 잘까 했던 막 시민은 묘한 난관에 부딪혔다.

"어?"

문고리에 이상한 것이 붙어 있었다. 젤리 같기도 하고 풀 같기도 한 노랗고 물렁한 덩어리인데 열쇠 구멍을 막고 있었다. 문을 잠그고 나간 터라 열쇠를 넣어 돌리지 않으면 문을 열 수 없었다.

떼어내려 해보았지만 끄떡도 않는 것은 물론, 손톱 정도로는 흠집도 나지 않았다. 열쇠로 긁어봐도 소용없었다. 끈적거리지 않아서 다행이긴 했지만 여간 단단한 것이 아니었다. 이런 것이 어떻게 이렇게 꽉 붙어버렸는지 알 길이 없었다.

막시민이 문고리를 붙들고 씨름하는 가운데 루시안이 왔다.

"어, 왜 그래?"

"이게 뭘 것 같냐? 떨어지질 않네."

둘은 힘을 합쳐 여러 가지 도구로 문제의 '젤리'를 자르거나 긁어내려 해보았으나 다 실패했다. 그냥 문고리를 돌려 열어보려 해도 되지 않는 것은 물론이었다. 그때 등뒤에서 목소리가 들렸다.

"무슨 일이지?"

루시안이 돌아보며 반색을 했다.

"아, 보리스! 이상한 게 문고리에 붙어 있어. 문을 못 열겠어."

막시민은 보리스라는 룸메이트를 흘끗 보았다. 어제도 언뜻 봤지만 말을 나눠보기는커녕 서로 소개도 하지 않은 사이였다.

보아하니 보리스와 루시안은 처음부터 잘 아는 사이였던 듯했다. 그러나 쾌활하고 사교적인 루시안과 달리 조용하다 못해 음침해 보이는 보리스는 그리 말을 걸고 싶은 인상이 아니었다. 그러나 어쨌든 일 년 동안 방을 같이 쓸 사이였으니 계속 모르는 체할 것도 아니었다.

"난 막시민 리프크네다. 어설픈 상황에서 인사하게 됐구만."

문고리를 만져보던 보리스가 고개를 돌렸다.

"보리스 진네만이다. 잠깐 비켜봐."

루시안이 영문을 모르는 막시민의 팔을 잡으며 옆으로 비켜나는 순간이었다. 보리스는 두 걸음 뒤로 물러나더니 문에 힘껏 몸을 부딪쳤다. 막시민이 어이가 없어 소리쳤다.

"야, 너 지금 뭐해?"

보리스는 대꾸 없이 다시 문에 부딪쳐갔다. 요란한 소리가 복도를 울렸다. 세 번 만에 문짝이 흔들리기 시작하더니 몇 번 더 되풀이하자 경첩이 빠져버렸다. 루시안이 문고리를 붙들어 문짝이 방안으로 넘어지는 사태만은 면했다. 보리스가 문고리를 넘겨받더니 경첩이 붙어 있던 부분을 함께 잡고 문을 들어냈다. 나무 먼지가 사방으로 날렸다.

어안이 벙벙해진 막시민과 달리 루시안은 박수를 치며 외

레몬 젤리와 썩은 셀러리

쳤다.

"열렸다!"

"열리면 된 거냐?"

문짝을 복도 맞은편 벽에 기대어놓은 보리스는 자신의 방으로 달려 들어가 뭔가를 살폈다. 그러더니 곧 안심하는 기색이었다. 루시안은 문간에 서서 고개를 갸웃거렸다.

"근데 문짝을 어떻게 도로 붙이지?"

"아깐 박수 치고 있더니 그 생각이 이제 나냐?"

루시안은 곧 상관없다는 듯 고개를 흔들었다.

"뭐, 어쨌든 열렸잖아. 문짝쯤이야 어떻게 되겠지."

돌아온 보리스가 루시안에게 물었다.

"학교 안에 대장간이 있던가?"

"응, 어제 봤어."

그즈음 이웃 빌라 학생들과 복도를 지나가던 학생들이 십여 명이나 몰려와 그들의 빌라를 들여다봤다.

"이야, 이게 웬일이야? 문을 다 뜯었네?"

루시안이 떨어져 나간 문짝을 가리켰다.

"저기 문고리에 뭐가 붙어 있잖아. 저것 때문에 문이 안 열렸어."

몇 명이 문고리의 젤리를 살펴보았다. 그러나 언뜻 보기에는 별것이 아닌지라 그들은 어이없어하며 말했다.

"고작 저런 것 때문에 문을 뜯었어? 신입생이 지나치게 담이 큰 거 아니냐?"

"문이 안 열리면 우리 층 반장 선배한테 가보면 될 거 아냐?"

"아니면 관리인을 부르던가."

거실로 들어갔던 막시민이 휘적휘적 밖으로 나와 말했다.

"시끄러워. 너희가 저 젤리를 문고리에서 뗄 수 있으면 내가 엘소 금화 한 개 준다."

루시안이 막시민을 쳐다보았다.

"우와, 너 돈 많은가 봐."

막시민은 크흠, 하고 헛기침을 하고 나서 낮게 말했다.

"돈이 왜 필요하냐? 못 뗄 게 뻔한데."

루시안은 혹시나 저들이 성공하려나 싶어 복도로 쫓아 나갔다. 금화 한 개 소리에 혹한 학생들이 저마다 문고리를 쥐고 흔들어댔지만 물론 아무도 젤리 조각 하나 떼어내지 못했다. 보리스가 입구에 선 루시안에게 말했다.

"여기서 방 지키고 있어. 대장간에 다녀올게."

"응!"

막시민은 성큼성큼 걸어가는 보리스의 뒷모습을 보다가 루시안을 돌아보았다.

"쟤는 대장간에 가서 뭘 어쩌겠다는 거냐? 자기가 대장장

레몬 젤리와 썩은 셀러리

이라도 되냐?"

루시안이 킥 웃더니 말했다.

"응, 대장장이 맞아."

점심시간이 끝나고 시작된 오후 수업에서 막시민은 다시 조슈아와 마주쳤다. 햇빛 밝은 창가 자리였다. 막시민은 저도 모르게 머뭇거렸다. 그때 막시민을 발견한 조슈아가 손을 흔들어댔다.

"왜 그렇게 쳐다보고 있어?"

막시민은 조슈아를 한참 노려보더니 갑자기 발끝을 걷어찼다. 조슈아는 재빨리 피하며 물었다.

"왜 그래? 뭐 잘못됐어?"

"너 수업 똑바로 들어와라."

조슈아는 당황한 표정이 되었다가 곧이어 폭소를 터뜨렸다.

"내가 수업 안 들어왔다고 막군이 나한테 이러는 거야? 이 거 참 굉장히 신선한데?"

"시끄러워."

막시민은 의자에 앉아버렸지만 잠시 후 낮게 말했다.

"그놈이 왔더라, 아침에."

"아."

조슈아는 따라 앉아 잠시 생각에 잠겼다. 막시민이 말했다.

"각각 다른 데서 마주쳤다는 사람이 생겨서야 곤란하잖냐."

"그래. 나한테는 얘기하지 않았는데. 내가 일찍 포도원에 가버렸으니 살짝 나왔다가 들어가도 볼 사람이 없을 거라고 생각했나 봐."

"그렇게 안이하게 생각할 일이냐? 네가 똑똑히 말해두라고."

조슈아는 막시민의 얼굴을 물끄러미 보았다.

"너도 알잖아. 그런 말을 하기가 쉽지 않다는 거. 그 애라고 방에만 갇혀 있고 싶겠어?"

"몰라, 내가 무슨 상관이냐고. 처음부터 이따위로 돼버린 게 내 탓이야? 아니지? 그러니까 난 그놈 사정은 생각할 필요가 없단 말이다."

발음까지 끊어가며 말한 막시민은 몸을 돌려 창밖으로 시선을 보냈다. 조슈아는 막시민이 왜 그리 화를 내는지 알지 못했지만 교수가 들어와서 더 이야기를 할 수가 없었다.

고전 시학 수업이었다. 수업 시간 내내 조슈아는 다른 생각에 잠겨 수업을 거의 듣지 않았다. 곁에 앉은 막시민 역시 집중하는 기색이 아니었다. 그러나 둘은 한마디도 나누지 않았다.

말을 건 사람은 따로 있었다.

"야아, 막시민, 너 저거 뭔지 알아?"

통로 건너 책상에 앉은 루시안이 교수가 돌아선 틈을 타서 손짓을 하며 불렀다. 막시민은 루시안이 묻는 게 뭔지 보지도 않고 대꾸했다.

"몰라. 네 짝한테 물어보면 될 거 아냐."

"그럴 수가 없어."

건너다보니 루시안 옆에 앉은 보리스는 요령 좋게 자고 있었다. 몸을 굳히고 고개만 살짝 숙인 터라 교수가 보기엔 영락없이 책에 집중하고 있는 것으로 보일 자세였다. 점심시간이 끝나도록 대장간에 있었다더니 정말로 망치질이라도 하다가 온 모양이었다.

"저기 봐봐."

루시안은 끈질겼다. 결국 막시민은 루시안이 가리키는 칠판 위의 문제를 보았다. 그러나 고개를 갸웃거리며 하품을 한 것이 다였다.

"후기 루그란 송시? 내가 그런 거 알면 여기서 이러고 있겠냐?"

"우리가 알 것 같으니까 교수님께서 문제 내신 거 아냐?"

"아냐, 교수들은 모를 것 같은 문제만 낸다고."

"왜?"

"그래야 학생들의 머리를 쥐어박을 수 있잖아."

그때 누군가가 정말로 막시민의 머리를 쥐어박았다.

"잘 아는군그래, 이름 모를 안경 군. 그럼 그 옆에서 딴생각에 잠긴 학생이 일어나서 답을 해볼까? 저기 내가 쓰다가 멈춘 송시에서 이어질 단어를 하나 넣어보게."

조슈아는 그때까지도 교수의 말을 듣지 못한 채 멍하니 창밖을 보고 있었다. 막시민이 보다 못해 팔꿈치로 건드렸다.

"야."

조슈아는 느릿느릿 막시민의 얼굴을 보고, 교수의 얼굴을 보고, 칠판을 보았다. 그러더니 일어났다.

"하얀 포도가, 이리 푸르러, 오는 여름에, 그대 따라와, 문을 당기면."

교수의 눈이 둥그레졌다. 학생들의 시선도 모조리 쏠렸다. 조슈아는 무심히 계속 이어갔다.

"향기 흩날려, 휘몰아친다, 옥빛 푸르른, 여름 포도원, 지식의 후원."

조슈아와 교수의 눈이 마주쳤다. 조슈아가 물었다.

"계속하나요?"

조슈아는 교수가 한 질문을 듣지 못했다. 다만 칠판을 보고 해야 할 것 같은 일을 했을 뿐이었다. 한 단어를 넣으라 했는데 시를 완성해버린 셈이 되자 교수는 당혹한 기색을 감추려 애쓰며 말했다.

"잘했네, 본래 시를 좀 배웠는가?"

조슈아는 문득 모나 시드 시절을 떠올리고는 빙그레 웃었다.

"그랬던 것 같네요."

교수가 돌아가자 루시안이 다시 막시민을 찔러댔다.

"네 친구야? 우와, 대단하다. 막 시를 지었어!"

막시민은 귀찮은 듯 눈을 내리깔았다.

"원래 그런 놈이야. 신경 꺼."

수업이 끝났을 때 루시안은 보리스를 깨운 다음 이름 모를 막시민의 시인 친구를 찾아보려 했지만 어디론가 휭하니 가 버린 뒤였다. 그러나 그들은 곧 다시 만날 운명이었다.

오후 수업과 저녁 식사도 어느덧 끝나고 밤이 되어 방으로 돌아온 막시민은 보리스가 새 자물쇠를 붙여놓은 문짝을 가볍게 열어젖히려 했다. 그런데 그전에 이상한 점이 눈에 띄었다.

"어라?"

문에 붙어 있어야 할 놋쇠 이름표가 사라지고 없었다. 언제 사라졌는지 기억이 나지 않았다. 본래 그런 것은 없어지고 나서야 눈에 띄기 마련이었다. 혹 보리스가 문짝을 떼어버릴 때 떨어졌나 싶어 주위를 두리번거렸지만 역시 눈에 띄지 않았다. 에라 모르겠다, 그까짓 것쯤, 하고 생각하며 문을 열고 들어가려던 막시민은 입구에서 걸음을 딱 멈췄다.

온 방이 젤리투성이였다.

"이, 이, 이건……."

충격이 겨우 가시자 막시민은 벽에 붙은 젤리를 하나 건드려보았다. 한 개 만져보기만 하고도 문고리에 붙었던 것과 똑같은 젤리임을 알았다. 테이블에도, 서랍에도, 양탄자에도, 침대 시트에도, 의자 다리에도, 창틀에도, 떡하니 달라붙은 젤리는 까딱도 하지 않았다. 의자 다리는 본의 아니게 한쪽만 고정되어버렸고, 서랍에는 자물쇠가 걸린 셈이 되어버렸다. 끈적거리지 않는 것만 해도 다행이라고 여겨야 할지 그게 오히려 나쁜 건지 알 수가 없었다. 머리가 복잡해졌다.

"으, 이게 다 뭐야?"

돌아보자 루시안과 보리스가 문간에 서 있었다. 막시민은 양손을 펴며 어깨를 올려 보였다.

"지금 와보니 이 꼴이네. 이게 대체 뭘까?"

두 소년도 들어와서 젤리들을 건드려보았다. 떼려고도 해보았다. 그러나 보리스가 시트에 구멍만 하나 냈을 뿐이었다. 루시안은 포기하고 젤리로 고정된 의자에 털썩 앉으며 말했다.

"이거 누구한테 물어봐야겠지? 교수님들한테 물어볼까?"

"그러기엔 시간이 너무 늦지 않았냐."

둘이 한마디씩 하는데 보리스가 물었다.

"막시민, 네가 왔을 때 문은 어땠지?"

"잘 잠겨 있었어. 내가 직접 열었다고. 낮에 네가 준 열쇠로."

대꾸하던 막시민이 곧 미간에 힘을 주었다.

"그렇지. 그 열쇠는 네가 오늘 만든 거니 우리밖에 안 갖고 있을 거 아냐? 관리인이나 층 반장한테도 없을 거고. 이 젤리 도둑놈은 대체 어떻게 이 안에 들어온 거지?"

루시안이 참견했다.

"젤리를 훔쳐간 게 아니니까 젤리 도둑은 아니잖아."

"그럼 젤리 기증자라고 해야겠냐?"

그 말에 루시안이 킥킥 웃기 시작했다.

"막시민 너 말하는 거 너무 웃겨."

"……."

막시민은 루시안을 무시하기로 하고 보리스를 보았다.

"네 생각은 어때? 창문도 잠겨 있고. 그게 누구였든 어떻게 들어와서 젤리를 붙일 수가 있었지?"

"글쎄."

물론 보리스도 마땅한 답을 내지 못했다. 세 사람은 누구한테 이 문제를 상의하면 좋을까 궁리했지만 내일 아침까지는 기다릴 수밖에 없다는 결론에 도달했다. 그날 밤 자는 데는 큰 불편이 없었다. 다만 시트 한가운데 젤리가 붙었던 보리스는 시트를 걷어 발치에 밀어놓고 잤다.

문제는 다음날 아침에 터졌다.

"우와아, 이거……."

거실에서 마주친 세 사람의 모양새는 가관이었다. 막시민은 머리카락과 어깨, 루시안은 팔과 옆구리, 보리스는 발과

58

데모닉 9

무릎에 끈적거리는 잼인지 풀인지 모를 것이 잔뜩 엉겨 붙어 있었다. 어젯밤까지만 해도 날카로운 것으로 찔려도 끄덕 않던 젤리가 어찌된 셈인지 밤새 녹아 온 방을 잼 바다로 만들어버렸던 것이다.

"나 어떻게 해야 돼? 이거 너무 짜증나…….."

루시안은 거의 울어버릴 지경이었다. 아무리 떼어도, 닦아도, 물을 묻혀도 소용이 없었고 이대로라면 끈끈이 위에 교복을 입고 나가야 할 판이었다. 막시민은 머리카락을 포기하고 대충 교복 셔츠에 팔을 꿰며 말했다.

"몰라. 젠장. 배가 고파지네."

양탄자에 붙은 발을 떼어내고 있는 보리스도 과히 기분이 좋아 보이지 않았다. 그러나 그는 말없이 옷을 갈아입었다.

이윽고 방을 나선 세 사람의 모양새는 입구에서부터 사람들의 시선을 끌었다. 머리카락에 잼 덩어리를 붙인 채 거만하게 턱을 쳐들고 가는 막시민, 자꾸만 옆구리와 붙는 팔을 떼어내느라 울상인 루시안, 홀 바닥의 양탄자를 끌고 가지 않기 위해 고군분투하는 보리스. 이 셋이 강의실에 이르렀을 즈음에는 1학년 전체와 고학년 일부에게까지 이 구경거리에 대한 소문이 쫙 퍼져 있었다.

"엄청 끈적끈적한가 봐. 붙었다가는 끝장이야."

"레몬 잼 냄새가 난대."

"핥아먹으면 되는 거 아냐?"

"걔들 빵만 있으면 점심 걱정 없겠다."

학생들이 슬슬 피하는 바람에 그들은 한덩어리가 되어 앉을 수밖에 없었다. 인상을 쓰고 턱을 괴고 있자니 강의실에 나타난 조슈아가 눈을 둥그렇게 뜨고 다가왔다.

"이게 뭐야? 잼? 마멀레이드?"

"궁금하면 먹어봐라."

그렇게 말하며 막시민은 손끝으로 머리의 잼을 찍어 조슈아의 코에 바르려 했다. 조슈아는 기겁을 하며 물러나더니 웃음을 터뜨렸다.

"안 먹어봐도 알겠어. 레몬이랑 꿀 냄새가 나잖아! 오렌지 냄새도 나는 것 같고. 아마 허니 레몬 잼 아닐까?"

"그 허니 레몬 잼이라는 놈은 본래 물을 묻혀도 끄떡도 안 하냐?"

"옷이나 머리에 발라본 적은 없어서 모르겠는데."

"그러니까 역시 지금이라도 한번……."

막시민이 의자를 밀며 일어나자 조슈아는 학생들 틈으로 도망쳤다. 막시민은 뒤쫓으려 했지만 보리스의 발에 붙었던 잼인지 마멀레이드인지가 흘러내려 그의 발까지 붙여버렸기 때문에 그러지 못했다. 조슈아는 금세 보이지 않게 되었다. 세 사람은 한심한 꼴로 책상에 턱을 괸 채 이야기를 주고받았다.

"왜 우리한테만 이러는 거지?"

"아, 축축해 미치겠네."

"우리 방에 귀신이라도 붙은 건가?"

"누가 알면 말이라도 해주지."

그때 조슈아가 다시 나타났다. 그런데 혼자가 아니었다. 조슈아의 손에 이끌려 온 티치엘은 세 사람의 꼬락서니를 보더니 눈을 크게 떴다. 이어 입을 막으며 웃다가 고개를 절레절레 저었다.

"정말이구나. 조금만 기다려. 내가 해결해줄게."

루시안은 의아한 눈으로 낯선 소녀를 쳐다봤다. 수업 시간에 보긴 했지만 대화를 나눠본 일은 없었다.

"네가 무슨 수로?"

막시민이 말했다.

"이 기회에 알아둬. 쟤는 원래 된다고 생각하면 못 하는 게 없거든."

티치엘은 조슈아를 데리고 밖으로 나가더니 한참 뒤 약병 하나를 들고 돌아왔다. 약병에 든 물은 검정도 아니고 회색도 아닌, 마치 구정물 같은 색깔이었다. 뒤이어 돌아온 조슈아는 커다란 물통에 물을 가득 담아 왔다.

"자, 이렇게."

티치엘은 그 '구정물'을 물통에 부었다. 그러자 과히 좋다고 하기 어려운 냄새가 사방으로 퍼졌다. 구경거리가 있나 보다 하고 몰렸던 학생들이 슬금슬금 뒤로 물러섰다. 루시안이 코를 쥐며 말했다.

"냄새가 꼭 썩은 셀러리 같아."

"어머, 어떻게 알았어? 썩은 셀러리가 들어가는데."

"……."

티치엘은 썩은 셀러리 이야기를 해놓고도 태연하게 손을 물통에 넣고 저었다. 그러면서 뭔가 주문을 외우는 듯하더니 이윽고 손을 뺐다.

"됐어. 자, 누구부터?"

막시민이 당황하면서 물었다.

"잠깐, 그 물로 어떻게 할 건데? 설마 먹어야 한다든가……."

"응, 먹을 필요는 없고, 끼얹어주려고. 그러면 없어져."

티치엘이 물통을 들어올리자 루시안이 벌떡 일어나 뒷걸음질 쳤다.

"나, 난 잼투성이가 된데다 심지어 썩은 셀러리 물로 목욕까지 하고 싶진 않아. 그나마 잼은 냄새라도 좋잖아."

"괜찮아. 셀러리 냄새 안 날 거야. 젖지도 않을 거고."

"말도 안 돼. 그렇게 물이 많은데 어떻게 젖지 않는단 거야? 못 믿겠어. 난 안 할래."

티치엘은 막시민과 루시안을 번갈아 보더니 흐음, 하고 한

숨을 내쉬며 비교적 침착해 보이는 보리스에게 물었다.

"그럼 너부터 할래?"

"……."

막시민은 보리스의 표정을 살피더니 눈을 질끈 감으며 티치엘을 불렀다.

"그래, 알았다. 나부터 하자. 내가 잔소리 선생 널 안 믿으면 누가 널 믿겠냐?"

티치엘은 슬그머니 미소를 지으며 막시민에게 앞으로 나오라고 손짓했다. 막시민이 책상이 없는 곳으로 나오자 썩은 셀러리 이야기를 들은 학생들은 허겁지겁 물러나고 일부는 강의실 밖까지 도망갔다.

"준비됐지?"

막시민이 안경을 벗어들고 한 손으로 눈을 가린 가운데 물이 끼얹어졌다. 잠시 후 학생들이 놀라며 다가왔다.

"우와, 믿을 수 없어."

"진짜로 없어졌네?"

막시민의 머리에서 잼 덩어리가 사라진 것은 물론, 옷이 젖거나 냄새가 남는 일도 일어나지 않았다. 티치엘이 킥킥 웃으며 루시안에게 손짓했다.

"자, 얼른 와."

루시안이 먼저, 그리고 결국 보리스도 썩은 셀러리 물 세례

레몬 젤리와 썩은 셀러리

를 받고 나자 잼은 깨끗이 없어졌다. 보리스가 말했다.

"고마워. 그런데 어떻게 한 거지?"

잼이 사라진 머리카락을 자꾸 만지작대고 있던 막시민이 말했다.

"저 애는 원래가 마법사야. 우리하고 초급 배울 실력은 아니라고."

루시안도 말했다.

"진짜 고마워! 그런데 말이야, 바닥에 남은 잼이 있는데 이거 밟으면 안 되는 걸까?"

"괜찮아. 물이 남았으니까 이걸로 청소하면 돼."

티치엘의 말을 들은 막시민이 말했다.

"앗, 그렇군. 티치엘. 이거 좀더 만들 수 있는 거냐? 이따가 시간 될 때 우리 좀 도와주면 좋겠는데."

"다른 데도 묻었어?"

"온 방, 아니 빌라 전체가 잼투성이야. 싹 청소해야 돼."

티치엘이 고개를 끄덕였다.

"빌라를 청소할 정도면 시약 만드는 데 시간이 좀 걸릴 거야. 이따가 점심때 만들어볼게."

루시안이 만세를 부르며 외쳤다.

"방도 청소할 수 있는 거야? 앗싸, 고마워! 근데 우리 인사도 안 했네? 난 루시안 칼츠야. 애는 내 친구 보리스 진네만이고."

티치엘이 치마 끝을 살짝 잡아 보이며 말했다.

"난 티치엘 쥬스피앙이야. 만나서 반가워."

서로 인사를 나누는 가운데 조슈아가 슬슬 걸어 들어와 막시민의 어깨에 팔을 둘렀다.

"그런데 이게 대체 어떻게 된 거야? 방안이 다 잼이라니?"

"나도 모른다. 방에 잼 귀신이 붙었는지."

조슈아가 피식 웃었다.

"그건 내가 가보면 정확히 알 수 있는데."

티치엘도 그 말을 들으며 고개를 갸웃거렸다.

"정말, 이상한 것 같아. 이건 그냥 잼이 아니거든. 마법으로 만든 거야. 누가 일부러 주문을 걸지 않는 한 저절로 생겨날 리가 없어. 처음엔 단단한 젤리 같은 거였지?"

"맞았어. 그러더니 그게 밤새 녹아서 이 꼴이 났다고."

"젤리 말고 다른 이상한 일은 없었어?"

루시안이 말했다.

"전날 누가 문고리에 그 젤리를 붙여놔서 보리스가 문을 뜯어냈었어. 물론 다시 붙였지만."

"전날도 그랬다고? 음…… 또 다른 일은?"

막시민이 무심히 덧붙였다.

"문짝에 붙어 있던 이름표가 없어졌던데."

그게 심각한 부분이리라는 생각은 전혀 하지 않고 한 말이었다. 그런데 티치엘은 깜짝 놀란 얼굴이었다.

"그게 정말이야? 언제?"

"음, 어젯밤에 방에 젤리가 가득찬 걸 발견하기 직전이었지, 아마?"

"큰일이네. 이거 방 전쟁이었구나. 생각도 못 했는데."

처음 듣는 괴상한 이름에 세 소년 모두 아연해졌다.

"방 전쟁? 그게 대체 뭔데?"

"그건 말이야……."

그때 조슈아가 티치엘의 팔을 건드리며 뒤를 가리켰다. 논리학 교수가 들어와 있는 것을 보고 티치엘은 화들짝 놀라 자리에 앉았다.

수업이 시작되고 나서 잠시 후, 쪽지가 왔다. 조슈아가 받아 막시민에게 건네주고, 다시 루시안에게, 마지막으로 보리스에게 돌아갔다. 티치엘 특유의 단정한 글씨였다.

방 전쟁은 빌라 전쟁이라고도 하는데, 기숙사의 빌라들끼리 벌이는 일종의 싸움이야. 이유는 가지각색이어서 딱 잘라 말할 수가 없어. 어쨌든 네냐플 기숙사 전체에서 한두 빌라는 반드시 전쟁중이라고 할 정도로 매 학기 그러지. 교수들도 상황이 심각하지 않은 한 참견하지 않는 것이 불문율이고. 보통 이름표를 가져가는 것으로 전쟁을 선포해. 그러니까 누군가 가 너희 빌라에 전쟁을 걸어온 것 같아.

보리스가 쪽지 끝에 뭔가를 적어서 루시안에게 넘겼다.

　상대가 누군지는 어떻게 알아내는 거지?

그 뒤에 루시안이 한 줄 추가했다.

　그럼 우리도 그쪽을 마음대로 공격해도 되는 거야?

루시안에게 쪽지를 받은 막시민이 조슈아를 거쳐 티치엘에 게 돌려주기 전에 마지막으로 추가했다.

　방 전쟁은 한쪽이 이겨야만 끝나는 거냐?

티치엘로부터 돌아온 쪽지에 하나씩 대답이 씌어 있었다.

　보통은 수업 시간에 걸어오는 시비 때문에 저절로 알게 돼.
　그럼! 뭐든 해도 돼. 다만 폭력을 휘두르는 것만 빼고.
　극적으로 타협을 보는 경우도 있고, 학생들이나 입회인 앞

에서 정식 대결을 벌여서 마무리짓는 경우도 있고. 드물지만
교수님들이 입회를 해준 일도 있대.

빌라 전쟁

자신 속에서 자신을 찾는 건 아주 어려워.

그러나 다른 데서 찾는 건 아예 불가능해.

≈≈

점심시간이 가까워올 즈음에는 이미 1학년 전체에 소문이 쫙 퍼졌다. 도토리 빌라의 세 명이 고작 입학한 지 이틀 만에 건방지게 방 전쟁을 일으켰다고.

막시민이 화를 내며 외쳤다.

"이쪽에서 시작한 게 아니란 말이다!"

와전되는 이야기도 있긴 했지만 소문이 퍼져서 좋은 점도 있었다. 점심시간이 되니 992년 첫 빌라 전쟁에 말려든 도토리 빌라의 상대가 남탑 기숙사의 '크림 차 빌라'라는 사실이 밝혀졌다. 루시안이 흥분하며 말했다.

"그 빌라 이름부터가 웃겨, 아주."

그러나 점심시간이 끝날 무렵 상대 빌라가 2학년과 3학년으로 이루어졌다는 정보가 들어와 루시안을 우울하게 만들고 말았다. 신입생들은 그들끼리 빌라를 쓰지만 2학년부터는 첫 11월 시험을 통과했으니 진정한 네냐플 소속으로 간주해 학년 구분 없이 빌라가 주어졌다. 친한 사람끼리 같은 빌라를 신청할 수도 있었다. 그런 고학년의 빌라는 주로 남탑에 몰려 있었다.

"그중 한 명은 검술 시간에 검술 마스터의 수업을 돕는 3학년생이래."

어디선가 잘도 정보를 주워오는 티치엘의 이야기 가운데 반가운 것은 별로 없었다. 고학년과 신입생 사이에 방 전쟁이 벌어지는 경우는 거의 없지만, 일단 시작된 이상 학년 차이는 고려 사항이 되지 못하는 모양이었다. 어떤 수를 써서든 상대를 골탕 먹이고 저쪽에서도 반격을 되풀이하는 것이 일반적인 진행인데 한쪽에서 항복을 하거나, 타협을 하거나, 입회인을 세우고 대결을 벌여 승패를 가리지 않는 한 저절로 끝나는 일은 없었다.

항복하는 것이 가장 큰 치욕으로 모두의 비웃음거리가 되었고, 그다음은 대결에서 패하는 것, 그다음이 타협하는 것이었다. 따라서 타협으로 일을 해결하려는 경우 또한 거의 없었다. 한쪽에서 제안해도 다른 쪽에서 거절하기 십상이었다.

"아니, 몇백 년 역사를 자랑하는 명문 마법 학교가 이런 볼썽사나운 전통을 지키고 있어도 괜찮은 거냐?"

막시민의 불평에 티치엘은 괜히 미안해하며 "네 말대로 오래되다 보니 이런 거친 놀이도 남아 있는 모양"이라고 대답했다.

오후 수업이 끝난 후 세 소년과 한 소녀는 적에게 맞서는 한패거리가 된 기분으로 도토리 빌라로 올라갔다. 티치엘은 자기 방에 잠깐 들러 점심시간에 만들어둔 통칭 '썩은 셀러리 시약'을 가져왔다. 티치엘이 이 약을 만드느라 그동안 모아두었던 썩은 셀러리를 다 써버렸다고 걱정스러워하자 루시안이 자신만만하게 말했다.

"걱정 마. 아버지한테 말해서 셀러리 백 묶음 정도는 갖다줄게. 물론 그걸 썩히는 건 도와줄 수 없지만."

듣자니 루시안의 아버지인 칼츠 씨는 대륙에서도 손꼽힐 정도로 부유한 상인이라고 했다. 시시한 귀족은 비교도 되지 않는 가문의 아들인 셈이지만 루시안은 대단히 소탈한 성미였다. 친구도 가리지 않고, 잘난 체할 줄도 몰랐다. 다만 막시민은 이 녀석의 성격이 소탈한 게 아니라 황당할 정도로 단순한 게 아닌가 의심의 눈초리를 보내는 중이었다.

빌라 앞에 이르러 문을 활짝 열어놓고 보리스와 루시안이 물을 길어 왔다. 곧 물이 가득찬 물통이 네 개나 방 앞에 놓였다. 티치엘이 시약을 부어 막 썩은 셀러리 냄새가 사방으로 퍼질 즈음 조슈아가 나타나 막시민의 어깨 너머로 빌라를 들여다봤다.

"상태 엄청나네."

코를 쥐고 있는 조슈아를 본 막시민은 인상을 찌푸리며 멀찍이 가라고 손짓했다. 티치엘의 약은 어쨌든 썩은 냄새가 풍기는 물인지라 문제의 마법에 걸리지 않은 사람에게 닿아봤자 좋을 건 없었다.

루시안도 돌아보더니 물었다.

"막시민 친구지? 아까도 봤는데 인사도 못 했네."

"인사는 청소부터 마친 뒤에 하기로 하자고."

그렇게 말하며 막시민이 물통 하나를 집어 들었다. 티치엘이 뒤에서 구호를 붙였다.

"하나, 둘, 셋!"

아침에 보았던 효과를 기억하고 있었기에 의심은 없었다. 한바탕 물을 퍼붓고 물러난 막시민은 물통을 내려놓고 깨끗해진 방안을 기대하며 거실을 들여다보았다.

"어라?"

기대했던 변화는 있었다. 곳곳에 찐득찐득하게 붙어 있던 잼들은 깨끗이 녹아 사라졌다. 그러나 그에 이어 일어났어야 할 일이 하나 빠져 있었다.

"막군, 뭘 한 거야?"

조슈아가 다시 고개를 내미는 가운데 티치엘이 쩔쩔매며 소년들의 얼굴을 번갈아 쳐다보았다. 루시안의 눈이 동그래졌고, 보리스는 당황한 표정이었다. 막시민이 주먹을 부르쥐며 소리쳤다.

"대체 왜 물바다야!"

테이블과 의자들, 방석들, 양탄자는 기본이고 책꽂이와 책, 벽지, 창문, 커튼, 마룻바닥, 그리고 물이 흘러 들어간 세 사람의 침실 바닥까지……. 막시민이 물통 하나를 얼마나 효과적으로 끼얹었었는지 구석구석 물이 안 튄 곳이 없었다. 말할 나위 없이 빌라 전체에 썩은 셀러리 냄새가 진동하기 시작했다.

조슈아뿐 아니라 다들 손으로 코를 막았다. 참다못해 문을 닫아버린 막시민은 문에 기대어 서서 티치엘에게 설명을 요구하는 눈빛을 보냈다. 조그맣게 된 티치엘이 결국 울 것 같은 얼굴로 중얼거렸다.

"저기, 저기, 내가 셀러리 양 맞추는 것만 생각하다가…… 다른 시약을 빠뜨렸나 봐. 그래서 물을 말리는 효과가 없어져서……."

"……."

막시민은 할말을 잃고 복도 천장을 쳐다봤다. 보리스는 난
감한 얼굴로 방문을 흘끗 돌아봤다. 루시안은 생각을 거듭하
더니 점차 티치엘과 비슷한 표정이 되어갔다.

"으아아, 그럼 어떻게 해? 저거 마법으로 다시 없앨 수는
없어?"

"그게…… 한번 실패한 건 마법 효과가 사라진 쓰레기라서
마법으로는 깨끗이 없애기가 힘들고……."

"그럼 우리 저거 걸레질해서 없애야 되는 거야? 응? 그런
거야? 제발 아니라고 말해줘!"

대답하지 못하던 티치엘은 급기야 울음을 터뜨리고 말았
다. 소년들은 더욱 당황해서 서로 시선을 주고받았다. 결국
당사자가 아닌 조슈아가 나서서 티치엘의 어깨를 감싸주며
토닥거렸다.

"울지 마. 괜찮아. 괜찮아질 거야."

괜찮아질 리가 없었다. 조슈아가 아무 말이나 해가며 티치
엘을 달래는 가운데 당사자인 세 사람은 한쪽에 모여 숙의를
나누었다. 루시안이 말했다.

"나 청소 같은 거 한 번도 안 해봤는데……. 하인을 부르면
안 돼? 학교 바깥의 마을에 있단 말이야."

"빌라 청소는 학칙상 학생들이 직접 해야 하는 것 같더군."

보리스가 말하자 막시민이 양손을 펼치며 어깨를 으쓱했다.

"물론 그렇겠지. 걸레 한 군단과 물통 한 부대를 지휘하는 세 사령관이 수건으로 중무장하고 오후 자유 시간을 모조리 투입하여 전쟁을 수행한다면 저기 문 닫힌 방 하나에서 오늘 밤 잠을 잘 정도는 되겠지. 비록 실전 경험의 부족이 위기를 가져오겠지만 죽기 살기로 덤빈다면 썩은 셀러리 놈도 후퇴하는 편이 좋다는 걸 깨닫게 될 거야."

막시민이 지적한 한 가지 사실이 그나마 위로가 되었다. 도토리 빌라에는 세 학생만 배정된 까닭에 문을 잠가놓았던 빈방은 다행히 멀쩡했다. 루시안이 울 것 같던 얼굴을 바꾸며 키득거렸다.

"막시민 넌 어떻게 그렇게 말을 잘하니?"

막시민은 그런 식의 반응에 익숙하지 않았으므로 대답은 생략했다. 보리스가 문득 말했다.

"그러면 각자의 침실에 남은 잼은 어쩌지?"

"그거야 제대로 된 약을 다시 만들어서……."

말하다 말고 문득 티치엘을 돌아본 막시민은 눈을 가늘게 뜨며 말했다.

"그 점은 차차 생각해보자."

그사이 조슈아는 티치엘을 겨우 달랬다. 눈물 자국으로 얼룩덜룩한 얼굴을 한 티치엘이 세 소년 앞으로 와서 말했다.

"나도 청소를 도울게. 내 탓이니까 몇 배로 열심히 할게. 나 걸레질도 잘해."

그러자 보리스가 반대했다.

"그런 건 안 돼."

"왜?"

막시민이 보리스를 흘끗 보고 크흠, 하고 헛기침을 하더니 말했다.

"남자 녀석들의 방을 여자애한테 청소시킬 순 없는 거지. 넌 가서 제대로 된 새 약이나 만들어보든가 해라."

어느새 루시안도 얼굴을 펴고 말했다.

"그리고 네 탓도 아냐. 우릴 도와주려던 거였잖아. 네 도움이 없었으면 우린 아직도 잼을 뒤집어쓰고 있을 거야."

티치엘은 여전히 머뭇거렸지만 셋은 결론을 내렸다. 걸레는 사감 선생에게 가자 잔뜩 얻을 수 있었고 새 물통에 물도 떠 왔다. 셋이 '썩은 셀러리 소굴' 진입에 앞서 수건으로 코를 싸매고 있는데 조슈아가 빙그레 웃더니 말했다.

"나도 도와줄까?"

아무것도 모르는 루시안이 반색을 했다.

"응! 넌 남자니까 도와줘도 돼. 그런데 인사라도 하고 해야지. 네가 하도 수업을 떼어먹으니까 말할 기회도 없잖아. 넌 이름이 뭐니?"

"조슈아 폰 아르님."

조슈아는 가볍게 말했지만 루시안은 눈을 깜빡거리며 잠깐 생각에 잠기더니 깜짝 놀라 소리쳤다.

"저기, 저기, 이번에 입학했다던 아르님 소공작이신가요?"

그 말에 보리스도 조슈아를 흘끗 보았다. 조슈아는 눈동자를 위로 굴리며 계면쩍게 웃었다.

"어렵게 부르지 않아도 돼. 편하게 지내러 온 거니까."

"하지만 우리 아버지라면 절대 그런 식으로 하면 안 된다고 할 건데요?"

"넌 너희 아버지가 아니잖아. 너 하고 싶은 대로 하면 돼."

그렇게 말하며 조슈아는 보리스 쪽을 보았다.

"그럼 네 소개도 부탁할까?"

이미 고개를 돌린 보리스는 쭈그리고 앉아 걸레를 물통에 적시면서 대꾸했다.

"보리스 진네만."

반나절 동안 대청소가 벌어졌다. 일단 힘을 합쳐 젖은 커튼, 양탄자, 방석 등을 걷어내어 세탁실로 보내고 가구들을 들어냈다. 복도에 내놓은 가구는 조슈아와 티치엘이 주로 닦았고, 막시민, 루시안, 보리스는 거실 바닥과 벽, 창틀, 문짝

등에 달라붙어 걸레를 갈아가며 물기를 닦아냈다. 잡동사니가 복도를 점거한 것은 당연한 노릇이었다. 같은 층 학생들이 전쟁 피해자의 참상을 구경하러 얼굴들을 들이밀었지만 곧 냄새를 견디지 못하고 도망가버렸다. 얼마 안 가 2층 복도에는 수재민 꼬락서니를 한 다섯 명과 닫힌 문짝들 말고는 아무것도 남지 않았다.

"나 이제 제일 싫어하는 음식 계란 푸딩 아니야. 셀러리야. 냄새조차 싫어졌어. 다시는 안 먹을래."

작대기에 걸레를 묶어 벽을 밀고 있던 루시안의 푸념에 바닥을 훔치던 막시민이 대꾸했다.

"싫어하는 음식은 또 뭐냐. 좀 굶으면 다 먹게 되기 마련이지."

루시안이 정색을 하며 말했다.

"아냐, 난 싫어하는 건 진짜로 안 먹어."

"너 굶어나 봤냐?"

막시민은 더 말하려다 입맛만 쩝 다시고는 말을 끊었다. 잠시 후 이번엔 막시민이 한숨을 내쉬며 보리스를 흘끔 봤다.

"젠장, 손이 얼어붙겠는데 보리스 넌 괜찮냐?"

보리스는 새로 길어 온 물통에 걸레를 다섯 개째 빨아놓는 중이었다. 그는 "별로"라고 낮게 말하고는 하던 일을 계속했다. 루시안이 말했다.

"보리스는 예전부터 추위는 잘 모르더라고."

"추운 동네 출신이로구만."

환기하느라 창을 활짝 열어놓은 터라 사실상 추운 것이 맞았다. 일이 끝나고 보니 장작을 얼마나 땠는지 재만 몇 통이 나왔다. 청소하다 만 빌라를 내버려두고 식사하러 가기도 뭣해서 저녁까지 굶었던 보람이 있어서 해가 지고 나니 겉보기에는 꽤 멀쩡해 보이는 거실이 돌아왔다.

"휴우, 대충 끝난 건가?"

"냄새가 덜 빠졌지만."

"창 열어두고 자면 내일쯤은 빠지겠지."

"내일 얼어죽은 시체 셋으로 발견되고 싶냐?"

보리스는 얼어죽을 리 없다고 생각하는 눈빛이었으나 반론은 하지 않았다. 이윽고 막시민은 언 손을 비비면서 외쳤다.

"진짜 고생했다. 다들 배도 고프겠고, 몸도 녹일 겸 술 한잔씩 어때?"

티치엘이 눈을 동그랗게 떴다.

"학교엔 술이 없어. 갖고 들어와도 안 되고."

"누가 여기서 마신댔냐? 나가자고. 내가 봐둔 데 있어."

막시민은 조슈아에 비해 포도원 시절이 훨씬 짧았지만 인근의 술집은 잘도 봐두었다. 목표한 곳은 학교에서 반시간쯤 비탈길을 내려가야 나오는 작은 마을에 있었다. 학교를 나올 때 문지기가 10시까지 돌아오라고 말했고, 알았다고 큰소리 쳤지만 그때가 이미 9시였다. 그러나 고생스러운 일도 겨우 마쳤겠다, 배도 잔뜩 고프겠다, 뒷일이야 아무래도 좋다는 기분이었다.

루시안이 제일 신이 났다. 그는 새롭고 재미있어 보이는 일이라면 사족을 못 쓰고 좋아했다. 보리스는 담담했지만 술 자체를 낯설게 느끼는 것 같지는 않았다. 티치엘은 사양하고 따라오지 않았다. 막시민의 논평으로는 '바른 생활 소녀'여서 취침 시간을 넘겨 돌아오는 일 따위는 감히 시도할 리가 없다는 것이었다.

막시민은 조슈아가 생각에 잠긴 기색임을 알아차렸으나 루시안이 쉴 새 없이 떠들어대어서 물어볼 기회가 없었다. 이윽고 네 소년은 마을 귀퉁이의 자그마한 술집에 안착했다. 주인은 막시민을 기억하고 있었다.

"아아, 작년에 매일 와서 맥주 한 잔씩만 하고 가던 그 친구로군?"

조슈아가 막시민을 쳐다봤다.

"매일 왔었어?"

"솔직히 매일은 아니었다."

그러자 주인아저씨도 정정했다.

"닷새에 하루 정도는 쉬었지."

어쨌든 단골인 셈이어서 먹을 것은 푸짐하게 나왔다. 맥주 네 잔이 나오자 넷은 기분 좋게 잔을 부딪쳤다. 한 번에 마시는 양은 각기 달랐다. 조슈아와 루시안은 두 모금, 보리스는 세 모금 정도, 그리고 막시민은 반 잔.

목을 축이고 나서 넷은 한참 동안 어떻게 복수를 해줄까 궁리했지만 뾰족한 수가 생각나지 않았다. 이야기는 슬슬 다른 곳으로 흘렀다.

"그런데 막시민하고 조슈아는 어떻게 알게 된 사이야?"

"그거 말하자면 밤새워야 해."

루시안은 평민치고도 상당히 소박해 보이는 막시민과 아르님 소공작의 관계가 몹시 궁금한 모양이었다. 대답을 듣지 못하자 루시안이 말했다.

"그럼 우리가 어떻게 친구가 됐는지부터 말해줄게. 그다음에 너네가 말해. 보리스는 내가 제일 좋아하는 친구인데, 왜냐면 내가 집에서 공부할 때 보리스가 와서, 그러니까 그건 우리 엄마가 나하고 친구도 돼주고 도와줄 친구를 구해주려고 하시다가, 그전에 사실 난 보리스를 알고 있긴 했는데 그게 어디냐면……."

상당히 두서없이 진행되던 루시안의 이야기는 갑자기 자기가 제일 중요하다고 생각하는 정보와 함께 마무리되었다.

"그러니까 보리스는 실버스컬 우승자야!"

실버스컬은 열다섯 살부터 스무 살 미만의 남녀가 검술 및 기타 무예를 겨루는 전 대륙 규모의 대회였다. 막시민은 '그런 이름을 어디서 들어보긴 했지' 정도의 표정만 지었지만 조슈아는 신기해했다.

"대단한데? 아직 스무 살 안 됐잖아? 몇 살에 우승한 거야?"

"열다섯 살이었어. 출전 가능한 최저 나이라고. 진짜 대단하지?"

보리스는 루시안이 떠들어대는 것이 달갑지 않은 표정이었으나 굳이 말리지는 않았다. 보아하니 자주 이러는 모양이었다. 막시민이 맥주를 비우며 말했다.

"너희 둘 성격 참 정반대다. 어떻게 친구 됐냐?"

"반대라서!"

넷 다 배가 고팠으므로 렌즈콩에 얹어 찐 돼지고기, 후추 소시지, 가지와 버섯 스튜, 배 파이 등이 순식간에 없어졌다. 마지막으로 갈레트라고 부르는 짭짤한 비스킷과 말린 자두가 나왔다. 그사이 그럭저럭 두 잔을 마신 루시안은 기분이 좋아졌는지 떠오르는 대로 떠들어댔다. 보리스와 만나게 된 과정, 실버스컬에서 보리스에게 돈을 걸었던 일, 함께 주사위 놀이를 하던 이야기, 갑자기 멀리 떠나서 돌아오지 않을까 봐 걱정했는데 학교 입학하기 직전에 나타난 일 등등이 뒤죽박죽이 되어 흘러나왔다. 그러는 동안 보리스는 조용히 맥주만 조금씩 마시고 있었다.

막시민이 보기에 조슈아는 보리스에게 줄곧 하고 싶은 이야기가 있어 보였지만 선뜻 말을 꺼내지 않았다. 어느새 식탁을 거쳐간 맥주가 스무 잔에 이르렀다. 루시안이 졸기 시작하자 보리스가 부축해서 편히 벽에 기대도록 자세를 고쳐주었다. 막시민이 빈 술잔을 툭툭 쳤다.

"그래서 보리스 넌, 본래 루시안 어머니가 고용한 호위 무사였다 그거군? 그거참 친구 되기에는 적절치 않은 조건인데."

"루시안의 성격이 좋아서 그렇게 된 거지."

대답하는 보리스의 목소리에는 술기운이 전혀 없었다.

"부모나 가족은 어디 가고 그 나이에 벌써 용병질이냐?"

"다 죽었어."

조슈아가 갈레트를 집어먹으려던 손을 멈췄다.

"전부 다?"

보리스가 조슈아의 얼굴을 보더니 자신도 과자를 집어 한입 씹었다.

"어떤 나라에서는 흔한 일이라서."

"어디 출신인데?"

"트라바체스."

조슈아는 막시민과 얼굴을 마주보았다.

"트라바체스라면, 공화국이지?"

"거기 좀 험악하다는 얘긴 들었다. 너도 어린 나이에 고생 많았겠구만."

막시민이 한 말에 보리스는 순간 애매한 표정을 짓더니 대꾸했다.

"어떻게든 살게 되기 마련이지."

"그런데 말이야."

조슈아가 과자를 씹어 삼키고는 빙그레 웃었다.

"너한테 궁금한 게 있는데 몇 가지만 물어봐도 될까?"

"대답할 수 있는 질문이라면."

방어적인 반응이었으나 조슈아는 개의치 않고 말을 이었다.

"너, 혹시 무대에 선 적이 있어?"

보리스는 의아한 표정을 지었다.

"전혀."

"그럴 리가 없는데. 네 목소리가 평범하지 않거든."

목소리라는 말에 보리스가 반응을 보였다. 정확히는 다소 긴장하는 기색이었다. 조슈아가 말을 이었다.

"노래 상당히 잘하지? 아니, 단순히 잘하는 것과는 달라. 아마 오랫동안 연습을 했을 거야. 난 알아볼 수가 있어. 목소리가 달라지거든. 그래서 무대에 선 적이 있느냐고 물은 거야. 보통 사람은 그렇게 몇 년씩 노래를 연습하는 일이 별로 없으니까. 어때?"

"……아니."

보리스는 잘라 말하더니 몸을 돌렸다. 말하고 싶지 않다는 의사가 너무 뚜렷해서 더 말을 붙일 수가 없었다. 조슈아가 머뭇거리고 있는데 보리스가 남은 맥주를 마시더니 의외로 태도를 바꾸었다.

"말할 수 없는 화제라서. 미안하다. 다른 이야기라도 할까?"

조슈아는 씨익 웃더니 즉시 물었다.

"응, 그럼 너 등에 메고 다니는 담요 뭉치는 뭐야?"

"이것도 말할 수 없어. 다른 거라도……."

"그럼 검술은 누구한테 배웠어?"

"……미안하다."

보고 있던 막시민이 술을 더 달라고 손을 흔들면서 빈정거렸다.

"대체 말할 수 있는 건 뭔데? 무슨 열일곱 살 먹은 사내 녀석이 비밀은 귀부인처럼 많냐? 널 이제부터 점잖은 숯가마라고 불러야겠어."

조슈아가 물었다.

"비밀이 많은데 왜 점잖은 숯가마야?"

"그거야 시커멓잖아!"

말하는 걸 보니 막시민도 전혀 취하지 않았다고 보긴 어려웠다. 하긴 나온 술의 절반 이상은 그가 마셨으니 무리도 아니었다.

"보리스, 실은 너한테 가장 묻고 싶었던 문제가 따로 있는데, 이것만은 꼭 대답해줬으면 해. 되겠어?"

"말해봐, 하지만 약속은 못 해."

조슈아는 웃음기를 걷고 보리스를 똑바로 보았다.

"너 혹시 유령들을 쫓아버리는 힘이 있어?"

보리스의 표정에 의혹이 떠올랐다. 긍정도, 부정도, 혼란도 아니었다.

"왜 그런 말을 하지? 난 모르는 일이야."

"아니, 너한테는 그런 능력이 있어. 네가 모를지 몰라도."

술김에 꺼낸 농담이라고 하기에는 조슈아가 너무 진지했다. 보리스의 눈빛도 달라졌다. 그때까지 보인 평온한 표정이 노력의 결과였음을 한눈에 알려주는 변화였다.

"어째서 네가 안다는 거지? 나조차도 모르는 일을?"

"난 알 수 있어. 왜냐하면……."

"조슈아!"

막시민이 날카로운 목소리로 가로막았다. 그러나 조슈아는 입을 다물지 않았다.

"내가 유령을 보니까."

믿어야 할까, 말아야 할까. 누구나 곤혹스러울 수밖에 없을 말이었다. 보리스가 침묵하는 가운데 조슈아의 말이 이어졌다.

"내가 세상 모든 유령을 본다고야 말 못 하지. 하지만 몇 년 동안 날 따라다니는 유령들도 있었을 정도로 많은 유령을 보았어. 익숙해져서 별로 겁내지도 않게 됐어. 네냐플에 와 보니까 다른 곳보다 유령이 훨씬 많더라. 강한 마력이 흐르는 곳에는 유령들이 몰려들게 되어 있으니까. 이 학교에서 백 년 넘게 지내온 유령도 봤어."

사람이라면 누구나 겁이 날 법한 이야기였지만 보리스는 즉각적인 반응을 보이지 않았다. 대신 이렇게 물었다.

"특별한 경우가 아니라 평소에, 아무데서나 보인다고?"

"가끔은 산 사람과 착각하기도 할 정도로. 하지만 대부분은 소리만 들려. 또렷한 대화로부터 새들이 재잘거리는 것 같은 소음에 이르기까지."

보리스는 한참 생각하더니 대답했다.

"네 말을 그대로 믿긴 어렵지만, 너 자신에게 거짓말을 하고 있지 않다는 건 알겠다. 그런데 내게 유령을 쫓을 수 있느냐고 물은 건 왜지?"

"입학식 때 네가 내 곁을 스쳐가는 순간 조용해졌어."

조슈아는 말을 멈추더니 숨을 깊이 들이쉬었다가 내쉬어

보았다. 그리고 미소를 지었다.

"나도 유령을 쫓아버릴 수는 있는데, 아무래도 기력을 써야 하니까 평소에는 아주 심하지 않은 한 그냥 내버려두는 편이야. 다시 말해 주위에서 늘 새들이 지저귀고 있는 느낌인 거지. 그런데 너와 마주쳤을 때, 네냐플에 온 후로 그런 고요는 정말 오랜만이었어. 그리고 지금도 그래."

"지금도?"

막시민은 코를 찡그리며 입맛을 다셨다. 말릴 수 없다고는 생각했지만 계속 이런 식이어서야 저 데모닉 자식이 앞으로 학교생활을 하면서 사람들의 호감을 얻기는 글렀다 싶었다.

그러나 조슈아는 진지했다.

"응. 솔직히 네 옆에 있으니까 세상이 굉장히 평화로워."

보리스가 한참 만에 대답했다.

"네 말뜻은 알겠는데, 나 때문에 평화롭다는 이야기가 굉장히 낯설게 들린다. 평화라는 말은 나와 거리가 멀다고 생각해와서."

조슈아가 잠시 후 말했다.

"네 말 듣고 보니 나도 그런 것 같네."

결국 보리스도 왜 그런 일이 일어나는지 설명하지 못했다. 조슈아는 언젠가 그런 힘이 필요할 때가 있으면 도와달라고

만 말했다. 루시안이 깨어나자 넷은 술집을 나왔다. 마을을 막 빠져나올 무렵 루시안이 어느 가게를 손가락질했다.

"저 파이! 나 저거 먹고 싶은데!"

파이를 비롯해서 과자, 타르트 등을 파는 작은 과자점이었다. 그러나 문은 닫혀 있었다. 보리스가 말했다.

"내일 다시 나와서 사."

"싫어, 난 지금 먹고 싶단 말이야. 저걸 먹으면 술이 깰 거야."

"파이를 먹고 술이 깼다는 이야기는 들어본 일이 없어."

"아냐, 꼭 될 것 같다고. 문만 두드려볼게. 안 열면 그냥 가고."

"실례가 될 거야."

"하지만 문도 안 두드려보고 포기하는 것보단 낫지. 안 그래?"

마음대로 합리화한 루시안은 보리스가 더 말리기 전에 재빨리 파이 가게 앞으로 달려가 문을 두드렸다. 예상과 달리 가게 안쪽에서 소리가 났다.

"누구세요?"

밤늦게 들어올 식구라도 기다리고 있었던 것인지 아가씨 한 사람이 내다보았다. 루시안이 재빨리 말했다.

"전 손님이에요!"

"문 닫았는데······."

"괜찮아요. 많이 살 거니까."

아가씨는 루시안을 보고, 그 뒤에 엉거주춤 서 있는 세 사람을 보더니 잠시 후 빙그레 웃었다.

"많이 못 사요. 딱 네 개 남았어요."

아가씨가 램프를 밝혔다. 앞장서서 들어간 루시안은 파이 한 개를 받아들자마자 한입 베어 물었다. 그러면서 주머니에서 아무 돈이나 한줌 꺼내어 건네주었다. 아가씨는 또다시 웃었다.

"이 돈이면 파이 열 개는 드려야 해요."

"그냥 받아요. 늦어서 미안하니까."

입구로 다가온 세 소년은 루시안이 건네주는 파이를 저마다 사양하거나 또는 받아들었다. 조슈아가 루시안이 반쯤 먹은 파이를 보다가 피식 웃으며 말했다.

"저 파이 속에 든 게 어쩐지 익숙해 보이네."

아니나 다를까 루시안도 소리쳤다.

"진짜네? 냄새도 똑같아! 기분 나쁘게. 그러니까 빨리 먹어버려야지."

막시민은 루시안이 건네준 파이를 기분 나쁘게 노려보고 있었다. 정말로 레몬과 벌꿀 냄새가 풍겼다. 막시민은 이윽고 밖으로 나가 가게 주위를 죽 둘러봤다. 가게에는 이름 같은 것이 없었다. 도로 들어간 막시민이 아가씨에게 물었다.

"혹시 이 집 주인 이름이?"

"로글랑탱이에요. 로글랑탱 아주머니 파이라고 다들 부르죠. 네냐플 다니면서 모르세요? 학생들이 많이 좋아하는데."

그들은 교복을 벗고 나왔지만 아가씨가 루시안의 가슴에 꽂힌 핀을 보았던 모양이었다. 루시안이 싱글거리며 말했다.

"저희는 신입생이라서요. 앞으로 자주 먹으러 올게요. 그럼 로글랑탱 누나 안녕!"

셋이 먼저 나간 뒤 막시민이 나가려다 말고 물어보았다.

"이 파이가 한 개 얼마입니까?"

"3엘소노예요."

막시민의 표정은 괴이쩍었다. 화가 난 것 같기도 하고, 착잡한 것 같기도 하고, 당황한 것 같기도 했다. 밖으로 나왔을 때 루시안이 말했다.

"우리 이 파이로 그놈들한테 복수할까?"

뜻밖에 막시민이 대찬성했다.

"좋았어! 이 잼으로 복수다!"

막시민의 찬성에 힘을 얻은 루시안은 가게로 도로 달려 들어가더니 외쳤다.

"누나, 이 파이 백 개만 만들어주세요. 내일까지!"

아가씨뿐 아니라 밖에 선 세 사람도 놀랐다.

"백 개?"

다음날 아침이 밝았다.

어제 취침 점검 시간에 방을 비웠던 도토리 빌라의 세 소년은 수업 시작 전에 사감 선생의 호출을 받았다. 살짝 긴장되는 순간이었지만, 방 전쟁이 벌어진 걸 아는 사감 선생은 호쾌하게 이해한다고 말하더니 문득 생각난 것처럼 물었다.

"그래서 몇 시에 들어왔지?"

루시안이 순진하게 대꾸했다.

"새벽 1시쯤요?"

점심시간이 되었을 때 셋은 남탑 기숙사 2층 복도를 청소하고 있었다.

"나, 학교에 공부하러 온 건지 청소하러 온 건지 헷갈려."

루시안의 푸념에 막시민이 대꾸했다.

"청소하러 왔잖냐. 몰랐냐?"

"그런데 궁금한 게, 네 친구 소공작께선 왜 안 걸린 거야? 혼자 쓰는 방이지만 거기도 점검을 했을 거 아냐."

막시민은 대충 얼버무렸다.

"그 방 되게 넓어. 옆방에 있나 보다 했겠지 뭐."

청소를 하다 보니 드디어 남탑 기숙사의 크림 차 빌라가 발견되었다. 물론 실제 이름은 달랐지만 막시민이 뭔가 말이 될

듯 말 듯한 추리를 늘어놓으며 이곳이 틀림없다고 주장했다. 잘 보니 오래된 별명이라 그런지 옆에 낙서가 되어 있어서 어느 정도 확인이 되었다.

"그럼 자세히 봐두자. 어떻게 열고 들어가지?"

보리스가 문고리를 만져보더니 말했다.

"이런 자물쇠라면 내가 열 수 있어."

"정말? 역시! 그럼 내일 배달만 받으면 되는 거다!"

로글랑탱 파이 백 개는 하루 만에 도저히 만들 수 없다고 해서 다음날 받기로 해두었다. 학교 밖에서 대기중이라는 루시안네 하인들이 내일 점심때 받아서 갖고 올 예정이었다.

"그런데 파이 백 개로 어떻게 할 거야?"

"그거야 당연히 던져야지! 우리 빌라처럼 잼 범벅으로 만들어줘야지."

"마법으로 청소도 안 되겠지."

그 모습을 상상하며 셋은 만족했다. 청소가 끝나고 강의실로 돌아갔지만 오늘도 조슈아는 보이지 않았다.

"소공작은 수업을 전혀 안 들나 봐. 아침에도 안 오고. 이러다가 낙제하지 않을까?"

루시안이 그렇게 말했지만 그 또한 요즘 수업 내용을 따라가지 못해 남의 걱정을 할 때가 아니었다. 보리스가 잠시 생각하다가 막시민에게 물었다.

93
—
빌라 전쟁

"어제 들은 얘기 말인데."

"어, 그래."

남들 앞에서 언급하고 싶지는 않은 이야기였다. 보리스도 잘 알고 있었다.

"혹시 그것 때문에 나오지 않는 건가? 잠을 자지 못한다든 가."

막시민은 고개를 흔들었다.

"그런 거 없다. 그 자식이 그런 지가 벌써 몇 년째인데."

"어려서부터 친구라고 했지?"

보리스의 말투는 자못 진지했다.

"그런데?"

"넌 조슈아의 말을 믿는 것 같군. 확신할 만한 일을 본 건 가?"

막시민은 선뜻 대답하는 대신 입술을 잘근 물며 보리스의 기색을 살폈다. 다른 학생들이 차츰 강의실로 들어오는 중이 라 막시민은 목소리를 낮췄다.

"네가 과묵한 것 같아서 해주는 말이니까, 그 점 기억해둬. 나, 그 자식을 따라다니는 놈과 얘기한 적 있다. 그것도 자주."

"……."

"사연 복잡해. 하여간 거짓말이 아니란 것만은 알아둬. 나 란 놈은 원래 그런 것 절대로 안 믿는 놈이었다."

막시민은 자기 자리로 돌아갔다. 보리스는 앉더니 오랫동안, 수업 시간에도 계속 생각하는 모습이었다.

식사 시간이나 되어야 겨우 얼굴을 비치는 아르닝 소공작을 뵙기 위해 그날도 학생 몇이 식당에서 서성댔다. 조슈아와 같이 식당에 들어선 막시민이 죽 둘러보더니 바로 눈치채고 이죽거렸다.

"오늘은 두 명 더 늘어난 것 같다?"

조슈아는 그들을 쫓아버리지도 않았고 그렇다고 아는 체하지도 않았다. 곁에 와서 말을 붙이면 최소한으로 대답하긴 했지만 사실상 무시하는 것과 다를 바 없었다. 새삼 모나 시드 시절을 떠올릴 필요도 없이 조슈아는 본래 친구를 잘 만드는 성미는 아니었다.

막시민의 룸메이트가 아니었더라면 새 친구 둘을 사귈 일도 없었을지 모른다. 따져보면 공통점조차 찾기 힘든 두 사람이었다. 루시안은 지나치게 산뜻했고 보리스는 보기 드물게 무뚝뚝했다. 둘 다 조슈아의 분야인 예술에는 별 관심도 조예도 없어 보였다. 설상가상으로 조슈아는 수업에도 거의 나가지 않았다. 마치 포도원 출입을 위해 입학한 것 같은 모양새였다.

"너 수업에는 영 안 나올 거냐?"

"아니, 내일은 슬슬 나가볼까 싶기도 해."

두 사람이 앉은 자리 근처에는 여전히 학생 몇이 기웃대며 어슬렁거렸다. 기회는 쉽게 나지 않았다. 조슈아가 시선 한번 주지 않으니 막무가내로 끼어드는 것도 예의가 아니고, 기다리는 수밖에 없었다. 그들은 막시민의 존재를 특히 불편하게 여겼다. 귀족도 아니고 부잣집 아들도 아니라는 저놈이 늘 소공작을 독차지하고 있어 말 붙이기도 힘든데다, 저런 놈보다 못한 취급을 받는다는 사실이 은근히 기분 상하는 까닭이었다.

"이제 다른 놈들하고 얘기할 마음이 좀 내켰냐?"

마침 식사가 날려져 오자 조슈아는 냅킨을 펴면서 대답을 지체했다.

"그냥, 즐겁더라고."

막시민은 오믈렛을 반쯤 뚝 잘라 한입에 집어넣더니 씹으면서 코웃음을 날렸다.

"스스로 적응할 생각은 없던 놈이 누가 놀아주니까 싫지는 않은 모양이구만?"

"맞아."

조슈아는 일부러 드레싱 없이 달라고 주문한 갖가지 채소들을 하나씩 집어 씹는 중이었다.

"학교생활에 별 기대가 없었어. 예전에 충분히 다녀봤잖아. 물론 그사이 난 달라졌겠지. 하지만 그렇다고 남들의 눈까지 달라져주리라는 기대는 하지 않거든. 그래서 내키는 대로, 나 자신을 위해 학교에 다닐 작정이었어. 여기 학생들이 다 너나…… 리체 같지는 않을 테니까."

"그래, 난 그렇다 치고 리체는 참 관대했지. 어쩔 수 없이 그랬던 건지도 모르지만."

조슈아는 포크를 허공에 띄운 채 멍하니 생각하고 있더니 빙그레 웃었다.

"리체 보고 싶지 않아?"

"우리하고 있을 때보다 훨씬 잘살 텐데 뭘."

"그래도. 그거하고 관계없이."

"보고 싶으면 보러 가든가. 어차피 수업도 안 나오면서."

조슈아의 얼굴에서 미소가 스르르 사라졌다.

"그러고 싶지만 아직은 안 돼. 여기서 연구해야 할 게 많아서."

한동안 포크가 식기에 부딪히는 소리만 들렸다. 조슈아는 일찍 식사를 끝냈다. 먹은 것은 거의 채소뿐이었다. 냅킨을 접어 내려놓으며 조슈아가 말했다.

"나 어제, 학교에 온 뒤 처음으로 포도원에서 책이나 석판 들과 노는 것보다 재미있다는 생각이 들었어."

"거만한 놈."

"매도하지 마. 소심해서 그래."

"네 주위의 꿀벌들한테 그렇게 말해봐라. 소심해서 너희를 무시한다고."

"소심해서 그런 거 맞는데."

"에라, 이 아니꼬운 놈아. 거울에 지금 네 표정이나 비춰보고 그런 말을 해라."

조슈아는 턱을 가볍게 쳐들며 말했다.

"내 표정이 뭐가 어때서?"

이윽고 막시민의 식사도 대충 끝이 났다. 막시민이 무심코 냅킨을 구기면서 물었다.

"그래서 그런 말도 그렇게 쉽게 해버렸냐?"

조슈아는 금방 알아들었다.

"아니, 그럴 생각은 없었는데 너무 신기한 경험이어서. 그 애한테는 분명히 뭔가가 있어."

"있겠지. 그게 뭔지 절대 말해줄 것 같지는 않지만 말이야."

"비밀이 많긴 하지만 본질적으로는 담백해 보이더라."

막시민은 긍정도 부정도 않은 채 턱을 괴었다.

"그렇지만 할 말 안 할 말은 구별해둬라. 올해가 가기 전에 전교생이 널 피해 다니게 만들고 싶지 않으면."

이튿날 파이가 도착했다.

마침 점심시간이었다. 어제 복도 청소도 했겠다, 관리인에게 변명하고 남탑에 들어가기도 좋았다. 몇 번에 걸쳐서 파이 봉지를 옮겨다 놓는 동안 보리스가 자물쇠를 망가뜨려 문을 열어놓았다. 양손에 봉지를 든 막시민이 팔꿈치로 문을 밀어 열면서 보리스에게 말했다.

"그런데 넌 언뜻 보면 이런 데 끼지 않을 것 같은데 묘하게 계속한다?"

"수모를 당하면서 보복하지 않는 건 내가 배운 방식이 아니니까."

"망가진 문짝엔 망가진 문짝으로, 잼에는 잼으로?"

방안은 비교적 잘 정리되어 있었다. 누군가가 사용하는 것이 분명한 옷가지며 책, 말끔한 가구와 양탄자 따위를 보자 이 일을 하자고 제안한 루시안도 조금 머뭇거렸다.

"흐음, 어떻게 할까나."

그때 등뒤에서 첫 번째 파이가 날아들더니 창문을 직격했다. 잼이 터져 나오고 파이는 주르륵 미끄러졌다. 돌아보니 어느새 나타난 조슈아가 파이 가루가 묻은 손을 털면서 씩 웃었다.

"명중이지?"

막시민이 어이없는 얼굴을 했다.

"넌 또 언제 왔냐?"

"이런 일에 끼지 않는대서야 학교에 온 보람이 없지."

루시안이 돌아보고 키득거렸다.

"공부는 안 해도 방 전쟁에는 한몫 낀다는 거구나."

조슈아는 아예 팔을 걷어붙이고 파이를 양손에 한 개씩 들며 말했다.

"이거 생각보다 재밌는데? 터지는 소리가 마음에 들어."

퍽! 퍽!

조슈아가 네 개쯤 던지고 나자 루시안도 동참했다. 둘이 키득대며 다투어 던지기 시작하자 잠깐 만에 거실은 아수라장이 되었다. 파이 가루가 날고 잼이 바닥에 줄줄 흘렀다. 나머지 둘이 굳이 동참할 필요도 없을 정도였다. 둘은 그럴듯한 던지기 자세를 만들었고, 명중률을 경쟁했고, 아직 잼이 묻지 않은 곳을 다투어 찾아냈다. 둘의 손은 물론 소맷자락과 바지, 머리에도 파이 가루와 잼이 묻어 시간이 흐르자 흡사 반죽 통에 빠졌다가 나온 파이 가게의 보조 요리사들처럼 보였다. 뒤에서 주머니에 손을 찌르고 있던 막시민이 말했다.

"둘이 잘 노네."

보리스가 중얼거렸다.

"……원래 저런 성격인가?"

"조슈아? 어, 글쎄. 저런 모습이야 처음 보지만 평소 살짝 맛이 간 건 맞지. 그렇다면 루시안은?"

"보다시피 애라서……."

파이가 거의 다 떨어졌을 무렵, 막시민이 갑자기 나서서 둘을 제지하더니 말했다.

"몇 개 남았냐? 네 개? 됐어. 그만하고 요것들은 테이블에 잘 얹어놓자고. 청소하다가 배고프면 먹고 하라 그거지."

"그거 좋네!"

그사이 구경꾼들도 어느 정도 몰려들었다. 몇 명은 주인들을 찾으러 달려갔다. 그러나 주인들이 올 때까지 기다리고 있을 그들이 아니었다. 막시민이 손을 올리며 구령을 붙였다.

"전투 종료! 철수!"

빈 봉지들은 얌전히 휴지통에 넣어주고 내려오는 동안 파이인간이 된 조수아와 루시안은 서로를 가리키며 키들키들 놀려댔다. 뒤따라가던 두 보호자는 자기들이 정신연령이 낮은 친구를 사귀게 된 이유에 대해 서로에게 변명을 늘어놓았다.

그림자에 붙들리다

네 적이 사라졌다고 안심하지 마.

그는 잠시 쉬는 것뿐이야.

곧 다시 돌아올 거야.

사람과 사람 사이의 일은

저절로 괜찮아지는 법이 없거든.

⚬

오랜만에 켈스니티의 꿈을 꾸었다.

지난번에 갔던 페리윙클섬의 풍경 속이었다. 켈스니티는 혼자 비탈길을 걸으며 생각에 잠겨 있는 듯 보였다. 소리쳐 불러보았지만 대답하지 않았다. 다가갔다. 가까이 갈수록 주위의 풍경이 귀퉁이부터 이지러졌다. 언젠가 막시민의 안경을 빌려 써봤을 때처럼.

목소리가 들릴 수밖에 없는 곳까지 따라가 다시 불렀다. 그러자 켈스니티가 돌아보았다. 그러나 자세히 보니 조슈아를 보고 있는 것이 아니었다. 그의 시선은 조슈아의 뒤쪽 어딘가를 향해 있었다.

켈스니티가 말했다.

"자, 여기야. 주춧돌이 있다던 곳."

자신을 향한 말이 아니라는 것을 알았지만 조슈아는 물었다.

"왜 자꾸 이걸 내게 보여주는 거야? 약속 때문에? 내가 거울을 만들 능력이 없다는 걸 켈스도 알잖아."

"잘 살펴봐."

"살펴본대도 난 마법을 모르잖아. 배울 수도 없잖아."

"거울을 만들 수만 있다면 우리 모두 가나폴리 사람이 될 수 있을까?"

전에는 한 적이 없었던 말이었다. 조슈아는 대답하는 것을 멈추고 켈스니티의 얼굴을 들여다보았다. 늘 보던 평온한 미소와 비슷했지만, 자세히 보니 달랐다. 그보다 생기 어린 표정이었다. 생각해보니 말투도 그랬다.

켈스니티가 다시 말했다.

"네가 거울을 만든다면 옛날 가나폴리 사람들을 만나서 데모닉의 비밀을 물어볼 수도 있지 않겠어?"

조슈아는 다가가 켈스니티의 손을 잡으려 했다. 그때 마침 켈스니티가 돌아서서 주춧돌 쪽으로 갔다. 거기서 다시 돌아서더니 불렀다.

"이카본. 이리 와서 이것 좀 봐."

꿈은 흐려졌다. 잠시 후 조슈아는 혼자 침실에 누워 있었다. 도로 잠들어보려 했으나 소용없었다. 눈이 어둠에 익을 무렵 다시 불러보았다.

"켈스."

주위는 조용했다.

"나한테 대체 무슨 말을 하고 싶은 거야?"

대답은 없었다. 조슈아는 더 견디지 못하고 일어나 거실로 나갔다. 더듬더듬 램프를 켰다. 가운을 걸치고 막 문을 당기는 참인데 누군가가 말했다.

「돌아보지 마라.」

켈스니티가 아니었다. 그러나 이 또한 잊었을 리 없는 목소리였다. 조슈아는 문고리를 잡은 채 멈춰 섰다. 캄캄한 복도를 향해 선 그의 눈에는 멀찌감치 흐릿하게 빛나는 램프 세 개만이 보였다. 등뒤의 목소리가 다시 말했다.

「아무렇지도 않게 잘 있군. 다행스럽고도 유감스럽게도.」

조슈아는 한 걸음 물러나 문을 도로 닫았다. 냉담해진 목소리로 상대의 이름을 불렀다.

"코르네드."

「공작이 내 이름을 잊었을 리 없다는 것쯤은 알아. 내가 오매불망 잊지 못하는 데모닉의 몸이여, 정말 그럴싸하지. 좋고 말고. 아아, 공작, 공작, 공작. 내가 왜 왔는지 알고 있나?」

"지난번에 죽어버리지 않았으니 언젠가는 다시 오겠지 싶었어. 무슨 말을 하고 싶지? 소원을 다그치러 온 건가?"

「네가 무슨 수로 소원을 이뤄주겠어. 마법사도 아닌 주제에.」

"그렇게 믿어주면 고맙고."

조슈아는 몸을 돌리려 했다. 그러자 목소리가 다급하게 외쳤다.

「돌아보지 마!」

"나한테 명령할 입장이 아닐 텐데? 내게 부탁하고 싶은 게 있으면 이유부터 말해야지. 안 그래?"

「내 모습을 보이고 싶지 않다. 아마 너도 보고 싶지 않을걸.」

"왜?"

「흉하니까. 아주…… 흉해졌으니까.」

조슈아는 이해가 가지 않았다. 그는 코르네드의 모습을 잘 알고 있었다. 이미 죽은 그가 새삼 달라질 거라고는 생각되지 않았다.

"난 봐야겠어."

돌아서자 어둠에 잠긴 희미한 윤곽이 보였다. 창문에 비스듬히 기대어 선 모습이었다. 그는 곧 뒤로 비척비척 물러났는데 움직임이 조금 이상했다. 무심코 주시하던 조슈아는 곧 흠칫 놀라 눈을 크게 떴다. 예전에 만났을 때, 조슈아의 눈에는 사람과 다를 바 없어 보이던 코르네드의 몸이 뼈가 다 비쳐 보이는, 피부 대신 반투명한 휘장을 입은 시체처럼 변해 있었다.

"왜 그렇게 됐지? 지난번 강령의 영향인가?"

「흐흐흐흐…….」

코르네드는 괴이한 목소리로 웃을 뿐 대답하지 않았다. 조슈아는 한 발짝 다가갔다. 밀랍을 얇게 입혀 희미하게 빛나는 뼈 인형 같은 모습이 점차 잘 보였다.

"말해봐."

「다 공작 덕택이지. 새 옷 한번 입어보지 못하고 몇백 년이 흘렀는데 지루할까 봐 겉모습도 바꿔주시니 이 어찌 아니 친절하다 할쏘냐.」

이해가 가지 않아 조슈아는 눈썹을 올렸다.

"내가 그렇게 만들었다고?"

「또 나한텐 그런 능력이 없어, 라고 할 참이겠지? 아이고, 이젠 말씀만 들어도 알겠습니다. 네, 그런 능력이 없으시죠. 능력이 없으니 책임도 없는 공작 폐하. 어차피 할 줄 모르니 인생이 마냥 편한 공작 폐하. 제가 한 가지 새로운 사실을 알려드릴까요?」

코르네드가 키들키들 웃더니 조슈아에게 다가왔다. 모습을 보이고 싶지 않던 생각도 이젠 없어진 듯했다.

「우리 사제님께서 어디로 사라지신 것 같습니까?」

조슈아가 고개를 번쩍 들었다.

"켈스가 어디로 갔는지 알아?"

「흐후흐하하하하……. 정말 몰라서 속 편하신 공작 폐하야. 나도 당신처럼 속 좀 편해봤으면 소원이 없겠는데. 난 유감스럽게도 그럴 수가 없어서 고뇌에, 분노에, 뱃속이 드글드글 끓는다. 켈스니티는, 그자는 말이야, 지금 공작의 뱃속에 있지.」

조슈아는 미간을 찌푸리며 눈을 깜빡거렸다.

"농담을 듣고 싶은 기분이 아니야."

「농담일 리 있겠나? 감히 공작 폐하 앞에서. 못 믿겠으면 한번 찾아보지그래? 켈스니티가 최근 곁에 나타난 일이 있던가? 그럴 리 없겠지? 아마 꿈속에서만 나타났겠지. 안 그래?」

그 말 그대로였으므로 조슈아는 말을 잇지 못한 채 코르네드를 노려보았다. 뱃속이라. 어감이 좋지 않았다. 자신이 켈스니티를 맹수처럼 잡아먹기라도 했다는 말인가? 대체 언제? 켈스니티가 나타나지 않기 시작한 것은…….

생각을 더듬던 조슈아의 표정이 변했다.

"설마, 그 말은 내가 잠들어 있던 때⋯⋯."

「이제 눈치를 채셨나? 참으로 느리시네. 공작이 죽을 지경에서 살아난 게 설마 벼락 맞을 기적이라도 일어나서라고 생각했나? 참 안타까운 일이었지. 공작이 죽었으면 내가 아주 재밌게 해줬을 텐데 말이야. 반년이나 죽어 있다가 살아난 주제에 자기 행운이 어디서 나왔는지 별로 궁금하지도 않았던 모양이야? 원래 그런 인생이라 익숙하신가? 다른 사람의 운까지 빨아들여서 살아가는 데모닉, 그게 무슨 뜻인지 진정 잘 알 것 같군.」

조슈아의 눈가가, 입가도 바르르 떨렸다.

"켈스가 어떻게 됐지? 그것만 말해."

「네 속에 갇혔지. 기억나나? 예전에 날 쫓아내려고 켈스니티가 공작의 세계로 다이브해서 잠든 공작의 의식을 건져 왔던 걸? 그거하고 똑같은 일을 벌인 거야. 그것도 반년 동안. 공작의 심장이 멎지 않도록, 피가 굳지 않도록, 모든 기관이 멈추지 않고 돌아가게 하려고 우리 모두가 필사적으로 힘을 쏟아넣었다. 빌어먹을 '축복받은 아르님' 때문에, 맹세 때문에, 네놈 하나를 죽지 않게 하려고!」

이어 코르네드는 키득키득 웃었는데 다시 귀를 기울이자 우는 것처럼도 들렸다.

「물론 그런 일이 공짜로 될 리가 없지. 반년 동안 다이브해 있던 켈스는 이제 밖으로 나올 수 없게 됐어. 타인의 의식과 동화되는 사제의 능력 때문에 그동안 네 몸에 손대지 않으려고 그렇게 애쓰더니 결국 그 능력으로 널 살릴 마음을 먹었지. 너 대신 네 몸을 움직이려고 네 의식에 자신의 의식을 집어넣었어. 그 결과가 이거지. 네 꿈속의 켈스니티는 이제 너를 알아보지도 못할 거야. 네 의식과 동화되어서 자신의 의식을 거의 잃었어. 조각난 기억들만이 네 세계 곳곳에 흩어져 있을 뿐이야. 그것도 오래가지 않겠지. 곧 소멸될 테니까.」

"소멸되다니?"

「네 의식에 파묻혀서 결국 없어져버릴 거라고. 그 똑똑한 머리로 생각해보란 말이야. 유령에겐 물리적 실체가 없지. 의식만으로 이루어진 존재가 아니겠어? 한데 그걸 놓쳐버리면 존재도 없어지는 것과 다를 바가 없지 않나? 진혼되는 것과는 다르겠지만, 아니 실은 훨씬 더 나쁘지! 왜냐면 진혼되면 다시 태어날 가능성이라도 있지만 이 경우에는 그런 것조차 없이 영원한 소멸이거든? 흐후하하하…….」

창백해진 조슈아의 시선이 바닥으로 떨어졌다. 심장이 뛰었다. 아주 빠르게. 이조차 자신의 것이 아님이 생생하다. 피가 온몸을 돈다. 생동하고 움직이는 모든 것은 빛이다. 누군가가 불어넣어준 생기다.

조상의 맹약자 켈스니티는 약속을 지켰다. 축복받은 아르님을 살려냈다⋯⋯. 원치 않았다. 이런 결과는 결코 원치 않았다.

"코르네드⋯⋯. 조금 전에 내가 널 그런 모습으로 만들었다고 했지? 그 말은 너를 비롯한 약속의 사람들도 나 때문에 힘을 소진했다는 뜻인가? 그래서 너희가 최근 내게 오지 못했던 건가?"

코르네드는 뼈가 비쳐 보이는 손을 짜증스럽게 내저었다.

「그래, 공작이 칼에 찔려 의식이 끊기자마자 켈스니티가 공작에게 다이브해서 몸의 기능이 멈추는 걸 막기 시작했지. 그자가 그러고 있는데 모르는 체하기가 쉽겠어? 널 좋아하던 자들은 일찌감치 뛰어들었지만 그자들만으로 힘에 부치기 시작하니까 나 같은 놈도 어쩔 수가 없더군. 그 결과 이렇게 아름다운 모양새가 되어서 참 몇백 년 만에 삶이 새롭군그래.」

한때 조슈아의 몸을 빼앗아 살아보겠다고도 했던 코르네드였다. 그럴 만큼 악의가 깊던 그조차 결국 조슈아를 살리는 일에 뛰어들었다. 참 기나긴 악연이었다. 끊기 힘든 애증이었다. 이카본과 약속의 사람들, 이카본과 켈스니티, 그들의 얽히고 어긋난 역사가 조슈아에게 이어져 의무도, 권리도 주었고 위기도, 삶도 가져왔다.

조슈아는 입술을 깨물었다. 피가 나도록 깨물었다.

"······고마워."

코르네드는 고개를 돌려버렸다.

「나한테 고맙긴, 그까짓 것쯤 대수겠어? 이쪽은 그래도 의식을 유지하고 있단 말이야. 그런 소릴 하려거든 켈스니티나 어떻게 해보라고. 저대로 둘 거야? 저 이카본과 축복받은 아르님의 일이라면 앞뒤 분간도 않고 모든 걸 내던지고 보는 사제를?」

코르네드는 몸을 돌려 걷기 시작했다. 조슈아가 그를 불렀다.

"코르네드, 네가 온 건······."

「좋을 대로 생각해. 나야 별것 아닌 힘을 좀 보탠 것뿐이지. 공작을 싫어하는 마음도 변하지 않았어. 또 기회가 온다면 지난번처럼 해버리고 말걸. 다시 기회를 줄 리 없겠지만. 하지만 공작이 켈스니티를 외면한다면 나 따위 놈조차도 용서를 못 하지. 그것만은! 그자가 지독스럽게 답답하고 편협한 자이긴 해도 그게 다 이카본과 그의 핏줄들, 즉 너를 위해서란 점만은 분명한 사실이니까.」

코르네드는 이윽고 창문 쪽 벽을 통과하더니 사라졌다. 벽위로 희끄무레한 팔뼈가 보인 것이 마지막이었다. 조슈아는 의자 등받이를 꽉 잡은 채 캄캄한 창밖을 쏘아보았다. 눈이 뜨거워졌다. 가슴에 얹었던 손이 미끄러져 흉터가 있는 곳에 닿았다. 손끝 아래 아물어 붙은 자국이 느껴졌다. 순간 찢어

열고픈 충동이 일었다. 그렇게 해서 켈스니티가 돌아올 수만 있다면. 아나로즈가 자신을 무덤에 묻었다고 한 말이 떠올랐다. 이곳 또한 무덤이었다. 켈스니티가 봉인된 자리였다.

"조슈아."

옆에서 또 다른 부름이 들렸을 때 조슈아는 저도 모르게 고개를 마구 내저었다.

"필요 없어. 저리 가. 다 가버려. 듣기 싫어."

"지금 왔다가 간 게 누구지?"

유령이 아니었다. 조슈아는 고개를 돌렸다. 옆방 문이 열려 있고 잠옷 차림의 카르디…… 자신과 똑같은 모습을 한 그가 문간에 서 있었다. 이럴 때면 저도 모르게 오한이 인다. 어둠 속에서 마주친 저 아이는 한밤중에 거울 속에 비친다는 자신의 과거나 미래 같다.

조슈아는 간신히 숨을 토해내고는 대답했다.

"코르네드. 약속의 사람들 중 하나야."

카르디는 약속의 사람들을 모를 것이다. 하지만 설명할 정신이 나지 않았다. 지금은 그럴 기분이 아니었다. 카르디도 더 묻지 않았다. 그가 알고 싶은 것은 다른 이름이었다.

"켈스에 대해서 말했지?"

카르디도 켈스니티만은 알고 있었다. 그럴 수밖에 없었다.

"다 들었어?"

고개가 끄덕여졌다. 조슈아는 입술을 깨물었다.

"나 때문이야. 날 살리려다 이렇게 됐어. 내가 그를 삼켜버렸어."

"내가 널 찔렀기 때문이지."

카르디는 침착하게 다가와 램프의 심지를 돋웠다. 서로의 얼굴이 불그레한 빛 속에 드러났다.

"켈스는 나한테 오지 않았어. 네게만 갔지. 난 켈스가 날 잊은 줄로만 알았어."

조슈아는 켈스니티가 이 자리에 있다면 둘을 어떻게 대했을까 말없이 생각했다. 답은 나오지 않았다.

"이제 나와 켈스는, 너와 켈스의 사이 같지 않겠지. 괜찮아. 난 데모닉 이카본의 자손이자 두 번째 데모닉 공작이 되어야 할 아르님 소공작이 아니니까. 막스 카르디일 뿐이지."

"……."

"하지만 넌 의무를 지켜야만 할 거야. 네가 더 안됐어. 내가 빼앗아 가질 수 없는 단 몇 명의 사람들, 그들만 아니라면 난 정말 널 부러워하지 않을 텐데."

카르디는 부서지고 있는 자신의 몸에 대해서는 완전히 잊은 것처럼 말하고 있었다. 조슈아도 굳이 언급하지 않았다. 첫날 수업에 잠깐 나갔다가 온 후로 카르디는 밖으로 나가지 않았다. 혼자 방에 틀어박혀 조슈아조차 만나려 하지 않았다.

"학교에서는 어떻게 지내지? 소공작답게 점잖게? 아니면 카르디처럼 거침없이? 우리가 갈라진 이상 넌 전자를 택해야 해. 후자는 내 거니까. 공평하게 나눠 가졌잖아. 난 소공작의 자리를 포기했어. 그러니 너도 약속을 지켜야지. 만약에 후자를 택했다면 그 역할은 내게 넘겨야 돼. 어때? 말해봐. 어느 쪽이지?"

카르디의 목소리는 점차 다그치듯 높아졌다. 평소라면 조슈아도 차근차근 말해서 카르디를 달래려 했을 것이다. 그러나 지금 그는 그럴 수 있는 상태가 아니었다. 눈물이 흘렀다. 켈스니티 때문에, 카르디 때문에, 그리고 아무것도 떠오르지 않는 자신 때문에 견딜 수가 없었다. 조슈아는 몸을 돌려 침실로 달아났다. 문을 닫고 빗장을 걸었다. 밖에서 들려올 목소리, 그리고 주위를 떠도는 목소리들을 듣지 않으려고 귀를 막았다.

이튿날 아침, 첫 검술 수업이 있는 수련 뜰에서 루시안은 오랜만에 조슈아를 보고 반색했다.

"야아, 드디어 수업에 나온 거야? 오늘은 야외라서?"

"……."

조슈아는 멍하니 생각에 잠겨 있어 루시안의 말을 듣지 못했다. 루시안이 어깨를 툭툭 치자 그제야 정신이 돌아왔지만 대꾸는 허공을 헤맸다.

"응? 아, 그건 그렇지……."

"뭐가 그래?"

티치엘이 급히 손짓해 부르는 바람에 대화는 더 이어지지 못했다. 언제부터인가 1학년들 사이에서 '도토리 빌라 군단'이라고 불리는 다섯 사람이 모이자 티치엘이 심각한 눈빛으로 그들을 둘러봤다.

"너희 어제 뭔가 이상한 짓 했지?"

티치엘이 하려는 말을 눈치챈 루시안이 의기양양하게 말했다.

"그게 뭐 이상해. 자기들이 한 거하고 똑같은데."

"그런 문제가 아냐. 그 방 선배들이 지금 엄청나게 화가 났어."

"아, 성공이네. 그걸 우리가 좋으라고 했겠냐?"

막시민도 별 위기감 없이 대꾸하자 티치엘은 속이 타는 모양이었다.

"너희가 몰라서 그래. 방 전쟁에서 반격하는 거야 문제는 안 되지만, 이번에는 정도가 심했어. 그 방 선배들 넷이 오늘 아침까지 청소했는데도 다 못 했대. 게다가 개인적인 물건들이 못 쓰게 돼버렸어. 그 선배들은 마법을 썼기 때문에 우리가 치운 건 물이었지만, 그쪽은 진짜 끈적끈적한 허니 레몬 잼이었단 말이야."

"그야 우린 마법을 못 쓰니까 어쩔 수 없잖아?"

"썩은 셀러리보다야 허니 레몬 냄새가 백번 낫지 뭘 그래."

도무지 말귀가 통하지 않았다. 잠시 후 등뒤에서 구령이 들려왔기 때문에 티치엘은 자기 자리로 돌아갔다.

오랜만에 야외에 나와 선 학생들 앞에는 비교적 젊은 교수, 아니 조교가 서 있었다. 검술 마스터는 신입생 수업에는 잘 나오지 않았다. 마스터를 돕는 두 사람의 조교 중 하나가 신입생 기초 교육을 맡고 있었다. 신입생에게는 진짜 검이 주어지지 않았다.

"자, 여기 놓인 목검들을 나누어주겠다. 하나씩 가진 다음 자기가 검술 경험이 있다고 생각하는 사람은 오른쪽, 전혀 못한다고 생각하면 왼쪽에 서도록."

이윽고 대충 나눠지고 보니 루시안과 보리스는 오른쪽, 조슈아와 막시민은 왼쪽에 서 있었다. 루시안이 의아한 표정으로 그들을 봤다.

"진짜 검을 전혀 못 써?"

막시민은 이런 데서 아는 체해봤자 좋은 일이 없다는 걸 본능적으로 알고 있었다. 조슈아가 왼쪽에 선 것은 다른 학생들의 시선도 끌었다. 귀족 자제로서 검을 배우지 않았다는 것은 매우 드문 일이었다.

보리스는 실버스컬 우승자라고 했으니 당연히 오른쪽이겠지만 루시안의 실력은 모를 일이었다. 루시안은 그쪽에 선 스스로가 굉장히 기특하게 생각되는 모양이었다. 걱정은 보리스가 했다.

"괜찮겠어?"

"그럼! 걱정 마. 이래 봬도 검술로 학교 들어왔잖아."

"그건 증명된 사실이 아닌데."

"아니면 뭐, 내가 뭘로 합격했겠어? 설마 교수들을 웃겨서?"

잠깐 동안 간단한 체력 훈련이 진행되었다. 이윽고 조교는 옆 수련장에서 연습중이던 고학년 둘을 불렀다.

"여기 신입생들의 실력이 어느 정도인지 시험 좀 해봐라."

하나는 왼쪽 학생들, 다른 하나는 오른쪽 학생들 담당이었다. 왼쪽에 선 선배는 비교적 건장해 보이는 신입생 하나를 골라냈다.

"나와 간단히 대련을 해보자. 심하게는 하지 않으니 걱정하지 말고."

경험자들로 이루어진 오른쪽 학생들 앞에는 체격이 크고 어깨도 딱 바라진 것이 한눈에 봐도 힘깨나 쓰겠거니 싶은 선배가 섰다. 그가 말했다.

"난 르로이라고 한다."

친절하다고 하긴 어려운 목소리였다. 그의 눈이 신입생을 죽 훑었다.

"누가 대련해볼까. 거기 너."

르로이가 가리킨 사람은 앞줄에 선 루시안이었다. 루시안의 얼굴이 달아올랐다.

"저, 저요?"

"그래, 너다. 이리 나와."

루시안은 잔뜩 긴장했지만 거절하지는 않았다. 루시안이 나와 서자 르로이는 다른 학생들을 모두 자리에 앉게 했다. 그러더니 다짜고짜 기합을 울리며 세워 든 루시안의 목검을 후려쳤다.

"으앗!"

예고 없이 밀려든 힘에 루시안은 하마터면 목검을 놓칠 뻔했다. 겨우 움켜잡긴 했으나 검 끝이 휘청거리며 곡선을 그렸다.

"정신이 빠졌군!"

아래로부터, 다시 왼쪽에서 목검이 날아들었다. 흐름을 놓친 루시안은 한 발짝 뒤로 비켰다가 반 바퀴 옆으로 돌며 호흡을 되찾아보려 했다. 그러나 그에게 이 대련은 처음부터 곤란한 점이 많았다. 학생들에게 주어진 목검은 일률적으로 똑같은 모양, 즉 장검에 가까웠는데 루시안이 지금껏 연마해온 검은 이보다 훨씬 가볍고 가늘었다. 당연히 쓰는 법이 다를 수밖에 없었다. 루시안 본인이 근력이 강한 편도 아니었다.

목검은 나무로 만든 것치고는 상당히 묵직했다.

순식간에 몇 번이나 충격을 견뎌야 했던 루시안의 손목이 풀리는 기색이자 르로이는 거침없이 앞으로 다가들었다. 다시 한번 방어를 후려버리고 뻗은 목검이 루시안의 어깨에 닿았다. 일반적인 대련이라면 거기에서 승부는 끝났어야 했다. 그러나 르로이의 목검은 루시안의 어깨를 강하게 찔러 밀치더니 이어 내리쳤다. 반사적으로 피하긴 했으나 팔꿈치 언저리를 얻어맞고 말았다. 저릿저릿한 감각이 팔 전체에 퍼졌다.

"아야……."

루시안의 자세가 흐트러졌다. 르로이는 기회를 놓치지 않고 허리를 찔렀다. 한 번, 두 번, 되풀이되는 공격은 실력을 시험해본다고 하기에는 지나치게 힘이 들어가 있었다. 루시안은 마침내 외쳤다.

"그만! 제가 졌어요!"

"고작 그걸 못 견뎌서 항복이라고? 썩어빠진 놈 같으니."

학생들의 눈빛도 점차 의아해졌다. 이건 실전도 아니고 정식 대련도 아니었다. 이곳이 군사학교도 아니었다. 저렇게까지 몰아붙일 필요가 없었다. 사람들의 반응이 어떻든 르로이는 멈출 생각이 없어 보였다. 닿는 곳마다 용서 없이 내리치고 찌르고 밀쳤다.

루시안이 당황해서 소리쳤다.

"왜 이러세요!"

심각성을 눈치챈 막시민이 조슈아의 팔을 잡아당겼다.

"야, 조군. 정신 좀 차려봐. 저기 저 자식, 르로이라는 이름, 익숙하냐?"

겨우 정신이 돌아온 조슈아가 "르로이?" 하고 되묻더니 바로 대답했다.

"기 르로이. 크림 차 빌라 앞에 씌어 있었어."

막시민이 이건 아니다 싶어 막 일어나려는 찰나 먼저 일어난 사람이 있었다. 그때 르로이는 루시안을 벽까지 몰아붙여 검을 떨어뜨리게 만든 참이었다. 다시 날아드는 목검을 본 루시안이 저도 모르게 오른팔을 들어 얼굴을 가렸다. 목검은 그대로 명중했다. 학생 몇이 비명을 질렀다.

"······."

정작 루시안은 아무 소리도 내지 않았다. 그러나 얼굴을 가렸던 팔을 감싸쥐려다가 표정이 일그러지는 것을 누구나 알아봤다. 일어섰던 막시민, 그리고 조슈아도 놀라 눈을 크게 떴다. 르로이가 의기양양해져서 목검을 내리는 순간이었다.

"제 실력도 시험해보시죠."

"넌 뭐야?"

돌아보니 보리스가 어느새 열을 벗어나 등뒤에 서 있었다. 상대를 알아본 르로이는 조소를 머금으며 고개를 저었다.

"하나면 충분해. 이렇게 재미없는 일을 두 번이나 할 순 없어."

"한 명과 겨뤄보고 신입생의 실력을 다 알았다고 할 순 없지 않습니까?"

"내가 너희가 하자는 대로 놀아주는 사람인 줄 알아? 비켜!"

"그러면 저는 르로이 선배 한 사람을 보고서 네냐플의 선배들은 만만한 상대가 아니면 도망치기나 좋아하는 비겁한 자들이라고 판단하면 되겠습니까?"

정곡을 찔렀다. 르로이는 더 대꾸 않고 거칠게 검을 휘둘러보더니 대련 위치에 섰다. 막시민이 말했다.

"말 없던 놈이 한마디 제대로 했는데."

보리스는 목검을 잡자 기다리지 않았다. 굳이 정식 자세를 취할 것도 없이 바로 상대의 검을 다른 방향으로 세 차례 후려쳤다. 동작이 마무리되는가 싶은 순간 이미 다음 자세로 바뀌며 르로이의 손을 강타했다. 르로이는 겨우 손을 당겼지만 검신에 밀려든 힘까지 피할 수는 없었다. 땅, 하는 소리가 수련장 전체를 울렸다.

"이놈이……."

다섯 호흡 만에 르로이는 루시안이 몰린 것과 똑같은 벽으로 몰렸다. 문외한이 보기에는 비슷한 전개다 싶겠지만 실상은 달랐다. 루시안이 초반 흐름을 잡지 못해 밀렸다면 이쪽은 충분히 준비를 하고 있었는데도 대응하지 못했다. 머릿속으로 생각한 흐름이 모조리 깨졌다. 이상하리만큼 매번 반 박자, 또는 한 박자씩 빨랐다. 실력으로 되지 않자 동급생들을 쉽게 누르던 힘에 의지해보려 했지만 그것도 잘 안 되었다.

벽에 몰린 르로이는 자세를 추스르며 방어에 치중하려 했으나 뒤이어 올려친 목검에 맞자 검 끝이 허공에 떴다. 몸 안쪽이 비는 순간 보리스의 목검이 가슴으로 쇄도하여 명치 아래를 찔렀다. 허리가 꺾이며 신음이 나왔다. 이어 어깨 안쪽을 내리치자 비명이 공기를 찢었다.

"으아악!"

보리스는 어깨 근처를 감싸쥔 르로이를 내려다보더니 냉담한 얼굴로 목검을 내던졌다. 그리고 사람들이 이미 밖으로 데려간 루시안을 뒤따라 나가버렸다.

학교에 두 명의 부상자가 생겼다. 하나는 오른쪽 하박이 부러졌고 다른 하나는 쇄골골절이었다. 이런 사고가 생긴 것에 유감을 느낀 검술 마스터가 학생들을 소집하여 경위를 물어 진상이 밝혀지게 되었다.

빌라 전쟁의 불문율은 상대에게 폭력을 휘둘러서는 안 된다는 것이었다. 르로이가 먼저 그것을 어겼다. 자신의 지위를 교묘히 활용한 까닭에 보기에 따라서는 수업중의 사고로 여겨질 수도 있었으나, 대부분의 신입생들이 그 주장에 반대했다. 루시안에게 한 짓은 누가 보아도 너무 심했다.

보리스 또한 같은 불문율을 어겼지만 그건 상대에게 반격한 것에 불과하다는 증언들이 있었다. 반면, 선배들이 생각하기에는 신입생이 선배가 한 일을 그 자리에서 되갚았다는 것이 그리 좋게 보이지 않는 모양이었다. 더구나 르로이의 부상 쪽이 좀더 심했다.

일단 르로이와 보리스 두 학생에게 근신 처분이 내려졌다. 처벌 여부는 더 논의해보고 결정하기로 했다. 빌라 전쟁의 결말 또한 교수들의 손으로 넘어갔다. 일단 폭력 사태가 난 이상 이대로 두면 계속해서 더 심각한 일이 벌어질 가능성이 높았다.

병실에 누워 있는 둘을 위해 약초학 마스터인 로렐딘 교수가 직접 와서 치유술로 뼈를 붙여주었다. 한동안 절대안정을 취하며 부러졌던 부위를 움직이지 말아야 했다. 마스터의 처분에 따라 루시안은 닷새, 르로이는 이레 동안 병실 신세를 지게 되었다.

"보리스가 그 선배를 부르는 순간 아픈 것도 잊어버리고 킬킬 웃었다니까. 저 자식 이제 죽었다, 이러면서."

루시안은 그만한 부상을 입은 것치고는 기분이 좋아 보였다. 막시민은 한심하다는 표정을 지었지만 굳이 말로 하지는

그림자에 붙들리다

않았다.

조슈아가 말했다.

"보리스는 여기 못 올 거야. 근신 처분을 받아서 당분간 기숙사에서 나올 수가 없어."

루시안은 실망한 표정이었다.

"나 여기 닷새나 있어야 되는데. 그럼 그동안 죽 못 보네?"

"닷새 못 본다고 죽냐. 늬들이 연인 사이도 아니고."

"그보다는, 고맙다는 말도 못 했거든. 나 때문에 근신까지 받은 건데."

"그건 그렇지. 네 팔 부러졌다고 그 자식 쇄골을 깨버리다니. 은근히 성깔 험하더구만."

막시민은 나쁜 뜻에서 한 말이 아니었지만 루시안은 변명을 해야 한다는 생각이 들었던 모양이다.

"그게, 보리스는 어려서부터 워낙 여러 가지 나쁜 일이 있었나 봐. 예전에 같이 주사위 놀이를 하는데 굉장히 소심하게 하기에 좀 지더라도 과감하게 걸어보는 게 재밌지 않겠느냐고 했거든? 그랬더니 보리스가 뭐랬냐면……."

조슈아는 저도 모르게 귀를 기울이고 있었다.

"자기는 게임에서 지는 순간 항상 다음 게임은 없다는 기분이 든대. 그래서 절대로 남은 것을 다 걸 수가 없다는 거야."

"흐음."

막시민은 고개를 기울이며 잠깐 생각하더니 어깨를 으쓱했다.

"죽을 고비라도 넘겼던 모양이지."

조슈아가 일어섰다.

"그럼 가서 네 말 전해줄게. 고맙다고."

루시안이 왼손을 흔들며 말했다.

"응, 나 다 나으면 우리 다시 검술 연습하자고 말해줘. 다음에는 내가 그 자식 직접 혼내주게!"

보리스는 문 두드리는 소리를 들었다. 혼자 거실에 앉아 생각에 잠겨 있던 참이었다.

들어오라고 말하려다가 그는 마음을 바꾸었다. 이 방 사람이라면 노크할 필요 없이 문을 열 테고, 아니라면 별로 만나고 싶지 않았다. 잠자코 있자 노크 소리는 더 들리지 않았다.

잠시 후 무언가가 벽을 타고 미끄러지는 소리가 들렸다. 문득 빌라 전쟁 상대인 누군가가 와서 무슨 일을 벌이는지도 모른다는 생각이 들었다. 보리스는 벌떡 일어나 문을 열었다.

밖에는 아무도 없었다. 아니, 없는 것처럼 보였다. 실제로는 문 왼쪽 벽에 누군가가 웅크리고 앉아 있었다. 벽에 기댄 채 무릎을 세우고 팔 사이에 머리를 파묻은 사람은 조슈아였다.

"조슈아?"

상대가 고개를 들었다. 분명히 조슈아였다. 그런데 그는 보리스를 알아보는 기색이 아니었다.

"무슨 일이지?"

대답 대신 이상한 중얼거림이 흘러나왔다.

"그건 안 돼……. 난 그러지 않을 거니까……."

조슈아는 일어났다. 보리스에게는 더 눈길을 주지 않았다. 비척대며 걷던 그는 문이 열린 도토리 빌라 안으로 들어갔다. 거실을 가로질렀다. 의자에 부딪혔지만 신경쓰지 않았다. 그대로 창문 앞에 이르렀다. 창문은 마침 새로 피운 장작에서 난 연기 때문에 열려 있었다.

"당신 멋대로…… 할 수 있다고 생각하지 마……."

조슈아는 창밖을 내다보았다. 좀더 몸을 내밀었다. 기울어졌다. 상반신이 앞으로 쏠리며 균형이 깨어졌다. 그런데도 자세를 고치지 않았다. 그대로 창밖으로 뛰어내리려는 것처럼. 또는 걸어나가려는 것처럼. 어느 쪽이든 그냥 놔둘 상태는 아니었다.

"조슈아!"

문간에 서 있던 보리스가 뛰어들어왔다. 조슈아의 몸은 막 창밖으로 넘어가려던 찰나였다. 보리스가 급히 움켜쥔 소맷자락이 어깨에서 쭉 찢어졌다. 보리스는 가까스로 조슈아의 왼팔을 움켜잡고 허리를 감아 끌어당겼다. 간발의 차이였다.

그렇게 쉽게 떨어질 상황이 되리라고는 상상도 하지 않았기에 대응이 늦었다.

보리스는 끌어올린 조슈아를 바닥에 앉혀놓고는 창문을 닫아 걸쇠를 걸고, 이어 문도 닫고 돌아왔다. 그런 다음 마주앉았지만 조슈아의 눈은 초점이 잘 맞지 않았다.

"왜 이러는 거지?"

대답이 없었다. 보리스는 잠시 후 다시 물었다.

"유령 때문인가? 그들이 괴롭히는 건가?"

그 말에 조슈아가 고개를 들어 보리스의 눈을 바라보았다. 겨우 얼굴에 표정이 나타났다.

"여긴 유령이 없네."

안도인지 실망인지 판단하기 어려운 기이한 표정이었다. 조슈아는 보리스가 잡았던 팔을 내려다보았다. 보리스도 보았다. 찢겨나간 소맷자락 아래 이상한 것이 나타나 있었다.

"이건……."

창틀 따위에 긁힌 상처라고 생각하기에는 지나쳤다. 생나무, 아니 산 짐승의 껍질을 잡아 벗긴 듯 참혹한 자국이었다. 어지간한 보리스도 놀라 눈을 크게 떴다.

"이건 대체 뭐지?"

대답은 없었다. 보리스는 자신의 손을 보았다. 진물 섞인 핏자국, 그리고 나비 가루처럼 하얀 것이 묻어 있었다. 기분

127
—
그림자에 붙들리다

이 이상해졌다. 이런 것을 언젠가 연상한 일이 있었다. 석고처럼 하얗게 부서지는 사람…… 아니, 사람이 아닌 것.

조슈아가 속삭였다. 얼른 알아듣기 힘든 목소리였다.

"막시민은…… 어디 있지?"

"곧 올 거야."

조슈아는 일어나 아무 일도 없었던 것처럼 의자에 앉았다. 그런 채로 양손에 얼굴을 파묻고 가만히 있었다. 보리스는 따라 일어나 그를 내려다보았다. 눈가가 점차 어두워졌다.

"조슈아. 말해봐. 어디서 그런 상처를 입었지?"

한참 만에 손가락 틈으로 목소리가 새어 나왔다.

"저절로……."

"저절로라고?"

그때 노크 소리가 들렸다. 조슈아가 고개를 번쩍 들며 외쳤다.

"막시민?"

외침과 동시에 문이 와락 열렸다.

"어째서 네가 여기에……."

그 말은 끝까지 이어지지 못했다. 문을 연 조슈아는 보리스와 함께 있는 사람을 보고 말문이 막혔다. 보리스는 둘을 번갈아 보며 말을 잊었다. 눈을 의심해도 소용없었다. 분명히 둘이었다. 그러나 도저히 구별할 수 없는 두 사람이었다.

이윽고 조슈아는 문을 닫았다. 아예 잠갔다. 그리고 의자 곁으로 다가갔다.

"왜 여기까지 왔어?"

또 다른 조슈아가 재빨리 대답했다.

"막시민에게 할말이 있었어."

"내게 부탁했으면 불러다 줬을 거야."

"그래, 그랬겠지만 결국 막군은 오지 않았겠지. 왔을 리가 없잖아."

보리스가 물었다.

"너희 둘은 뭐지? 쌍둥이인가?"

갑자기 처음의 조슈아가 벌떡 일어나더니 잠긴 문을 열어 젖히고 뛰어나갔다. 조슈아는 뒤쫓아가려다가 곧 고개를 흔들며 멈췄다. 복도를 오가는 학생들에게 둘의 모습을 들켜선 안 될 일이었다. 문을 닫고 돌아온 조슈아는 보리스에게 맥없는 미소를 보였다.

"놀랐지? 미안하다."

"미안한 게 문제가 아니고."

"말해두지만 우린 쌍둥이는 아냐."

더 무어라 설명하면 좋을지 몰라 조슈아가 머뭇거리고 있는데 보리스가 불쑥 물었다.

"그는 인형인가?"

제물

옛날부터 난 물병자리 인간이 되고 싶었어.

이젠 그럴 수 없다는 걸 알지.

내가 그들을 사랑하는 까닭은

태어나는 순간 말라붙은 세상에 내던져져서

물 한 모금이 꼭 필요해서야.

늘 비늘이 마르고 있어서야.

～

　난롯불이 발갛게 거실 바닥을 비췄다. 다른 램프는 없었다. 취침 점검도 끝나고 모두가 잠들어 있을 시각이었다.

막시민과 보리스, 그리고 조슈아는 의자도 놔두고 난로 앞에 쪼그리고 앉아 담요를 나눠 덮었다. 시간이 시간이니만큼 난롯불 말고는 밖으로 새어 나가면 안 되었다. 막시민과 조슈아가 띄엄띄엄 해준 이야기를 듣고 난 보리스는 오랫동안 아무 말이 없었다. 막시민이 말했다.

"남한테 말할 만한 성질의 문제가 아니란 건 알 거다. 비밀 지켜줘라. 루시안한테도."

"……."

이윽고 막시민은 한숨을 내쉬며 일어나 새 장작을 집어넣었다. 그리고 부지깽이를 집어 잿불을 뒤적거렸다.

"그쪽은 이제 어떻게 되는 거지?"

조슈아는 보리스의 시선을 느꼈지만 선뜻 대답하지 못했다. 보리스가 다시 한번 물었다.

"팔에 난 상처를 봤어. 그는 부서지고 있는 건가?"

조슈아가 약하게 고개를 끄덕거렸다.

"본체와 너무 오래 떨어졌던 거지. 어떻게 될지는 아무도 몰라. 이대로 기다릴 뿐이야. 어떤 결말이든."

또다시 모두 침묵했다. 이윽고 보리스가 다시 물었다.

"넌 인형이 계속 살아가기를 원하는 건가? 이대로?"

조슈아는 난롯불에 시선을 둔 채 말했다.

"그 녀석에 대한 내 감정은 복잡해. 카르디와 나는, 다시 하나가 될 수 없기 때문에 서로가 가지 못하는 길을 대신 걷는 그림자가 되기로 했어. 때로는 그 애가 힘껏 살아나가길 바라지. 하지만 때로는 얼굴을 보는 것만으로도 견딜 수가 없어. 나도 모르겠어. 내가 무엇을 원하는지."

"이 세상에서 오직 저놈만이 자기를 복제한 인형을 어찌해야 좋을지 모를 거다. 너 같으면 어쩌겠냐? 보리스 너라면, 그런 인형을 살려보려고 애쓰겠냐? 같이 삶을 나눠 가지려고 하겠냐? 아니면 죽든 말든 상관 안 하겠냐?"

막시민의 질문에 보리스는 의외로 얼른 대답하지 않았다. 한참 만에 나온 대답도 뜻밖이었다.

"모르겠어."

"모른다고?"

막시민은 도저히 믿을 수 없다는 눈빛이었다. 그러나 보리스가 뒤이어 한 말에 조슈아까지 고개를 번쩍 들었다.

"나도 인형을 본 일이 있거든."

"네가 인형을 봤다고? 널 복제한?"

"아니."

보리스가 보았다는 인형은 조슈아의 경우처럼 복제 인형이 아니라 가나폴리의 일상적 피조물이었다는 인형이라고 했다. 사람을 꼭 닮았지만 약간의 판단력뿐이고 몇 가지 일을 되풀이하는 것밖에 몰랐다는 기록 속의 인형. 쥬스피앙도 그런 인형 이야기를 해준 일이 있었다. 그쪽이 좀더 일반적인 의미의 인형이기도 했다.

막시민이 물었다.

"넌 그런 걸 대체 어디서 봤는데?"

보리스를 보는 조슈아의 표정은 절박함에 가까웠다.

"쥬스피앙 님은 이제 인형사는 세상에 없다고 했어. 카르디를 만든 그 사람뿐이라고. 쥬스피앙 님조차 못 만든다는 인형을 만든 사람은 대체 누구지? 그 사람은 어디서 만날 수가 있어? 나 그 사람한테 꼭 묻고 싶은 게 있어."

보리스는 묵묵부답하다가 짧게 말했다.

"미안하지만 그런 사람은 없어. 오늘날의 누군가가 만든 게 아니거든. 그 인형들은 복제 인형과 달라서 죽을 수는 있되 수명이 없어."

"아……."

가나폴리의 마법사가 만들었던 인형이 어딘가에 남아 있다는 뜻일까? 아마도 그럴 것이다. 조슈아는 기분이 이상해져서 난롯불로 고개를 돌렸다. 보리스는 '인형들'이라고 했다. 그가 본 것은 한 명이 아닐지도 몰랐다.

"그 인형은 어땠지?"

"석고 조각이나 헝겊 뭉치는 아니었지."

보리스도 생각에 잠긴 눈빛이었다.

"어쨌든 난 그때 인형을 보고 나서 인형을 아끼던 가나폴리 사람들의 마음을 조금쯤 이해하게 됐어. 그래서 경우가 좀 다르긴 하지만 네 인형 또한 어떻게 해야만 한다는 말을 못 하겠어."

"보리스. 그럼 하나만 말해줘. 네가 본 그 인형은 아직도 이 세상에 있어?"

보리스의 눈동자에서 난로의 불빛이 일렁거렸다.

"아니."

말이 끊어졌다. 셋은 각자 생각에 잠겼다.

막시민은 그와 이야기하러 왔다고 했다던 인형의 기분을 생각했다. 생각하면 할수록 단호하게 자르려 했던 마음이 복잡해져왔다. 마음에 들지 않는 혼란이었다. 대체 어떻게 하면 좋을까.

"막시민."

조슈아가 부를 때까지도 계속 생각하고 있던 막시민은 관자놀이를 한바탕 문지르고는 조슈아를 보았다.

"왜."

"만약에 내가 없어진다면, 그래도 넌 카르디를 모른 체할까?"

막시민은 벌떡 일어나려다가 겨우 참으며 대꾸했다.

"그따위 소리 또 했다간 난로 속에 걷어차 넣어버린다."

"아니, 진지하게 생각해줘. 그 애와 나 사이에 차이가 나는 기억은 고작 두 해 정도뿐이야. 너와 나는 그보다 훨씬 전부터 알았어. 코츠볼트에서 너와 물고기를 잡고 양젖 서리를 하던 그 녀석은 나이기도 하지만 카르디이기도 해."

"누가 모르냐? 내가 받아들일 수 없는 건 그 녀석이 바로 둘이란 점이라고. 난 하나면 충분해. 절대로 둘은 필요 없어."

"그래, 그래서 하나가 되면 내가 아니더라도 받아들일 수 있겠느냐 그 말이잖아."

막시민이 고개를 홱 쳐들고 조슈아를 쏘아보았다.

"너 또 무슨 미친 짓 궁리하지?"

조슈아는 미소를 지으려 했다. 그러나 애매한 표정밖에 나오지 않았다. 막시민이 씹어 뱉듯 말했다.

"그래, 듣고 싶다면 말해주지. 난 대타 따윈 필요 없어. 친구는 친구고 인형은 인형이야. 너란 놈 없어도 난 잘살 수 있다. 아버지가 없어졌다고 옆집 아저씨를 데려다 아버지 노릇을 시킬 까닭이 있겠냐? 그냥 애들끼리 알아서 살면 된다고. 어머니가 죽었다고 이모가 어머니 되는 거 아니고, 친구가 없어졌다고 친구의 동생과 새로 친구가 돼야만 하는 거 아니야."

"그는 옆집 아저씨나 내 동생이 아니야. 본래 나였다고."

"이젠 아냐! 예전엔 어땠든 이젠 아니라고!"

막시민은 말하다 말고 보리스를 흘끗 봤지만 결국 계속했다.

"너도 그놈을 어떻게 대해야 할지 모른다는 거 다 알아. 억지로 좋은 형 흉내 따윈 그만두라고. 넌 그 자식의 형이 아냐. 네가 만든 것도 아니야. 널 닮았다고 네가 그놈 삶을 책임져야 되는 거 아니란 말이다. 더구나 내키지도 않으면서, 실은 도망치고 싶을 거면서, 왜 나한테까지 와서 그놈 얘길 꺼내가며 자신을 고문하는데? 벽에 머리를 처박고 나면 기분이 상쾌해져?"

조수아는 미소를 지으려 했으나 표정이 엉망이었다.

"아니. 아냐, 아니라고. 됐어. 네가 지금 그럴 수 없다면, 언젠가는…… 아니 그만두자. 이것만 말할게. 나더러 미친 짓 궁리하느냐고 했지? 맞아. 나 아무래도 미친 짓 하나 해야 할 것 같아."

"너……."

조수아는 막시민이 더 뭐라 하기 전에 재빨리 말을 해치웠다.

"나, 노을섬에 갈 거야."

막시민의 눈썹에 힘이 들어갔다.

"거기서 한 약속을 잊어버린 건 아닐 테지? 잊었을 리가 없을 테니 말해봐라. 약속도 지키지 못하고 가면 그 마법사가 널 어떻게 해줄까?"

"알아, 다 안다고."

"아는 자식이 어딜 간다는 거야!"

"하지만 가야 해. 그것밖에 방법이 없어."

"방법? 무슨 방법? 뭘 하는데? 사람이라도 하나 살릴 거냐? 네 목숨하고 바꿔서?"

조슈아는 입을 꾹 다물었다. 가라앉히려고, 조용히 말하려 애썼다. 그러나 소용없었다. 울컥 말이 쏟아졌다.

"그래, 맞아. 난 켈스를 잃을 수가 없어."

막시민은 순간 멍해졌다. 그러나 곧 눈을 크게 뜨더니 외쳤다.

"그게 무슨 말이야? 켈스가 어떻게 됐는데?"

"그가 날 살려냈어."

조슈아는 자신의 두 손과 드러난 손목을 내려다보았다. 문득 카르디의 팔에서 본 상처가 머릿속에서 겹쳐졌다. 자신 또한 그렇게 되었을 것만 같은 기분에 사로잡혔다. 켈스니티가 그를 살리지 않았더라면.

"재작년 그 사건 때, 죽었어야 했을 내 몸을 켈스와 약속의 사람들이 반년에 걸쳐 살려냈어. 그러는 동안 내 의식 세계와 자신의 의식을 구별하지 못하게 된 켈스는 내 안에 갇혀 있어. 점차 자신을 잃어가다가 결국은 소멸될 거야."

막시민은 갑작스러운 이야기를 쉽게 납득하지 못하는 표정이었다. 그러나 그날 종일토록 고민하던 말을 쏟아낸 조슈아는 벌떡 일어섰다.

"그러니 난 노을섬으로 가서 그분을 만날 거야. 가서 소원 거울을 만들 방법을 알려달라고 부탁하겠어. 더 늦기 전에, 그가 내 안에서 의식을 잃어버리기 전에 켈스를 보내줘야 해. 그들이 가고자 했던 약속의 땅으로."

따라 일어선 막시민의 표정도 착잡했다.

"그래. 무슨 뜻인지는 알겠어. 하지만 거기 간다고 그게 해결된다는 보장은 없어. 알아? 그분에게 방법이 있는지도, 있다 해도 도와줄지 안 도와줄지도 모르는 거잖아. 만에 하나 성공한다손 쳐도 켈스가 너한테서 나올 수는 있는 거냐?"

"그건 모르겠어. 하지만 누구든 거울 앞에서 소원을 빌기만 한다면 원하는 곳으로 갈 수 있는 거잖아. 안 그래?"

"네 멋대로 판단해도 좋은 거냐? 결국 켈스조차도 실제로 그 거울을 본 적은 없잖아? 소원 거울이란 것이 전설에 불과한지 어떻게 아느냐고."

그때 오랫동안 침묵하던 보리스가 말했다.

"아니, 있어."

막시민이 돌아봤다.

"뭐가?"

"소원 거울."

둘은 말문이 막혀 보리스를 내려다보았다.

"넌 대체…… 가나폴리 사람이기라도 한 거냐? 어째서 그

138
—
데모닉 9

런 것들을 다 아는 거야?"

"옛 가나폴리 땅에 갔었어."

담담하게 말했지만 결코 평범한 이야기가 아니었다. 옛 가나폴리 땅이란 지금의 필멸의 땅을 의미했다. 대륙의 심장부를 차지한 그 불모지에는 사람도 유령도 들어가지 못했다. 경계 지역에 보물 사냥꾼들이 약간 살고 있을 뿐이었다. 미친 유령들이 횡행하며 보이는 생명체나 사념체 모두를 잡아 저들과 같은 꼴로 만들어버린다는 곳이 그곳이었다. 그런 곳에, 그들과 엇비슷한 또래인 보리스가 갔었다는 말을 믿기란 어려웠다. 보리스가 평소 보여주던 모습이 아니었다면 거짓말을 한다고 여겼을 것이다.

"그래서 넌 소원 거울을 봤어?"

"사용했지."

"그걸 써……봤다고? 그래서 어디로 갔는데?"

"고향."

"네 고향이라면, 트라바체스?"

막시민과 조슈아는 얼굴을 마주봤다. 생각과는 좀 다른 것인가 하는 의구심이 들었던 것이다.

"그런 엄청난 걸 만나서 기껏 간 데가 고향이냐?"

보리스의 입가에 쓴웃음이 떠올랐다.

"내가 택한 게 아니야. 거울이 택해주었던 거지. 내가 정말로 가고 싶은 곳을. 나중에 나는 그 선택이 정말로 옳았다는 것을 알게 됐어. 거울이 내 마음을 꿰뚫어 본 거지.”

보리스는 난로로 다가가 재를 몇 번 뒤적거렸다.

“내가 어떻게 해서 그런 곳에 가게 되었는지, 그런 것은 묻지 마라. 난 발설해서는 안 되는 일을 많이 겪었어. 지금 이 이야기를 하는 건 소원 거울의 문제가 너희에게 굉장히 중요한 듯 보여서야. 켈스라고 부르는 친구는 혹 유령인가?”

조수아가 고개를 끄덕였다.

“켈스는 내가 열두 살이었을 때부터 나와 함께했어. 그는 내 조상의 맹우였는데, 우리 가문의 성에서 젊은 나이에 살해당했지. 그후 성에 지박령으로 붙들려 있다가 수백 년이 흘러 후손인 나를 만난 거야. 그는 나를 돌보았고, 따랐고, 지켰어.”

보리스가 조용히 말했다.

“네가 그를 구하고 싶은 마음을 이해해.”

둘은 서로를 물끄러미 보았다. 이런 복잡한 문제에 쉽게 나오기 힘든 대답일 텐데도 보리스는 ‘이해한다’고 말했다. 보리스가 어떤 기분으로 말했는지 다 알지는 못해도 조수아는 그 순간 상대가 진심임을 느꼈다. 무심히 한 빈말이 아님을 알았다.

조수아가 물었다.

“네가 보았다는 그 소원 거울이 있는 곳에 내가 갈 방법은 없겠어?"

보리스는 고개를 저었다.

"그럴 수 없어. 나조차도 다시는 못 갈 테니까."

"……."

조슈아가 시선을 떨어뜨리자 보리스가 말했다.

"하지만 이것만은 말해줄게. 소원 거울을 통과할 수만 있다면 유령도 사람도 어디든 갈 수 있어. 이 세상에 존재하기만 하는 곳이라면. 어쩌면 이 세상에 존재하지 않는 곳까지도."

이튿날 조슈아는 수업 시작 전에 기숙사 앞뜰에서 티치엘을 만났다. 그리고 비행선을 다시 빌릴 수 있느냐고 물어보았다. 노을섬에 가려 한다는 이야기를 들은 티치엘은 우려하는 눈빛이었다.

"아빠한테서 그분에 대한 이야기를 들었어. 그분의 삶은 정말 존경할 만해. 하지만 솔직히 말해서 그분이 그런 최악의 고통을 그렇게 오래 견디고서 공정한 판단을 할 정신을 유지하셨을지는 자신이 없어. 그래서 네 선택에 선뜻 찬성할 수가 없어."

"걱정해줘서 고마워. 네가 말하는 문제를 나도 물론 충분히 생각해보았어. 하지만 어떤 위험이 예상되더라도 이 상황만은 외면하지 못하겠어. 이건 내게 주어진 의무이자 내 생명에 지워진 빚이기도 해."

티치엘은 마른 담쟁이들을 피해 벽에 기대어 잠시 생각했다. 그러나 쉽게 답을 내지 못했다.

"나 혼자서는 판단이 서질 않네. 일단 비행선 문제를 아빠한테 여쭤보려면 이모님의 도움이 필요해. 점심시간에 포도원에서 만나자."

조슈아는 수업 시간에도 나타났다. 그러나 평소와 달리 막시민과 멀찌감치 떨어진 곳에 앉아 줄곧 다른 생각에 잠겨 있었다. 모처럼 말을 걸 기회라고 생각한 귀족 출신 학생들이 쉬는 시간마다 맴돌았지만 오히려 성과가 미미했다. 예의상 돌아오는 대답조차 들을 수가 없었다.

점심시간이 되자마자 일어나 나가는 조슈아를 막시민이 불렀다.

"야, 조군."

조슈아는 입구에서 잠깐 멈췄다가, 그대로 가려다가, 결국 돌아보았다.

"이리 와서 좀 앉아라."

소공작을 저따위로 부르는 거만한 놈을 귀족 출신 학생들은 다 싫어했다. 더 싫은 것은 소공작이 저 말을 듣는다는 점이었다.

"왔어. 말해."

막시민은 말을 하는 대신 품에서 천으로 둘둘 만 뭉치를 꺼내 건네주었다.

"이거나 고쳐놔."

막시민은 벌떡 일어나 먼저 밖으로 나가버렸다. 조슈아는 천 끄트머리를 조금 펼쳐 안을 보았다. 신성 찬트 악보였다.

데리케 레오멘티스 교수는 늘 그렇듯 냉담한 표정이었다. 조슈아가 켈스니티에 대한 이야기와 노을섬에 숨겨진 비밀을 털어놓는 동안에도 그림처럼 창밖만 바라보고 있었다.

잠시 후 교수는 책상 밑으로 사라졌다. 이제는 조슈아도 책상 아래에 공간이 있다는 것을 알고 있었다. 교수의 방에는 침실 대신 커다란 연구실이 있다는 것도.

곧 다시 나타난 레오멘티스 교수가 티치엘에게 말했다.

"대답이 오려면 두어 시간 정도는 걸릴 게다."

티치엘이 치맛단을 잡으며 절을 했다. 특유의 예스러운 인사법이었다.

"네, 알고 있어요. 고맙습니다."

쥬스피앙이 있으리라 예상되는 곳에 미미한 마법 신호를 보내는 것인데 저쪽에서 감지하고 대꾸할 때까지 계속해야만 했다. 대답이 들어와야 연락이 성립되었다. 서로 감응 체계를 갖춰놓지 않았다면 이 방법밖에 없었다. 그것도 둘 다 신호를 보내거나 감지할 정도의 실력을 갖춘 마법사여야 가능한 일이었다.

조슈아도 말했다.

"고맙습니다."

정식 이름보다 '네냐플의 마녀'라는 별명으로 더 자주 불린다는 레오멘티스 교수였다. 신입생은 그녀의 수업을 들을 일이 없어 실감하지 못했지만 고학년이 될수록, 그리고 마법사의 길을 가게 될수록 그녀의 이름에 먹던 음식도 안 넘어가고 자다가도 벌떡 일어나는 학생들이 많아지는 모양이었다. 네냐플 곳곳의 낙서들에 가장 자주 이름이 등장하는 교수도 그녀였다. 백 살이 넘었다는 수군거림, 인간이 아닌 무언가와의 혼혈이라는 소문 따위가 돌아다녔지만 굳이 해명하려 하지도 않았다. 그런 가운데 제적을 앞둔 학생에게도 용서 없는 학사 관리, 한창 연구중인 손님도 일언지하에 쫓아내는 포도원 출입 관리는 하루하루 악명을 드높이는 중이었다.

그러나 누구의 부탁 때문이었든 레오멘티스 교수는 지금껏 조슈아를 많이 도와주었다. 조슈아가 정식으로 절을 하고 고개를 들자 노려보는 듯하던 눈빛이 약간 부드러워졌다.

"가서 그분의 무거운 짐을 대신 져드리지 못하는 마법사는 누구나 자신을 책망할 수밖에 없다."

조슈아는 순간 망설이다가 물어보았다.

"저 역시 되도록 그분을 방해하고 싶지 않습니다. 혹시 교수님께서는 소원 거울을 만드는 방법을 아십니까?"

고개가 저어졌다. 잠깐이나마 기대했던 마음이 맥없이 꺼졌다. 교수의 말이 이어졌다.

"소원 거울은 평소에는 주춧돌의 형태로 있다가 소원을 빌려는 자가 와야만 나타난다고 하지."

조슈아가 눈을 깜빡이는데 뜻밖의 말이 이어졌다.

"그 주춧돌이 한때 네 가문의 영지에 있었지. 지금은 사라졌지만."

"사라졌다고요?"

페리윙클에 있었다던 주춧돌을 말하는 것이 틀림없었다. 조슈아는 그 돌을 직접 본 일이 없었다. 켈스니티가 해준 이야기 속에 있었기에, 그리고 꿈속에서 켈스니티가 보여주었기에 지금도 당연히 있으려니 생각하고 있었다. 다만 몇백 년 동안 거울을 만들지 못했으니 힘이 사라진 줄로 알았을 뿐이었다.

"아직 있었다면 다시 힘을 불어넣으려고 시도라도 해볼 수 있었겠지."

"저기, 전 그게 지금도 있을 줄 알았습니다만……."

레오멘티스 교수의 미간에 의아한 빛이 떠올랐다.

"왜 그렇게 생각했지? 그 섬의 사람이 그렇게 말하던가? 그게 없어진 것은 굉장히 오래된 일이야."

조슈아는 말문이 막혔다. 생각해보니 켈스니티 말고는 누구도 조슈아에게 그 주춧돌 이야기를 해주지 않았다. 켈스니티의 시대에는 물론 있었을 것이다. 그게 그후 사라졌다 하더라도 비취반지 성에 지박되어 있던 켈스니티로서는 알 길이 없었을 것이다.

그러나 이후 켈스니티는 조슈아와 함께 페리윙클에 갔었다. 그러니 그 또한 주춧돌이 사라졌음을 알았을 것이다. 수백 년이 흐르는 동안 누군가가 파괴해버렸다고, 그리고 어차피 되살릴 방법도 없으니 상관없다고 여겼을지도 몰랐다. 어쨌든 켈스니티는 그곳의 주춧돌을 되살릴 방법을 찾지 않고 가나폴리의 옛 땅에 들어가보려 했다. 아나로즈가 생전에 되살려내지 못했으니 다른 누구도 하지 못할 거라고 단정했는지도 모른다.

"그 주춧돌은 일찌감치 힘을 잃은 상태였어요. 그게 사라진 것까지는 몰랐지만 있었다 해도 별다른 방법은 없었을 것 같습니다만."

레오멘티스 교수가 고개를 모로 기울였다.

"그렇지가 않아. 가나폴리의 기록 속에서 거울 주춧돌의 마력이 저절로 사라졌다는 이야기는 없다. 버려진 채 아이들의 놀이터가 되었다 해도 한번 깃든 힘만은 사라지는 것이 아니야. 다만 오래 잠들었던 돌을 되살리기 위해 필요한 조건을

채우지 못했을 뿐인 게지."

듣는 것만으로도 가슴이 조여들었다. 뒤이어 묻는 조슈아의 목소리가 떨렸다.

"조건이라고요? 어떤 건가요? 알고 계신가요?"

"현재 이 세상에는 존재하지 않는 강한 마력. 네가 말한 대로 몇백 년 동안 살아남아 악의 무구와 싸우고 계신 노을섬의 그분이라면 충분히 갖고 계실 강대하고, 정화되었으며, 집중된 마력."

조슈아의 시선은 레오멘티스 교수에게 있었으나 초점은 이미 다른 곳으로 가 있었다. 생각이 소용돌이쳤다. 그렇다면 아나로즈는 정말로 거울을 다시 만들 힘을 가졌는데도 일부러 해주지 않았단 말인가?

티치엘이 대신 물었다.

"교수님께서는 그동안 거울을 연구하셨나요? 그래서 그런 결론을 얻으셨나요?"

"네 아버지가 비행선과 인형을 연구하는 동안 난 한가롭게 아이들과 입씨름만 하고 있었으리라고 생각하는 게냐? 하지만 인형과 마찬가지야. 가나폴리가 사라진 이 세상에는 그들이 쓰던 깨끗하고 강한 마법이 없기 때문에 완전한 창조는 불가능해. 그런 마법은 옛 왕녀가 대륙을 지키고자 시전한 '소멸의 기원' 속으로 사라져버렸어."

147
—
제물

조슈아가 고개를 들며 물었다.

"그렇다면 노을섬의 그분은 어째서 그런 마법을 갖고 계신 건가요? 그분은 가나폴리 멸망 후에 태어나신 분인데요."

레오멘티스 교수의 입가에 냉소가 걸렸다.

"네가 말하기 전에는 그분이 정확히 누구인지, 어떤 임무를 해내고 계신지 알지 못했으나 그분처럼 위대한 마법사에 대한 기록이 어찌 포도원에 전혀 없겠느냐. 포도원 깊은 곳 어딘가에서 '노을섬의 마녀'라고 불렸던 그분에 대한 기록을 본 일이 있다. 그러나 그분의 마력은 한때 노을섬 전체에 마법을 공급했던 가나폴리 시절의 마법, 즉 악의 무구에서 태어났을 것이다. 우리가 그것을 악의 무구라고 부르지만 그건 세상이 멸망할 뻔했던 사람들의 입장에서 붙인 이름일 뿐이야. 악의 무구에 든 힘은 가나폴리의 마법과 다를 것이 없다. 다만 갑자기 나타난 그런 강대한 마법을 당시 우리 세계에서 가장 강한 마법사였던 지티시조차 혼자 가누지 못했던 것이지."

"그게 악이 아니라면, 어째서 그분은 무구의 힘을 봉인하기 위해 그런 세월을 바쳐야 합니까?"

"악이란 태어날 때부터 받는 낙인 따위는 아니야. 그 힘을 받아들이지 못하는 세계에서 악일 뿐. 강한 힘은 반드시 악이 되는가? 그 대답은 누구도 하지 못한다. 그러나 악의가 없는 폭풍이라 하더라도 거기에 목숨을 잃은 사람에게는 악일 수밖에 없지."

평소 생각하던 의견과 달랐지만 반박하지는 못했다. 비록 저것이 레오멘티스 교수의 개인적 견해라 해도 마법사가 아닌 조슈아가 옳고 그름을 분별할 방법은 없었다.

잠시 후 문득 허공을 올려다본 레오멘티스 교수가 한숨을 푹 내쉬었다. 그리고 돌아서서 책상 아래의 연구실로 내려갔다. 얼마간 시간이 흐른 뒤에 돌아온 교수는 그리 기분이 좋아 보이지 않았다.

"티치엘, 네가 내려가서 네 아버지와 대화해봐라. 난 더 얘기하고 싶지 않으니까."

티치엘이 날듯이 뛰어 내려가고 조슈아는 기다렸다. 레오멘티스 교수는 잠시 두 손으로 머리를 싸매다시피 하고 있다가 물었다.

"너는 영혼조차도 거울을 통과할 수 있다고 믿는가?"

조슈아는 약하게 웃었다.

"그 거울은 마음을 읽는다고 하더군요. 소원 거울이니, 제 마음속의 소원을 읽어주겠죠."

이윽고 레오멘티스 교수는 자신의 책상으로 돌아갔다. 그녀가 두루마리를 하나 펼쳐 들자 빛으로 된 작은 그림이 허공에 떠올랐다가 사라졌다. 다른 것을 펴자 또 다른 형상이 떠올랐다. 빛으로 된 표범이 달리는 모습을 취하다가 사라졌다.

"교수님, 한 가지만 더 여쭤보고 싶은 것이 있습니다."

레오멘티스 교수는 고개를 들지 않은 채 대꾸했다.

"말해."

"가나폴리의 거울을 연구하셨다고 하셨는데, 혹시 찬트에 대해서도 아십니까?"

"찬트로 열 수 있는 거울들이 있지. 그러나 소원 거울은 아니야."

"그보다…… 찬트 중에 혹시 시간을 멈출 수 있다거나, 그런 것도 있습니까?"

그제야 고개를 든 레오멘티스 교수의 얼굴에 의아한 빛이 떠올랐다.

"왜 그런 것을 묻지?"

설명하기가 어려워 조슈아는 머뭇거렸다.

"그게 아니라면, 일정 범위의 시간을 계속 되풀이하게 만든다거나…… 그런 것은 없습니까?"

교수가 책상 끄트머리에 놓인 서안으로 다가가 손을 얹었다. 잠시 후 표지도 없이 십여 장의 종이를 끈으로 맨 것이 서안 위로 떠올랐다. 교수가 그것을 펼쳐 읽었다.

"그런 것이 있긴 하군."

조슈아도 책을 보고 싶었지만 섣불리 보여달라고 할 수가 없었다. 나중에 티치엘에게 부탁해서 볼 수 있을 것 같지도 않았다. 교수가 쓰는 주문은 티치엘에게 허가된 주문과 수준이 달랐다.

"하지만 있었다는 기록뿐이야. 고작 두 소절밖에 남지 않았으니 이걸로는 아무것도 못 하겠지."

"혹시 그 두 소절만이라도 보여주실 수는 없겠습니까?"

레오멘티스 교수의 눈이 가늘어졌다. 안 된다는 말이 막 입밖으로 나오는가 싶었을 때 교수가 말했다.

"어차피 찬트는 악보를 읽는 것만으로는 아무 소용이 없어. 들어도 따라 하지 못하는 것이 찬트니까. 볼 테면 보거라."

조슈아가 재빨리 다가가 들여다보는데 티치엘이 올라왔다. 하지만 조슈아에게는 잠깐으로도 충분했다. 조슈아가 종이에서 고개를 들자 상기된 티치엘의 얼굴이 보였다.

"좋은 소식이야."

그렇게 말하더니 말을 이으려다가 머뭇거렸다.

"아니지. 좋은 소식이 아닌가? 어쨌든 아빠 말로는 비행선을 굳이 보내달라고 부탁할 필요가 없대. 누군가가 이미 이쪽으로 갖고 오고 있는 중이거든. 수삼 일 안에 도착할 모양이야."

"대체 누가?"

쥬스피앙 말고 비행선을 타고 움직일 마음을 먹는 사람이 또 있다니, 믿기 힘든 얘기였다. 무엇보다 그러려면 엄청난

금이 든다. 누가 그걸 감수한단 말인가?

거기까지 생각하던 조슈아는 그 배를 마지막으로 갖고 있던 사람이 쥬스피앙이 아니었음을 떠올리며 의혹에 사로잡혔다. 설마, 아직도 돌려주지 않았던 건가?

아니나 다를까 예상한 이름이 들려왔다.

"히스파니에 님께서 오고 계셔."

계단참에 선 보리스는 망설였다. 2층은 아래였다. 도토리 빌라는 그쪽이었다. 평소대로라면 이곳까지 올라올 이유가 없었다. 3층에 가려던 것이 아니라면. 가야 할 이유가 있는가?

보리스는 3층을 올려다보며 잠시 생각했다. 잠시 후 그는 마음을 정하고 올라가는 계단으로 접어들었다.

저녁 식사가 끝난 지 좀 지났으므로 학생들은 대부분 방에 들어갔을 시각이었다. 보리스는 맨 끝 방 앞에 멈춰 섰다. 빌라가 아닌 그 방에는 짤막한 이름표가 붙어 있었다.

조슈아 폰 아르닝

보리스는 문을 두드렸다. 대답은 들리지 않았다. 그는 한 번 더 두드려보고 나서 그냥 문을 열고 안으로 들어섰다.

넷이 쓰도록 만들어진 다른 빌라들보다 더 넓은 거실이었다. 넓은 것뿐 아니라 느낌이 사뭇 달랐다. 바닥에는 작은 무늬가 점점이 흩어진 연갈색 모피가 양탄자 대신 깔려 있었다. 그 위에 놓인 상앗빛 테이블 위에 뭔지 모를 종이들이 흩어져 있었다. 그 외에는 책꽂이 하나, 벽에 걸린 그림 하나 없는 흰 벽뿐이었다. 깨끗하긴 했으나 어딘가 모르게 황량해 보였다. 흑갈색 벽돌을 쌓아올린 벽난로에서도 불이 꺼져가고 있었다.

좌우로 두 개의 문이 있었는데 하나는 닫혀 있었다. 보리스는 열린 문 쪽으로 가서 들여다보았으나 아무도 없었다. 그는 닫힌 문을 돌아보고 잠시 생각에 잠겼다. 그러나 결국 다가가 문을 두드렸다.

"누구지?"

익숙한 목소리가 대답해 왔다. 문을 열자 침대에 앉아 있는 상대와 눈이 마주쳤다.

"넌 누구지?"

어제 보았는데도 기억하지 못하는 것 같았다. 조슈아의 모습을 한 소년은 침대에서 일어나 슬리퍼를 신었다. 몸에 걸친 헐렁한 실내복 탓인지 또 다른 조슈아보다 한층 말라 보였다.

"아아, 생각났어. 유령이 가까이 오지 못하는 사람. 봐, 조용해졌네."

소년은 보리스에게 들어오라고 손짓했다.

"앉아."

보리스는 순순히 들어가 의자에 앉았다. 그러나 여전히 아무 말도 하지 않았다. 소년은 웃었다.

"날 뭐라고 불러야 할지 모르겠지? 난 막스 카르디야. 하이아칸에서는 아주 유명한 배우지. 모든 사람들이 내 공연을 보고 싶어 하지만 공연 기간이 짧기 때문에 입장권은 점점 비싸지지."

"……."

"함께 나오는 아드리아나 역을 하는 사람은 뮤치아 베네벤토라는 훌륭한 배우이고 아름다운 사람이야. 난 그 사람의 열정을 좋아했어. 무대를 향한 사랑, 자부심. 어떻게 지내고 있는지 가끔 궁금해."

카르디의 얼굴에 홍조가 떠올랐다. 그러나 얼굴이 창백했기 때문에 오히려 아픈 것처럼 보였다.

"사람들은 내 얼굴을 몰라. 난 가면을 쓰고 있거든. 하지만 다시 돌아간다면 가면을 쓰지 않을 거야. 이제는 그럴 필요가 없어. 숨겨야 할 소공작의 신분을 내게서 분리해버렸거든. 난 자유롭고, 마음껏 살아도 돼. 아무것도 내 발목을 잡지 않아."

그가 불쑥 노래를 흥얼거렸다.

    그는 나아갈 거야
    캄캄한 하늘 가운데

낮은 읊조림이었지만 보리스는 조금 놀라 상대의 얼굴을 다시 보았다. 평범한 목소리가 아니었다. 낮아졌던 읊조림이 다시 커졌다.

아무것도 필요 없지
그를 살게 하는 건 하나뿐
한밤에도 타오르는 별
세상 사람 모두에게
감로수를 내리는……

청아한 고음이 뻗어나가다가 갑자기 푹 꺾였다. 내밀었던 손이 무릎으로 떨어졌다. 소년의 뺨에서 눈물이 한줄기 흘렀다.

"아무것도…… 필요 없어……."

보리스는 무표정하게 카르디를 바라보았다. 눈물을 흘리면서도 소년의 시선은 먼 곳을 헤맸다. 가닿을 수 없는 어떤 세계, 별처럼 멀리 있는 곳을 보고 있었다.

"말해봐. 어떻게 생각하는지."

여전히 허공을 보고 있는 소년의 입술이 말했다.

"너라면 어떨까? 네가 사랑하던 사람들이 너 대신 다른 사람을 택했어. 너를 돌아보지 않아. 하지만 항의는 할 수 없어. 가짜니까. 사람의 피조물이니까."

보리스의 목소리는 차분했다.

"무슨 말을 듣고 싶지? 난 아무 해답도 줄 수 없어."

"해답은 필요 없어. 없다는 걸 아니까. 내가 묻고 싶은 건……."

카르디는 숨을 깊이 들이쉬었다가 고개를 떨어뜨렸다. 무릎에 놓인 손이 약간 떨렸다.

"너라면 그들을 미워하겠어? 널 버리고 다른 쪽을 택한 그들을?"

보리스는 잠시 생각하고 나서 말했다.

"아니."

"못 하겠지, 역시?"

카르디는 억지로 웃었다.

"그래서 내가 사는 곳이 지옥이야. 그걸 할 수만 있다면 이 형벌을 받지 않아도 될 텐데. 미워하지 못하니 사랑하지만 아무런 보답도 없어."

"보답을 바라고 사랑하진 않아."

"그거, 말장난에 불과한 것 알아? 애정이 식은 것은 차라리 참겠어. 하지만 그들의 추억으로부터도 밀려나 무無가 되어버린 건? 널 전혀 몰랐던 것처럼 외면하는 건? 너를 너로

봐주지도 않으며, 심지어 진짜를 방해하는 장애물로밖에 여기지 않는다면?"

보리스는 소년의 눈을 들여다보다가 시선을 돌렸다.

"그렇다면 그들을 사랑하는 것은 그만두는 게 좋겠어."

"그래. 그런데 난 그들이 없는 세상을 못 견디겠어. 나도 내가 이럴 줄은 몰랐어. 그들이 없어도 상관없을 줄 알았어. 그들이 나 대신 유리 인형을 사랑해도 괜찮을 줄 알았어. 아…… 이건 그런 생각을 해서 주어진 형벌일까? 그렇다면 이제 생각이 바뀌었으니 도로 거두어 가면 안 될까?"

소년은 갑자기 손을 모아 쥐고 외쳤다.

"난 반성했어요! 제발 꿈에서 깨게 해주세요!"

덧없는 적막만이 응답해 오는 빈방에서 보리스는 소년의 기도를 들었다. 그 말고는 아무도 듣지 못했다. 그러나 신이어야 할 그는 힘없는 인간이었다.

"대답이 없는 이유를 난 알아. 이 세상 모두가 나 대신 그 애를 사랑하지. 내 기도를 들을 절대자조차도."

젖은 눈으로 조소를 머금은 카르디는 일어섰다. 그때 보리스가 말했다.

"한 사람만은 아닐 거야."

"누구?"

그럴 리 없다는 눈빛이었다. 보리스가 말을 이었다.

"널 만든 사람."

잠깐 침묵이 흐르고 카르디가 웃음을 터뜨렸다.

"하, 하하, 정말로 그럴까? 그 사람은 말이야, 날 조종해서 내 아버지를 죽이게 만들려 했어. 그게 날 사랑하는 건가? 아니지, 이 경우는 말이야, 처음부터 날 만들지 않는 편이 날 더 사랑하는 거였어. 사랑했다면 나 따위 복제품은 만들지 말았어야 했어. 그래, 만든 뒤에도 사랑을 실천할 방법은 있지. 그가 정말로 날 사랑했다면, 내가 잠들었을 때, 이렇게 깨어나 지옥을 맛보지 않도록 본체를 부쉈어야 했어!"

보리스는 카르디를 잠시 보다가 시선을 창가로 보내며 말했다.

"난 너 말고도 인형을 본 일이 있어."

카르디의 눈이 문득 커졌다. 보리스가 다시 그를 보았다.

"물론 그들과 너는 다르지. 그들은 복제 인형이 아니었어. 그리고 너처럼 인간과 똑같지도 않았고. 하지만 한 가지만은 분명한데 인형을 만든 자는 그 인형을 몹시 사랑한다는 거야. 얼마나 사랑하느냐면, 인형을 살리기 위해 자기 살이라도 떼어 먹일 수 있을 정도지."

"……."

카르디는 침대에 앉았다. 시선을 떨어뜨린 채 생각에 잠겨 있었다.

"넌 정말로 죽고 싶은 건가? 그럴 거라고는 믿지 않아. 스스로 목숨을 끊는 방법은 아주 많으니까 괴로워하며 남의 도움을 기다릴 필요는 없어."

보리스는 잠깐 말을 그쳤다가 이었다.

"하지만 그런 생각을 해보았더라도 다시는 하지 마. 난 남의 일에 참견하는 것을 좋아하지 않아. 그럼에도 불구하고 이리로 온 이유는 하나뿐이야. 네가 인형이라는 사실이 마음 쓰여서. 그뿐이야. 내가 인형을 본 일이 있다고 했지. 난 인형을 죽여본 일도 있어."

카르디의 눈동자가 놀라움으로 떨렸다.

"죽였다고? 네가?"

보리스는 고개를 끄덕였다.

"그래서 다시는 죽은 인형을 보고 싶지 않아."

둘의 눈이 오랫동안 마주쳐 있었다. 이윽고 카르디는 눈을 감았다. 보리스가 낮게 말했다.

"자라. 내가 옆에 있으면 조용하다고 했지?"

카르디가 침대로 들어가 잠이 들 때까지 보리스는 그 자리에 앉아 있었다. 숨소리가 낮고 고르게 변하자 보리스는 거실로 나와 문을 닫았다.

테이블 앞을 지나치는데 흩어져 있던 종이가 눈에 들어왔다. 뭔가를 열심히 쓰고 고친 흔적이 가득했다. 고개를 돌리

러던 보리스는 문득 기분이 이상해져서 종이 한 장을 집어서 보았다. 그리고 잠시 후 다른 것들도 집어 살펴보았다. 그건 악보였다. 단 한 곡을 수없이 고친 흔적이었다.

처음 집어 들었던 악보를 다시 들여다보던 보리스는 한동안 망설였다. 펜을 집어 들고 아주 조금 건드려보았지만, 결국 내려놓고 밖으로 나갔다.

네냐플 뒷산 자락을 타고 두 시간가량 산길을 오르면 산중턱에 호수가 있었다. '숙녀의 호수'라고도 불리고 근처 강의 이름을 따 '야플리아 호수'라고도 불리는 그곳의 수면에는 아직도 살얼음이 엷게 퍼져 있었다.

하늘을 나는 배는 땅에 내리지 못했다. 야플리아 강이 있긴 하지만 사람들의 눈을 피해 네냐플로 오려면 산속에 위치한 이 호수가 최적의 장소인 셈이었다. 내리고 뜨는 것은 물론 배를 숨겨두기에도 좋았다. 호수는 상당히 커서 미의 극치호 정도 크기의 배라면 열 척도 내릴 수 있을 듯 보였다.

막시민이 중얼거렸다.

"아직 온 것 같지는 않네."

티치엘의 전언에 의하면 히스파니에는 재작년부터 쥬스피앙에게 배를 돌려주지 않고 버티면서 한 번만 써보자고 우겼던 모양이었다. 결국 쥬스피앙은 또다시 옛날의 '꼬마 도둑'

에게 설득당하고 말았다. 쥬스피앙은 아니라고 펄쩍 뛰겠지만 가만히 보면 그는 예전부터 히스파니에의 변설에 잘 넘어갔다.

히스파니에가 금을 써야 하는 것은 물론이고 쥬스피앙한테서 조종법까지 배워야 하는 그 배를 타고 급히 네냐플까지 오려는 이유는 몰랐다. 하지만 중요한 일일 것만은 틀림없었다.

"내일쯤은 오시겠지."

조슈아가 주위를 두리번대다가 말했다.

"저기쯤에 묶어놓는 것이 어떨까?"

그들은 큰 천에 검정 잉크로 편지를 써 왔다. 그걸 깃발처럼 매달 참이었다. 호숫가 쪽으로 내민 커다란 떡갈나무 가지에 천을 매달았다. 붉은 천이라 눈에 잘 띄리라 생각했다.

"날 어두워지기 전에 내려가자. 길이 험하지는 않더라만."

산길을 내려오자 막시민이 말한 대로 이미 사위가 어두웠다. 학교 입구 근처에서 그들은 루시안의 하인과 마주쳤다. 지난번에 파이를 배달해 왔던 자들 중 하나였다.

"아이고, 도련님들. 뭐 하나만 여쭙겠습니요."

막시민이 대꾸했다.

"뭔데?"

"루시안 도련님께서 로글땡인가 뭔가 하는 파이가 드시고 싶으시다는데 당최 어디서 사야 합니까요? 지난번에는 다른 놈한테 건네받기만 해서 사는 델랑 어딘지 모르겠구만요."

막시민이 어이가 없어 인상을 썼다.

"아니, 그 자식은 파이 백 개를 작살내놓고 아직도 그게 먹고 싶대?"

하인은 더 놀랐다.

"그 백 개를 다 드셨습니까?"

막시민은 어깨를 움츠렸다가 조슈아에게 문 쪽을 가리켜 보였다.

"넌 들어가라. 내가 이 사람하고 같이 가서 파이 사 갖고 올 테니까. 심부름값 톡톡히 쳐서 받아내야겠으니 루시안 녀석의 병실에서 만나자."

조슈아가 놀라는 시늉을 했다.

"네가 웬일이야? 귀찮아하지도 않고."

막시민은 대꾸 없이 아랫마을로 가는 오솔길로 내려갔다. 루시안이 다친 것이 신경쓰일 수밖에 없는 입장이라는 것을 조슈아에게 군이 설명하고 싶지는 않았다.

조슈아는 고개를 갸웃거리다가 학교 입구 쪽으로 돌아섰다. 그리고 누군가와 마주쳤다.

막시민은 파이를 사서 돌아왔지만 시간이 늦어 병실 면회는 끝난 뒤였다. 병상을 지키는 사람에게 파이를 맡기고 일단 도토리 빌라로 돌아왔다. 보리스가 혼자 거실에 앉아 있었다.

"근신, 할 만하냐?"

"그다지."

막시민은 하품을 하며 자기 방으로 들어갔다. 옷과 신발을 벗어던져놓고 침대에 쓰러져 잠들기까지 딱 오 분 걸렸다.

눈을 떴지만 아무것도 보이지 않았다.

가장 먼저 느껴진 것은 냄새였다. 덜 마른 나무와 톱밥, 젖은 이끼 같은 것에서 나는 냄새가 물씬했다. 그다음은 갈증이었다. 이어 손을 움직이려다가 또렷한 통증에 의식이 선명해졌다.

조슈아는 갇혀 있었다. 좁은 곳에.

일단 팔다리를 하나씩 움직여보려 했다. 어느 것도 자유롭지 않았다. 좌우는 좁았고, 눈앞에도 아주 가까운 곳에 무언가가 있었다. 잠깐 생각해본 그는 자신이 일종의 상자 속에 갇혀 있다는 결론을 내렸다.

아득해진 기억을 더듬어보았다. 머리가 어지러웠다. 어느 정도는 냄새 탓이었다. 처음 느꼈던 냄새 너머에 무언가 고약한 냄새가 도사리고 있었다. 생나무 냄새는 상자의 것이었고, 상자 밖에서 줄곧 새어 들어왔다.

주위가 고요했다. 그런 걸로 보아 이곳은 네냐플이 아니었다. 그러나 다른 곳이라 해도 이렇게까지 유령이 하나도 없는 데가 있을까. 여긴 대체 어딜까.

입은 자유로웠다. 그러나 조슈아가 입을 열어 누군가를 불러보기 전에 상자가 세차게 흔들리더니 뚜껑이 열렸다. 갑자기 밝아져 앞이 보이지 않았다.

"깨셨군요."

침착한 목소리였다. 오래전에 들어보았던 목소리였다.

"불편하겠지요. 조금만 참으세요."

조슈아는 잠시 생각한 후 상대를 불렀다.

"애니 형."

어색한 침묵이 흐른 끝에 대답이 돌아왔다.

"기억하고 있군요. 아니, 그래, 잊을 리가 없지요."

점차 시력이 돌아왔다. 돌로 된 천장, 그리고 울퉁불퉁한 벽이 눈에 들어왔다. 동굴 안이었다. 좌우를 돌아보려 했지만 누워 있던 상자의 벽 때문에 잘 볼 수가 없었다. 조슈아는 그 상자를 찬찬히 살펴보다가 무언가를 깨닫고는 말했다.

"이건 관이로군요."

"그래요."

"산 채로 묻기라도 할 참인가요?"

"아니요."

애니스탄이 다가왔다. 조슈아의 머리 위로 나타난 얼굴은 기억하던 것과 심하게 달라져 있었다. 묶지 않은 긴 머리는 흐트러졌고, 얼굴은 바싹 마른데다 사람의 것 같지 않게 창백했다. 무엇보다 기이한 것은 표정이었다. 초점이 또렷하게 맞지 않아 어디를 보는지 불분명한 눈, 멈칫거리며 일그러지는 입술…….

이윽고 애니스탄은 손을 들어올렸는데 그것조차 해골처럼 말라 있었다. 그 손이 조슈아의 얼굴로 다가왔다. 손등이 닿았다. 차가웠다.

"미안합니다."

"무엇을 사과하는 거죠?"

"지난번에 당신을 죽일 뻔한 것."

그걸 사과하다니 죽일 셈은 아닌 건가 싶기도 했다. 조슈아는 손을 다시 움직여보며 말했다.

"테오 형이 죽었어요. 알고 있어요?"

"네, 압니다. 저 때문에 죽었으니까."

생각지 못한 이야기여서 조슈아는 눈을 몇 번 깜빡거렸다.

"애니 형 때문이라고요?"

"본래는 제가 마시려던 잔이었지요. 녹색 목의 그 잔 바닥에 독을 발라두었거든요. 테오와 축배를 드는 날 그 자리에서 죽을 생각이었으니까. 이유는 말해주지 않을 작정이었죠. 제가 죽고 나면 아무데도 묻지 못했을 테죠. 그러나 축배를 들날은 오지 않았지요. 우린 실패했으니까. 그런데 테오는 왜 축배를 들었을까. 누구와 마셨을까. 모르겠어요. 그가 왜 자신의 잔을 두고 내 잔을 마셨는지도."

조슈아는 무슨 뜻인지 잘 이해할 수가 없었다. 그는 반년이나 잠들어 있었기 때문에 깨어났을 때 테오의 죽음은 이미 지난 일이 되어 있었다. 다만 잔이 두 개가 있었고, 누군가와 샴페인을 마신 듯했다는 이야기만을 들었을 뿐이었다. 독은 검출되지 않았다고 했다. 그러나 잔 바닥에 조금만 독을 발랐다면 샴페인을 따랐을 때 녹았을 테고 마셔버리고 나서 아무것도 남지 않았을 수도 있었다.

거기까지 생각하다가 조슈아는 그 상황이 과거 그가 겪었던 악몽과 비슷하다는 것을 깨달았다. 자신이 마셨어야 할 잔을 실수로 마셨던 이브노아, 애니스탄의 잔을 대신 마신 테오. 마치 응보처럼.

"당신은 무얼 원하죠?"

애니스탄은 손을 떼고 조슈아를 내려다보았다. 그림자가 드리워지자 얼굴은 회색으로 변했다. 늘어진 머리카락이 관에 닿을 듯했다.

"당신과 같습니다."

얼굴이 사라졌다. 다시 천장만 보였다. 이윽고 소리가 귓가를 파고들었다. 무언가를 자르고 있었다. 사각, 서걱, 서걱.

조슈아는 생각을 짜냈다.

"난 원하는 것이 아주 많아요. 애니 형은 하나뿐인가요?"

"하나뿐이지요."

"그렇다면 카르디와 관련된 거군요."

소리가 멈췄다.

"카르디?"

"내가 두 번째로 가졌던 이름을 그에게 줬어요. 막스 카르디."

잠시 사이를 두고 탄식이 흘러나왔다. 중얼거림이었다.

"그 애가 그렇게 살아서는 안 되었는데. 모두 내 죄지. 내 책임이니 내가 갚아야지. 난 사죄해야만 해. 그 애의 고통을, 상실감을, 잃어가고 있는 몸과 마음을. 그는 행복을 누릴 권리가 있었습니다. 축복받으며 태어난 모든 아이들과 마찬가지로."

"그랬죠. 하지만 당신은 어떻게 책임을 지겠다는 건가요?"

애니스탄은 다시 일어나 조슈아에게 왔다. 슬픔과 기쁨이 한데 뒤섞여 종잡을 수 없는 표정을 하고서.

"새 본체를 만들어야지요."

조슈아와 애니스탄의 눈이 마주쳤다. 껍질만 남은 입술이 말했다.

"네가 줄 거잖아."

나의 아버지

아버지, 제게 용기를 주세요.

제 것이 아닌 것을 버리게 해주시고

제 것인 것조차 버리게 해주세요.

저 혼자 해보려 했지만

모두 허사였어요…….

＊

　다음날은 이레에 한 번 있는 '르노아의 날' 즉 휴일이었다. 그날은 수업이 없었다. 평소라면 기상 시각이었지만 기숙사는 조용했다. 보리스는 막시민의 방문을 몇 번 두드려 보고 나서 혼자 식당으로 내려갔다.

테이블에 앉아 있는데 저만치에서 조슈아가 들어왔다. 다가와 테이블 맞은편에 앉을 때까지도 그렇다고 생각했다. 그러나 상대가 입을 여는 순간 알아차렸다.

"네 옆은…… 조용해서 좋아."

카르디는 식사를 주문하지도 않고 테이블에 머리를 묻으며 엎드렸다. 보리스는 아무 말도 하지 않았다. 식사가 나오자 잠시 상대를 바라보았지만 곧 혼자 포크를 들었다. 거친 삶을 살아온 인상과 달리 보리스는 단정하게 식사하는 편이었다. 보리스가 조용히 식사하는 동안 맞은편에 웅크린 회색 고양이는 볕을 받으며 잠을 잤다.

식당은 한산했다. 첫 휴일이라 아침을 거르고 늦잠을 자는 학생들이 많은 모양이었다. 꽃눈 모양의 창으로 들어온 아침볕이 빈 테이블에서 한가롭게 흔들거렸다. 어디선가 들려오는 희미한 피아노 소리, 그리고 식기와 포크가 가끔씩 부딪히는 소리뿐이었다.

이윽고 식사를 마친 보리스가 자리에서 일어났다. 회색 머리가 조금 움직이더니 고개를 들었다.

"가려고?"

보리스가 대답하지 않자 다시 말했다.

"네가 옆에 있지 않으면 잠을 못 자겠어."

"따라와."

보리스는 식당 밖으로 나갔다. 아나야 사반테 관까지 가서 미로 정원에 들어가 긴 의자에 앉았다. 나무들 사이를 지나온 차가운 바람이 둘의 머리카락을 흐트러뜨렸다. 그러나 잠시 후 바람이 잤다.

보리스는 곁을 흐르는 수로에 손을 넣었다. 아주 차디찰 텐데 한참 동안 그러고 있었다. 서 있던 카르디가 물었다.

"차갑지 않아?"

"차갑지."

"그런데 왜 그러고 있어?"

보리스는 한참 동안 대답하지 않다가 말했다.

"옛날 생각이 나게 해줘서. 차가운 물, 찬바람, 추위, 이런 것들이."

"좋은 추억이야?"

보리스의 고개가 약하게 끄덕여졌다. 이윽고 손을 꺼낸 그는 발갛게 언 손을 잠시 내려다보고 있었다. 물기를 닦거나 품에 넣어 녹이지도 않았다.

"나도 좋은 추억을 떠올려보고 싶지만…… 다 내 것이 아니니까. 결국 고통스러워질 뿐이야. 좋으면 좋을수록 더 고통스러워."

"네가 생겨난 후에 너만이 갖고 있는 기억이 있을 텐데?"

카르디는 대답 없이 몸을 돌려 미로를 몇 발짝 걸어갔다. 그러나 멀리 가지 않고 곧 되돌아왔다.

"거기에 정말 의미가 있을까?"

보리스는 잠시 생각하더니 말했다.

"네가 너만의 힘으로 단 한 사람의 호의라도 얻었다면."

"……."

카르디의 표정에 망설임이 나타났다가 지워졌다.

"그래. 그렇다면 다른 기억은 전부 그 애에게 넘겨줘야 하는 건가? 내겐 권리가 전혀 없을까? 아무리 답답하고 억울하더라도 받아들여야만 하는 걸까?"

지금껏 그 질문에 대답해준 사람은 없었다. 공작부인도, 조슈아조차도 답하지 못한 채 회피하던 질문이었다.

보리스가 대답했다.

"평화를 얻고 싶다면."

카르디의 눈동자가 크게 열리며 흔들렸다.

"갖지 않겠다고 생각하면, 네 마음의 전쟁은 끝나."

둘의 시선이 맞닿았다. 바람이 불어와 두 가지 색의 머리카락을 서쪽으로 날려보냈다. 카르디의 얼굴에 이윽고 어떤 결심이 나타났다.

고개를 돌렸을 때 막시민의 모습이 보였다. 기숙사로 이어지는 길 쪽이었다. 달려오고 있었다. 카르디의 입술에 경련이

171
—
나의 아버지

일어났다.

"……."

두 사람 앞에 도착한 막시민은 숨을 몰아쉬며 물었다.

"조슈아 봤어?"

보리스는 의아한 얼굴로 고개를 저었다. 막시민이 주먹을
꽉 쥐면서 소리쳤다.

"그 자식, 어젯밤에 학교에 돌아오지 않았어!"

그는 곧 카르디를 돌아봤다.

"너, 어제 조슈아가 돌아오지 않은 것을 알고 있었지? 왜
진작 말해주지 않았어? 어디에 있는지 전혀 몰라?"

카르디는 시선을 돌렸다. 긴 의자 끝을 내려다보며 마음을
가다듬으려 애썼다. 그러나 꽉 쥔 손이 바르르 떨렸다.

이윽고 막시민의 입가가 비틀렸다.

"모른다 이거지. 관심도 없겠지. 그래, 그 빌어먹을 놈 찾
아다닐 사람은 나밖에 없지. 너야 그 자식이 없어지면 더 좋
을 거 아니냐?"

막시민이 가려고 몸을 돌리는 순간이었다.

"조슈아가 없어진다고, 내가 네 친구가 되는 게 아니라는
것쯤은 알고 있어."

언젠가 막시민 자신이 조슈아에게 했던 말이었다. 그러나
그 말을 카르디의 입에서 듣는 것은 또 달랐다.

"그 애가 가진 것을 단 하나라도 빼앗을 수 없다는 것도 알아. 기억도, 사람도, 미래도. 전부 다!"

막시민은 대답 없이 미간을 찌푸렸다. 가장 맞닥뜨리고 싶지 않았던 상황이었다.

"하지만 넌 나를 조슈아로도, 카르디로도 인정해주지 않았어. 내가 네 옛 친구가 아니라면 새 친구가 될 수는 없는 거야? 얼굴이 같으니까 기분이 나빠서 싫어? 내 존재가 조슈아에게 끼쳤던 고통 때문에 용서가 안 돼? 그 모두가 내 탓이 아니란 건 아무 상관이 없는 거야?"

카르디의 목소리가 끝내 갈라졌다.

"이카본도…… 히스파니에 할아버지도 오래 살았지. 그 이유를 이제 알겠어. 주변에 누군가가 있어줘서야. 조슈아에겐 네가 있어. 난 잃어버렸어. 그런 난 결국……. 넌, 넌 '조슈아 폰 아르님'이 아니라는 사실을 받아들이는 것이 내게 얼마나 힘들지 한 번이라도 헤아려보려 한 적이 있어?"

막시민이 대답했다.

"그래, 미안하게 생각한다. 하지만 네게 내 친구였던 시절의 기억이 있다면……."

말을 끊고 잠시 심호흡을 했다. 막시민에게도 어려운 말이었다.

"내가 이럴 수밖에 없는 놈이란 걸 알 거다. 정말 미안하다."

바람이 나뭇가지를 흔드는 소리, 물 흐르는 소리만이 귓가를 지나갔다. 막시민의 입에서 얕은 한숨이 흘러나왔다. 그가 가려는 순간, 카르디가 불렀다.

"막시민."

막시민은 잠시 사이를 두고 돌아보았다. 카르디는 두 손으로 얼굴을 가리고 있었다. 어깨가 가늘게 떨렸다.

"조슈아가 어디에 있는지…… 내가 알고 있어."

"뭐라고?"

"애니스탄…… 뷜프와 함께 있어. 학교 밖…… 멀지 않아."

막시민의 얼굴이 충격으로 굳어졌다. 애니스탄이 어째서 조슈아를? 인형만을 노린다고 생각했는데?

"너, 넌 어째서 알고 있지?"

"오래전부터 줄곧 불렀어. 자신에게 오라고. 난 거절했지만…… 애니 형은 내게 새로운 생명을 주고 싶어 해."

인형사의 부름은 안고니나의 커튼도 뚫는단 말인가? 아니, 그게 있었기 때문에 부르기만 했을 뿐 조종하지는 못했던 건가? 아니면 시간이 흐르면 결국 조종하게 됐을 거고, 학교 안도 안전하지 않았단 말인가? 정답은 몰랐지만, 줄곧 부름이 들려왔다는 것만 해도 상상하지 못했던 일이었다. 인형사와 인형의 연결은 과연 얕볼 문제가 아니었다.

"널 부르고 있다가 왜 조슈아를 데려가는데? 새로운 생명?

그게 조슈아와 무슨 관계인데? 응? 그자가……."

막시민은 말을 멈췄다. 새로운 생명이라는 말이 가시처럼 목에 걸렸다.

"설마, 그 말은 본체를 새로 만들기 위해서…… 조슈아를 죽이기라도 하겠다는 건가?"

카르디의 고개가 힘겹게 끄덕여지자 막시민은 주먹을 움켜쥐며 비명에 가까운 외침을 내질렀다.

"으아아읔! 이런 말도 안 되는!"

보리스가 일어났다.

"학교의 마스터들에게 도움을 받는 것이 좋겠어."

"그자가 있는 데가 어딘데? 넌 아는 거냐?"

카르디가 고개를 끄덕이며 눈을 꼭 감았다가 떴다.

"지금도 목소리가 들려와. 오라고 부르는 소리가. 찾을 수 있어."

막시민은 생각을 가다듬으려 애썼다.

"그래. 도움이 필요할 거야. 젠장, 쥬스피앙 아저씨가 있었어야 되는데 갑자기 잡아올 수도 없고. 티치엘부터 찾아보자. 그 애라면 레오멘티스 교수를 움직여주겠지."

세 사람은 뛰다시피 기숙사로 돌아갔다. 여학생 기숙사인 동탑으로 갔지만 동행한 여학생이 없었으므로 안으로 들어갈 수가 없었다. 문지기에게 티치엘을 입구로 불러달라고 부탁해놓고 셋은 기다렸다. 막시민은 머리를 싸쥐고 모순적인 말을 뇌까렸다.

"무사하지 않기만 해봐라. 그랬다간 내가 반드시 무사하지 않게 만들어버린다. 무사하면 무사하게 만들고……."

카르디는 웅크린 채 몸을 약간씩 떨었다. 밖에 오래 있어서 추운 모양이었다. 그는 불쑥 보리스에게 몸을 돌렸다.

"보리스, 이런 부탁이 무리한 건 알지만."

보리스가 그를 보자 카르디는 머뭇거리다가 말을 이었다.

"같이 가주면 안 될까?"

"……."

"위험하게는 하지 않을게. 네가 말했잖아. 인형사는 인형을 사랑한다고. 내 말은 들어줄 거야."

티치엘이 계단 위에서 나타났다. 카르디가 말을 이었다.

"내가 거기서 꼭 해야 할 말이 있는데…… 유령들의 목소리를 들으면서 제정신을 유지하기는 힘들 것 같아."

정오 무렵, 날이 흐려졌다.

숙녀의 호수는 고요했다. 수면에 회색 구름이 가라앉았다가 이윽고 몇 가닥의 빛이 번졌다. 아직 비는 내리지 않았다. 얼마 뒤 멀리서 우르릉대는 소리가 낮게 울렸다.

"이 길 썼다는 말, 나중에 교수님한테 하면 안 돼. 진짜로."

티치엘은 다시 한번 다짐을 받았다. 네 사람은 호수변에 놓인 널찍한 돌 위에 서 있었다. 평범한 바위로밖에 보이지 않는 그 돌은 포도원 뜰에 있는 숨겨진 마법진과 연결되어 있었다. 그걸 써서 이곳까지 바로 이동해 왔다.

그날이 르노아의 날이라는 점이 문제였다. 레오멘티스 교수를 비롯한 마법 마스터들은 수업이 없는 날 열리는 고문단 회의에 출석했다고 했다. 그 회의가 열리는 장소는 티치엘조차도 몰랐다.

마스터들의 도움 없이 조슈아를 구해 올 수 있다고는 티치엘도 장담하지 못했다. 그러나 카르디가 말했다. 자신이 인형사를 설득할 것이니 다른 사람은 곁에 있어주기만 해달라고.

그 말을 완전히 신뢰하기 힘들지도 몰랐다. 적어도 막시민은 그랬다. 그러나 지금 그 말이라도 믿어보지 않는다면 손놓고 기다리는 방법뿐이었다. 마스터들이 돌아올 밤까지 조슈아가 안전하리라는 보장은 없었다.

"이쪽이야."

잠시 눈을 감고 있던 카르디가 북쪽을 가리켰다. 막시민이 먼저 걸음을 옮기고 이어 카르디가, 그리고 티치엘과 보리스가 뒤를 따랐다.

호수를 에돌아가는 길에는 마른잎과 눈 자국이 드문드문 이어져 있었다. 길은 점차 산속으로 접어들었다. 다들 외투를 가지고 나왔지만 카르디는 유난히 추위를 견디지 못하고 덜덜 떨었다. 얼굴도 점점 파래졌다. 단지 추위 때문만이 아닐지도 모른다고 생각한 보리스가 자기 망토를 벗어 건네주었다. 카르디가 고개를 저었다.

"괜찮아."

"아까도 말했지. 난 추위를 좋아해."

말라버린 강바닥을 지나갔다. 강바닥 좌우로 뻗어오른 골짜기는 높지 않았지만 머리 위에 납작한 바위가 아슬아슬하게 걸려 있어 보기만 해도 불안했다. 이윽고 길은 점차 좁아지더니 사라져버렸다. 거기부터는 좁디좁은 바위틈만 이리저리 갈라져 있었다. 다들 방향을 택하지 못하고 머뭇거리자 보리스가 나서서 바닥을 살펴보았다. 기다리는 동안 티치엘이 말했다.

"전에 교수님께 애니스탄이라는 학생을 기억하시느냐고 여쭤봤었어. 포도원에서 막시민 네가 열람 기록을 찾아보자고 한 다음에."

카르디가 돌아보자 티치엘이 어설픈 미소를 지었다.

"기억한다고 하시더라고. 영리하기도 하고, 무엇보다 소양이 좋아서 장래가 기대되는 학생이었대. 연구 과정을 졸업할 때 성적도 좋았고, 조만간 보조 교사로 발탁될 예정이었는데 어느 날 떠나버렸다는 거야. 친구가 부른다면서."

막시민이 물었다.

"소양이 좋다는 건 무슨 뜻이지?"

"글쎄. 여러 가지 뜻이 있겠지만 아마도 악에 쉽게 물들지 않는 담백한 성미라는 뜻이었을 거야. 그런 성미는 마법을 지망하는 사람들 사이에서 의외로 찾기가 힘들대. 그런데 또 그게 없이는 마법의 길을 끝까지 따라가지는 못한다는 거야."

그 말을 듣고 저마다 생각에 잠겨 있는 가운데 보리스가 몸을 일으켰다.

"최근에 사람이 지나간 흔적은 남지 않았어. 다만 동굴인 것 같다고 했으니 오른쪽이 가능성이 높겠지."

"왜?"

"다른 쪽은 다시 강바닥으로 이어져. 오른쪽만이 산으로 오르고 있어."

오른쪽을 택하자 곧 절벽을 돌아가게 되었다. 한 바퀴 돌자 뜻밖으로 벌판이 나타났다. 카르디는 잠시 이마를 짚고 있다가 말했다.

"이 근처야."

주위를 두리번거리고 있는데 갑자기 티치엘이 깜짝 놀라며 눈을 크게 떴다. 그 모습을 막시민이 보았다.

"왜 그래?"

"……."

티치엘은 대꾸를 못 한 채 그 자리에 굳어져 있었다. 잠시 후 겨우 얼굴이 풀렸지만 여전히 당황한 기색을 감추지 못했다.

"그 사람, 나한테 말을 걸어왔어. 쉽게 할 수 있는 일이 아닌데."

"인형사가?"

티치엘이 고개를 끄덕였다.

"여기서 멈추래. 내가 마법사라는 것을 알았나 봐. 만일 더 가까이 오면…… 조수아의 목숨은 장담할 수 없다고 말했어."

"그 작자가 대체 어디 있는 건데?"

막시민의 말에 카르디가 대답했다.

"여기서 아주 가까워."

주위를 둘러봤지만 여전히 보이는 거라곤 마른 잡풀과 들판뿐이었다. 동굴은커녕 토끼굴도 보이지 않았다. 티치엘이 말했다.

"어쩌면 결계를 쳤는지도 몰라. 그렇다면 우리 눈엔 안 보일 테니까."

"너희 집 같은 데 말이냐? 그렇다면 결계석이나 뭐 그런 걸 찾아야 되는 거냐?"

"그건 어떻게 만들었느냐에 달렸지. 어쨌든 만든 사람이 정해놓은 방식을 모르고는 안으로 들어가지 못해."

쥬스피앙의 집에 들어갈 때와 상황이 같았지만 이번엔 추측할 방법이 없었다. 상대는 전혀 모르는 사람이었다. 다들 망설이며 사방을 두리번거렸다. 인형사는 바로 코앞에서 그들을 보고 있을지도 몰랐다. 조바심이 난 막시민이 발끝으로 땅바닥을 짓이기다가 카르디를 불렀다.

"그자한테 말이라도 걸어봐. 그건 안 되나? 하여튼 그자를 만나야 설득을 하든 말든 하잖아?"

"내가 너희를 데려온 걸 알고 있어. 그래서 내게도 말을 걸지 않는 거야."

"그럼 어떻게 해야 되는 거야? 이거참, 계속 기다리고 있을 수도 없고……."

그때까지 말이 없던 보리스가 티치엘을 돌아보았다.

"결계란, 이공간을 말하는 건가?"

티치엘이 고개를 끄덕이자 보리스가 등에 짊어지고 있던 꾸러미의 천을 풀었다. 지난번에 조슈아가 물었을 때 대답할 수 없다고 했던 그것이었다.

안에서는 검이 한 자루 나왔다. 천이 바닥으로 미끄러졌다.

보리스가 무엇을 하려 하는지 아무도 몰랐다. 다만 티치엘은 그 검을 본 순간부터 강한 불안감을 느꼈다. 왼손에 칼집을 쥔 보리스가 한 발짝 앞으로 나서며 검을 뽑더니 허공을 베었다.

한 번도 본 적이 없는 새하얀 칼날이었다. 언뜻 흰 잔상이 뻗어나가는 느낌마저 들었다. 보리스가 다시 검을 꽂았을 때 뒤에 섰던 세 사람은 갑자기 더해진 한기를 느꼈다. 보리스가 떨어진 천을 다시 집는 동안 티치엘이 소리쳤다.

"저기야!"

조금 전까지만 해도 벌판이었던 곳에 동굴의 입구가 열려 있었다. 좀더 자세히 보니 벌판과 희미한 경계로 겹쳐지며 떠 있었다. 벌판에 불던 바람이 동굴로 쓸려 들어가는 것이 보였다. 안쪽은 어두웠지만 먼발치에 발그레하게 불기가 떠올라 있었다.

막시민이 말했다.

"티치엘, 넌 들어오지 마라. 마법사의 접근을 알아채는 모양이니 네가 들어오면 긴장해서 무슨 짓을 저지를지도 몰라. 여기서 기다리다가 시간이 흘러도 아무도 나오지 않으면 학교로 내려가서 도움을 청하든가 해."

카르디가 맨 앞에서 발을 들여놓았다. 이어 막시민이, 그리고 보리스가 들어섰다. 티치엘은 다시 한번 보리스의 검을 보았다. 검은 도로 천으로 둘둘 만 꾸러미가 되어 있었다.

촛불 몇 개가 한꺼번에 꺼져버렸다.

애니스탄은 벌떡 일어나 주위를 살폈다. 동굴을 타고 들어오는 바람 소리가 요란했다. 잠시 생각하던 그는 돌아서서 모닥불 앞으로 가더니 잔가지에 불을 붙여 돌아왔다. 꺼진 초에 하나씩 불을 붙이며 중얼거렸다.

"날씨가 좋지 않아."

애니스탄은 다시 바닥에 주저앉아 쓰던 것을 마저 쓰기 시작했다. 원 몇 개가 겹쳐진 복잡한 마법진을 그려놓고 구석구석에 주문식을 써넣는 중이었다. 마법진 가운데 관이 놓여 있었다.

"그렇더라도 준비를 해둬야지요. 그 애가 오고 있으니. 그토록 불러도 오지 않더니, 당신이 여기 있다는 이야기에 마음이 움직여서."

그 말을 들어야 할 '당신'은 관 속에서 깊은 잠에 빠져 있었다. 자신이 그렇게 만들었으면서도 애니스탄은 기억하지 못하는 것처럼 말을 계속했다.

"차가운 동굴이라 미안합니다. 따뜻한 자리도 마련해놓지 못했죠. 오랜만의 재회인데. 내가 이 재회를 위해 얼마나 노력했는데. 이제 거의 다 됐습니다. 내가 그 애를 책임지기 위해 노력한 것을 보여줄 때가 됐습니다."

이윽고 애니스탄은 일어섰다. 실험대에는 닳아빠지다 못해 부서질 지경인 작은 관이 놓여 있었다. 그는 관을 여러 겹으로 묶은 끈을 풀어내고, 준비한 시약을 확인했다. 이어 가슴속에 손을 넣어 목에 걸린 것을 매만졌다. 가느다란 쇠사슬이 날카로운 금속 조각을 돌돌 감은 채 매달려 있었다. 사슬 표면이 거칠어 살갗이 붉게 부풀었지만 신경도 쓰지 않았다.

"준비가 끝났군요."

애니스탄은 신발을 벗었다. 마법진 안으로 걸어 들어가 관 뚜껑을 열었다. 잠든 조슈아의 눈꺼풀을 건드렸다. 손끝이 닿자 입술이 가늘게 경련했다.

"당신은 아무것도 모른 채 죽어 저 안에 갇힌 그 아기와는 다릅니다. 당신은 자신을 위한 일을 하는 것이니까요. 당신보다 완전한 본체는 없을 겁니다. 그냥 당신 자신이 되는 겁니다. 고통은 잠깐뿐입니다. 한 번 겪어보았으니 어쩌면 익숙할지도 모르겠군요."

애니스탄은 관 옆에 놓았던 단도를 뽑아 들었다. 짧고 단순한 모양이었지만 파랗게 날이 선 단도였다. 칼끝이 조슈아의 목선을 쓸어내렸다. 옷깃을 헤쳐 명치를 찾아냈다. 그 옆에는 예전에 빗나갔던 단도의 흔적이 흉터가 되어 남아 있었다.

"그동안 그 아이가 받은 고통을 잘 아는 당신은 기꺼이 교대를 해주겠지요."

단도가 높이 올라갔다. 손아귀에 힘이 들어가며 칼끝이 떨리는 순간, 관 속에 누운 자가 말하기라도 한 듯 목소리가 울렸다.

"그는 내가 될 수 없어요."

애니스탄은 고개를 번쩍 들었다. 동굴 모퉁이 너머에서 걸어 나온 카르디가 마법진 앞에 앉았다.

"난 나일 뿐이죠. 그는 내가 아니에요."

애니스탄은 카르디를 뚫어져라 보았다. 그러더니 억지로 웃으려 했다.

"잘 왔어. 그런데 어떻게 들어왔니?"

"더이상 그와 나를 동일시하지 말아요. 내겐 아무것도 필요 없어."

그렇게 말하며 카르디는 단도를 든 애니스탄의 손목을 잡으려 했다. 애니스탄은 그 손을 뿌리쳤다.

"넌 아무것도 몰라. 이대로 있으면 넌 곧 죽어. 네 본체는 힘을 다했어."

"내가 그걸 모르리라고 생각해요?"

카르디의 입가에 쓴웃음이 떠올랐다.

"내 몸에 일어나는 일이란 말입니다. 그래요, 난 부서지고 있죠. 언젠가는 가루가 돼버리겠죠. 정신력도 약해져서 유령들의 속삭임조차 견디지 못하고, 밤잠도 잘 수 없죠."

"넌 새 생명을 얻을 거야. 부서지는 몸 따위는 허물처럼 벗어버리고 다시 건강하게, 수명을 다해 살아갈 거야."

"무슨 소용입니까? 그건 내가 아닌데."

애니스탄은 카르디의 말뜻을 이해하지 못했다.

"네가 아니라니? 넌 조슈아 폰 아르님이야."

"난 조슈아가 아닙니다. 되지도 않을 겁니다!"

애니스탄의 얼굴에 분노가 서렸다.

"그놈들이 그래? 아니야. 틀렸어. 네 것을 포기하지 마. 내가 되찾아줄 테니까."

다음 순간 애니스탄은 말릴 틈조차 없이 단도를 조슈아의 가슴에 내리꽂았다.

"안 돼!"

기다리고 있던 막시민이 뛰쳐나왔다. 카르디는 애니스탄의 손목을 움켜잡고 있었다. 잠깐의 실랑이 끝에 단도가 동굴 바닥에 떨어지며 요란한 소리를 냈다. 애니스탄은 기다시피 뒤로 물러났다. 막시민은 관으로 달려들어 붙들고 내려다보았다. 핏줄기가 번져가는 것이 보였다. 그러나 다시 자세히 보니 상처는 얕았고, 피는 조금뿐이었다.

애니스탄은 자신의 손을 내려다보며 덜덜 떨었다.

"왜, 왜, 안 되는 거지? 너희 중에 누군가가 술수를 쓴 건가? 누구지? 누가 방해한 거지?"

카르디가 말했다.

"유령들이겠죠."

"그럴 리 없어. 여긴, 유령은 전혀 들어올 수 없어. 내가 일부러, 결계를 쳐서, 막았어. 누가 들어왔나? 결계는 깨어졌나?"

그때 보리스가 관 쪽으로 걸어왔다. 애니스탄은 보리스를 쏘아보더니 벽을 짚으며 비척비척 몸을 일으켰다.

"너, 너지. 네가 결계를 열었지. 난 알고 있어. 그건 뭐지? 안 돼. 망칠 순 없어."

막시민은 관 속의 조슈아를 일으키려 했다. 카르디는 관 앞에 앉은 채 애니스탄을 보고 있었다. 애니스탄은 떨리는 손을 품속에 넣었다. 목 언저리를 더듬어 무언가를 찾더니 곧 손에 움켜쥐었다.

"모두 나가!"

애니스탄이 쥔 것은 빛을 내지도 않았고 특별한 기운을 내보내지도 않았다. 그러나 그가 너무 꽉 쥔 나머지 날카로운 부분이 손바닥을 파고들어 피가 흘렀다.

"나가란 말이다!"

막시민은 귀도 기울이지 않고 조슈아를 관에서 끌어냈다. 잠드는 약이라도 쓴 것인지 조슈아는 도통 눈을 뜨지 않았다.

"데려갈 수 없어……."

애니스탄이 한 걸음 다가오는가 싶더니 한 팔을 휘둘렀다. 그 서슬에 손에 쥔 목걸이의 사슬이 끊어지며 날아갔다. 실은 평소였다면 가능한 일이 아니었다. 피가 흐르는 손에서 정체 모를 강한 기운이 뻗어나가는 것을 느낀 보리스가 외쳤다.

"엎드려!"

동굴의 천장이 일부 부서지며 돌조각과 가루가 우수수 떨어졌다. 이쪽도 놀랐지만 애니스탄 본인도 놀란 듯 자신의 손을 내려다보았다. 피는 점점 많이 떨어지고 있었다.

"이대로도 좋겠지……."

막시민은 무언가를 깨달았다. 그러나 말리기에는 늦었다. 애니스탄은 두 손을 높이 들었다. 조각이 그의 손바닥에 깊이 박혔다. 피가 주르륵 떨어져 바닥에 고였다. 그는 고통조차 느끼지 못하는 얼굴이었다.

"상관없어. 난 어떻게 되든지……. 방해하는 너희만 없어지면……."

애니스탄이 다시 도사리는 순간 카르디가 벌떡 일어나 마법진 앞을 막아섰다.

"방해한 건 납니다. 나부터 죽일 건가요?"

"비켜……."

"나부터 죽이시죠."

애니스탄은 무어라 말하려 했다. 그러나 갑자기 온몸을 떨며 말문이 막혀버렸다. 그의 몸에 변화가 일어났다. 조각이 박힌 쪽의 팔이 먼저 기괴하게 부풀어 올랐다. 이어 어깨를 타고 몸과 머리로 침범했다. 입고 있던 옷은 산산이 찢어졌다. 비명도 신음도 아닌 소리가 흘러나왔다. 어떤 뜻도 담겨 있지 않은 울부짖음이었다.

부푼 팔은 처음에 언뜻 근육처럼 보였으나 곧 허물을 벗은 뱀처럼 번들거리는 덩어리로 변했다. 흡사 뒤틀린 나무뿌리 같았다. 신체와 비슷한 모양조차 아니었다. 손은 거대하게 부푼 팔에 묻혀버렸다. 다른 쪽 팔의 팔꿈치도 뒤틀리기 시작했다. 그 아래에 홀로 변하지 않은 왼손은 마치 장난감이 붙은 것처럼 보였다.

변화는 그의 입마저 삼켜버렸다. 이제 소리는 더이상 나오지 않았다.

"저건 뭐지?"

가장 먼저 침착을 되찾은 보리스가 물었다. 막시민이 조슈아를 들쳐업으려 애쓰며 외쳤다.

"뭐긴 뭐야, 도망치라는 거지!"

그때, 괴물로 변한 팔이 카르디를 향해 내리쳐졌다. 본능적으로 물러서 타격은 피했으나 뒤따라온 보이지 않는 압력은 피하지 못했다. 온몸에 충격을 받으며 밀려난 그는 동굴 벽에 몸을 부딪쳤다.

"카르디!"

카르디는 정신을 잃지 않았다. 그러나 옷과 소매는 수많은 칼날로 그은 것처럼 갈기갈기 찢겼고 왼팔 안쪽의 피부는 그가 숨기고 있던 상처처럼 갈라졌다. 보리스가 달려가 카르디를 일으켰다. 막시민은 조슈아를 둘러멨다. 모두 입구를 향해 달렸다.

잠시 후 등뒤에서 불빛이 사라졌다. 초도, 램프도 꺼졌다. 쿵쿵거리는 소리만이 사방을 울렸다.

"어서!"

먼저 입구에 도착한 보리스는 기다리고 있던 티치엘을 보았다. 설명을 하기도 전에 그녀가 소리쳐 물었다.

"악의 무구가 변화를 일으킨 거지?"

그 말을 들은 보리스가 문득 미간을 찡그리며 멈추어 섰다. 뒤이어 뛰어나온 막시민이 둘을 보고 소리쳤다.

"뭘 해! 어서 도망쳐!"

보리스는 카르디를 내려놓고 멀찍이 물러나라고 손짓하더니 동굴 쪽으로 돌아섰다. 그리고 조금 전에 꺼냈던 검을 다시 풀어냈다. 그 모습을 본 티치엘은 두 손을 모으며 눈을 감았다. 잠깐 만에 그녀를 둘러싼 공기가 소용돌이치며 하얀 광채가 솟아올랐다.

"너희는 뭘 하려는 거야! 저게 상대할 수 있는 놈으로 보여?"

막시민이 악을 쓰며 소리쳤다. 그때 조슈아가 그를 불렀다.

"막군……. 날 내려줘."

"너 정신 들었냐?"

내려선 조슈아는 조금 비틀거렸다. 그러나 깨어 있었던 것처럼 상황을 다 아는 눈치였다. 정신을 집중하려 애쓰는 그의 얼굴이 고통스럽게 일그러졌다.

쿵쿵거리는 소리는 이제 눈앞까지 왔다. 캄캄한 동굴에서 벽력같이 뛰쳐나왔다. 그때 검을 뽑아 들고 있던 보리스가 몸을 수그리더니 발을 왼쪽으로 미끄러뜨리며 달려들었다. 반원을 그린 검이 오른손이 있던 곳을 베어 날려버렸다. 검에서 하얀 기운이 흡사 얼어붙은 눈처럼 튀어나왔다. 그와 동시에 보리스의 머리 위로 압력이 날아들었다. 그러나 티치엘의 손에서 뻗어나온 빛나는 막에 부딪히며 튕겨나갔다. 충돌이 남긴 꽹음이 거대한 징처럼 사방을 울렸다.

쿠쿵!

들판의 풀이 낱낱이 끊어져 흩날렸다. 폭풍이었다. 티치엘이 빛의 막을 유지하는 동안 보리스가 다시 몸을 일으켜 검을 세워 잡았다.

팔이 잘렸으나 괴물은 비명조차 없었다. 버르적대며 도사리는 모습은 마치 거대한 고목 같았다. 아니, 실은 어떤 형태라고도 부르지 못할, 그저 뒤틀린 모습이었다. 티치엘은 빛의 막을 거두었다가 다시 한번 더 넓게 만들어 일행 전체를 감쌌다. 그러나 넓어지면서 약해진 탓인지 괴물이 달려들자 막은 깨어졌다. 보리스가 바닥을 굴러 피하자 괴물의 손이 내리친 곳의 암반이 부서지며 돌조각이 튀어 올랐다.

"보리스!"

티치엘이 품에서 짤막한 지팡이를 빼어 들더니 팔을 높이 올리며 큰 수인을 그렸다. 허공에 빛으로 그린 진이 세로로 나타났다. 거기에서 하얗게 빛나는 화살이 수십 개나 뿜어져 나갔다. 화살은 괴물의 몸에 부딪치는 순간 폭발을 일으키며 충격을 가했다. 괴물은 순식간에 동굴 입구까지 밀려났다.

막시민이 눈을 크게 뜨며 중얼거렸다.

"뭐야, 우리 쪽도 괴물이었잖아?"

그러나 티치엘은 안절부절못하며 소리쳤다.

"저자의 몸에 폭발 효과가 들어가질 않아!"

보리스가 벌떡 일어나 검을 몸 뒤로 꺾어 잡았다. 그의 검에서 눈보라 같은 흰 기운이 일어나는 것이 보였다. 그러나 그는 바로 공격하지 않고 눈을 질끈 감으며 호흡을 가다듬었다. 조금 전에 즉시 공격하던 모습과는 이상하게 달라진 모습이었다.

다시 일어선 괴물은 보리스와 티치엘 사이에 서 있던 카르디 쪽으로 달려들었다. 갑작스러운 일이라 티치엘이 보호막을 칠 사이도 없었다. 카르디는 피하려 하지 않았다. 오히려 견뎌내려는 것처럼 눈을 꼭 감았다.

그러나 다음 순간, 그는 대여섯 걸음이나 떨어진 풀밭에 넘어져 있었다. 조슈아가 카르디의 몸을 껴안고 있었다.

"어떻게……."

조슈아는 힘겹게 몸을 일으켰다. 아직은 강령 후유증을 견 뎌낼 만큼 몸 상태가 완전하지 못했다. 그러나 머뭇거릴 때가 아니었다. 막시민이 소리쳤다.

"뒤로…… 아니, 앞으로 달려가!"

먼저 정신을 차린 카르디가 반대로 조슈아를 껴안아 끌어 당겼다. 세 걸음 앞으로 가서 함께 넘어지자마자 등뒤에서 굉 음과 함께 단번에 살이 익어버릴 것 같은 열기가 느껴졌다. 돌아볼 수가 없었다. 막시민이 더 앞으로 가라고 외치는 소리 가 아득히 멀었다.

콰쾅!

또 다른 굉음과 함께 이번엔 견디기 힘든 차디찬 기운이 끼 쳐왔다. 거대한 서리 덩어리가 하반신을 뒤덮었다. 티치엘이 안절부절못하며 외쳤다.

"위, 위치가 조금 틀렸어. 괜찮아?"

조금 전의 뜨거움이 없었더라면 순간 동상을 입었을지도 모를 상황이었다. 그러나 어쨌든 일어날 순 있었다. 돌아보자 들판 가운데 불덩이가 이글거리고 있었다. 불은 곧 사방으로 번지기 시작했다.

괴물이 다시 손을 올리자 또 다른 불덩이가 손끝에서 이글 거렸다. 충분히 커지자 바람 소리를 일으키며 허공을 갈랐다.

그러나 보리스를 노렸던 불덩이는 산산이 부서지며 사방으로 튀었다. 검으로 올려쳤던 것이다.

그러나 다른 사람에게 날아든 불덩이는 뛰어서 피하는 수밖에 없었다. 곧 들판 곳곳이 불바다가 되었다.

"이대로는 온 산에 불이 난다고!"

이윽고 괴물은 흩어진 적들 중 누구를 택할지 가늠하는 것처럼 멈추어 섰다. 보리스가 말했다.

"티치엘, 불부터 끄는 게 좋겠다. 이쪽은 내게 맡기고."

"괜찮겠어?"

보리스는 대답하지 않았지만 곧 티치엘은 몇 걸음 물러나 정신을 집중하기 시작했다. 보리스는 앞으로 걸어나갔다. 검에 일어났던 흰 기운은 한결 가라앉아 있었다. 다섯 발짝 남았을 때, 보리스가 바닥을 걷어차며 달려들었다.

"하!"

괴물이 팔을 들어 후려치려 했다. 보리스는 몸을 틀어 피하며 한쪽 어깨를 그었다. 피인지 다른 것인지 모를 거무튀튀한 액체가 흩뿌려졌다. 그러나 안도할 겨를도 없이 이미 잘라졌던 손이 날카로운 칼처럼 변하더니 보리스를 향해 찔러져갔다. 막시민이 소리쳤다.

"그자의 손에 다쳐선 안 돼!"

보리스는 가까스로 피하며 검 손잡이 쪽을 올려 방어 자세를 취했다. 그때 애써 몸을 일으킨 조슈아는 다시 한번 눈을 꾹 감으며 남은 정신력을 그러모았다. 이어 눈을 뜨는 순간, 눈으로 보지도 못할 속도로 뛰어올라 괴물의 목을 걷어찼다. 흡사 하늘을 날기라도 한 모습이었다. 걷어찬 목이 꺾이며 괴물의 몸이 뒤로 무너졌다.

"……."

맞은편에 착지한 조슈아는 괴물이 일어나 자신을 향해 돌아서는 것을 보았다. 그거면 충분했다. 조슈아에게는 무기도 없었다. 있었다 해도 어차피 소용없었을 터였다. 그는 포도원에서 오랫동안 기록을 읽었기에 악의 무구가 침범한 자의 몸은 일반적인 무기로 상처조차 입히지 못한다는 것을 알고 있었다. 그렇다면 보리스가 든 것은 평범한 검이 아니다. 무슨 수를 써서든 보리스에게 기회를 만들어주어야 했다.

보리스도 그 순간을 놓치지 않았다. 돌아선 괴물을 향해 앞으로 두 걸음, 빠르게 내디디며 달려들어 어깨를 내리쳐 갈랐다. 처음에 조각이 스며든 그 팔이다. 이대로 죽을 것인가? 그때 등뒤에서 외침이 울렸다. 카르디였다.

"안 돼!"

괴물의 몸에서 거대한 압력의 파도가 밀려나왔다. 돌과 풀이 파도처럼 일어났다. 보리스는 물론이고 가까이 있던 조슈아, 카르디, 모두가 뒤로 날려가 바닥에 처박혔다. 압력을 직접 받은 곳의 옷은 폭풍을 견뎌낸 돛처럼 갈기갈기 찢어졌다.

그와 동시에 티치엘의 마법이 효과를 일으켰다. 그녀를 중심으로 거대한 물의 기운이 일어나더니 소용돌이가 되어 휘몰아쳤다. 들판의 불이 모조리 꺼진 것은 물론이고 사방이 폭우라도 맞은 것처럼 변했다.

보리스는 고개를 쳐들며 괴물을 보았다. 찢어진 옷 아래로 생채기가 무수히 났지만 그는 그보다 머리가 흠뻑 젖어버린 것이 더 불편했다. 보리스가 몸을 일으키는데 카르디가 비척비척 일어나며 그를 불렀다.

"보리스, 잠깐만……."

카르디는 보리스가 빌려주었던 망토를 벗었다. 망토로 덮였던 부분은 조금 전의 공격에도 불구하고 무사했다. 그러나 본래 상처가 있었던 팔은 차마 눈뜨고 보기 힘든 지경이었다. 너덜거리는 소매 안으로 피부가 벗겨지고 피와 진물이 짓이겨져 흡사 생가죽을 벗긴 짐승의 몸 같았다.

"기다려줘. 나, 그와 얘기하고 싶어."

이미 이야기가 통하지 않을 것 같은 상대였다. 보리스는 돌아보지 않고 대답했다.

"위험해."

카르디는 고개를 젓고는 괴물을 향해 다가갔다.

팔이 완전히 끊어진 괴물은 숨을 고르고 있었지만 죽어가는 중인지는 확실치 않았다. 카르디가 다가오자 괴물은 몸을 일으키려 했다. 남은 팔을 뻗으려 했다. 누가 보아도 공격하려는 모습이었다. 그러나 말릴 틈도 없이 바로 앞까지 다가간 카르디가 그를 부르는 순간, 모든 움직임이 멎었다.

"아버지."

모두 흠칫했다. 상상하지 못했던 이름이었다.

"내게 아버지는 당신뿐입니다. 내게 피와 뼈와 살, 그리고 약속의 말마저 넣어주신 아버지."

조슈아의 아버지는 카르디의 아버지이고 싶어 하지 않았다. 아버지라는 이름은 그에게 자신 속에 숨어버렸던 말이었다.

"당신이 나를 만든 것을 늘 원망했지만, 이 순간만큼은 아닙니다. 왜인지 아시나요?"

괴물의 몸은 호흡마저 멈춘 듯했다. 아니, 실은 모두 착각일지도 몰랐다.

"태어나지 않았더라면 결코 몰랐을 감정 때문입니다. 나는 나와 분리되었고, 내 안에 대적자를 가졌습니다. 그 대적자를 알아보았을 때 나는 부서지기 시작했죠. 악마가 약속한대로. 아버지인 줄 알았던 사람은 날 버렸고, 친구는 외면했고, 나는 나와 분리된 나를 미워했습니다. 그의 권리를 미워했습니다. 그에게만 있는 미래를 미워했습니다."

침착한 목소리였다. 두 손을 내밀며 거대한 괴물을 올려다보는 아주 연약한 인형은 눈물을 흘리지도 않았다.

"내가 이 모든 것을 겪지 않았더라면 몰랐을 겁니다. 그전까지 사랑하지 못했던 것들의 가치를. 그들로부터 버려지고 서야 혼자서도 얼마든지 살아갈 줄 알았던 내가 얼마나 가소로운 감정을 품었는지 알았죠. 나는 악마에서 사람으로 돌아온 겁니다."

카르디는 갈가리 찢겨진 자신의 팔을 높이 쳐들었다. 말라붙은 핏자국 사이로 흰 가루가 덧없이 떨어져 날렸다.

"인형이 됨으로써."

말하는 동안 괴물의 몸에서 서서히 변화가 일어났다. 그게 보리스의 공격 때문인지, 단지 마음의 변화로 그렇게 될 수 있는지는 아무도 몰랐다. 부풀었던 몸 곳곳은 점차 처음처럼 쪼그라들었다. 그러나 뒤틀리고 이지러진 곳이 되돌아오지는 않았다. 사라진 손이 나타나지는 않았다. 인간으로 돌아왔다고 말할 수는 없었다. 그는 이제 얼굴을 가지고 있었으나 말을 할 입은 없었다.

카르디는 앞으로 나아갔다. 오른손을 품에 넣었다.

"그러니 당신은 기뻐해도 됩니다. 아버지. 당신은 완전한 것을 만들었습니다. 보세요. 나는 인간의 피조물입니다. 그러나 동시에 인간입니다. 그러므로 아버지여."

카르디의 손이 한때 인간이었고, 괴물이었고, 다시 무엇인가로 변한 사내를 끌어안았다. 너덜거리는 팔로 힘껏 껴안았다.

"당신은 신이었습니다."

뒤에 서 있던 사람들에게도 뒤틀린 살점 속의 눈동자에 물기가 어리는 것이 보였다. 다음 순간, 카르디의 오른손이 움직였다.

"……."

조금 전처럼 검지 않은, 검붉은 피가 흘러나왔다. 카르디의 손과 팔도 피로 물들었다. 이윽고 손이 툭 떨어졌다. 심장이 있을 곳에 단도가 꽂혀 있었다. 처음에 애니스탄이 관 옆에 떨어뜨렸던 그 단도였다.

한없이 긴 듯한 시간이 흘러갔다. 그것은 버르적대지 않았다. 껴안은 카르디를 밀어내지도 않았다. 피의 솟구침이 점차 느려졌다. 냇물이었던 것은 빗물이 되고, 이윽고 눈물보다 가느다란 흐름으로 변했다. 긴 숨이 떨어져갔다. 오후의 석양처럼 느린 듯 빠르게 떨어져갔다.

오른팔과 하반신이 피투성이가 된 카르디가 일어났다. 그 잠깐 사이에 눈가가 움푹해져 있었다. 그는 돌아서서 모두에게 절을 해 보였다. 그가 늘 그랬던 것처럼, 우아하게.

"고마웠어."

조슈아가 일어섰다. 그는 다리를 가누지 못해 조금 비틀거렸다.

"아니, 안 돼."

무엇이 안 된다는 것인지 다른 사람들은 아직 몰랐다. 조슈아는 억지로 다리에 힘을 주며 카르디에게 다가갔다. 그리고 그의 어깨를 붙들었다. 잡았다기보다 기대다시피 했지만 움켜쥔 손끝에는 힘이 있었다.

"가지 마."

"……"

잠시 후 카르디의 얼굴에 맥없는 미소가 떠올랐다.

"조슈아, 우리가 입장이 바뀌었더라면 너도 나와 똑같이 생각했을 것을 알아. 나도 마찬가지겠지. 지금 네가 하고 있는 생각은 너이기 때문에, 네가 조슈아 폰 아르님이니까 할 수 있는 거야. 난 아니야. 난 약속의 말을 찾으러 가겠어."

"아냐. 아직은 아냐. 네가 말했던 대로 나와 다른 삶을 살고서, 그런 뒤에 떠나줘. 난 나와 다른 네 생애를 보고 싶어. 지키고 싶어."

"넌 나를 사랑하지?"

둘의 시선이 마주쳤다. 카르디의 눈빛에 고통이 떠올랐다.

"난 그럴 수가 없어. 정말 미안해."

카르디는 조슈아의 손을 잡아 내렸다. 그리고 동굴 쪽으로 돌아섰다. 죽은 그의 아버지 앞에 무릎을 꿇고 단도를 뽑아 들었다.

티치엘이 소리쳤다.

"잠깐만 기다려!"

동굴 앞으로 뛰어나간 티치엘의 눈에 눈물이 글썽했다. 카르디가 시선을 주자 그녀가 말했다.

"네가 조슈아와 같은 세상을 살아가기 어렵다면, 다른 세상에서 살면 돼. 그러면 되잖아. 안 그래?"

카르디는 쓴웃음을 지었다.

"무슨 뜻인지 모르겠어."

"저 결계를 이용하면 돼. 교수님한테 부탁해서 시간이 흐르지 않는 결계로 만들어달라고 하겠어. 그 안에서 아주 오랫동안 자고 나서 우리도, 조슈아도 존재하지 않는 세상에 깨어나 살아줘."

"……."

카르디가 대답하지 못하자 조슈아가 다가섰다.

"오십 년 정도면 난 없을지도 몰라. 백 년이면 절대로 없겠지. 그보다 빨리 돌아와도 돼. 삼십 년 뒤에 돌아와서 늙어가는 내 모습을 보며 비웃어줘. 그때는 너의 세상일 거야."

카르디는 쓰게 웃더니 팔을 내밀어 보였다.

"하지만 이런 상태로 널 비웃진 못할 것 같은데. 이 세상의 유일한 인형사가 죽은 지금 이걸 고쳐줄 사람은 어디에도 없어."

그때 검을 닦아 꽂은 보리스가 다가왔다.

"있어."

모두가 보리스를 돌아보았다. 카르디의 눈이 떨렸다.

"넌 인형을 본 일도 있다고 했지."

"그래, 그리고 인형을 만들 줄 아는 사람도 알고 있어. 필멸의 땅에 있지."

조수아가 급히 물었다.

"그게 정말이야? 그렇다면 그 사람을 만나러 갈 수도 있는 건가?"

보리스는 고개를 저었다.

"그건 안 돼. 내가 그때 필멸의 땅에 갔던 것은 설명하기 어려운 특별한 인연이 이끌었던 까닭이고, 이제 다시는 가지 못할 거야. 하지만 그런 사람이 있는 이상, 정말로 백 년이 흐르고 나서 네 팔을 고쳐줄 사람이 없으리라고는 장담하지 못하는 거지."

카르디는 아직도 망설였다. 그때까지 한마디도 않고 떨어져 있던 막시민과 눈이 마주치기까지는.

막시민은 천천히 일어났다. 물벼락을 뒤집어쓴 모습으로 어슬렁어슬렁 다가왔다. 카르디 앞에 서자 그는 불쑥 손을 내밀었다.

"악수도 안 받냐?"

"……."

카르디가 막시민의 손을 잡으려 하자 막시민은 카르디의 손에서 단도를 빼앗아 땅에 떨어뜨렸다. 그리고 손을 잡더니 천천히 흔들며 말했다.

"만약에, 나중에 내게 아들이나 손자가 있어서 이 이야기를 할 수 있게 된다면……."

카르디의 손이 문득 떨렸다. 막시민은 아무렇지도 않게 말을 이었다.

"개한테 물려서 죽을 뻔했던 나를 살려낸 네 녀석과 꼭 친구가 되라고 하겠다."

침묵이 흐른 뒤 카르디가 눈을 들어 막시민을 보았다. 아주 오랫동안 그러고 있었다. 둘 다 별다른 표정은 없었다. 그들은 한때 친구였고, 끝은 없었다. 끝나기도 전에 사라져버렸다. 실재하는 줄 알았던 모든 것이. 오직 기억 속에만 있었다. 지금도 그것만을 가져가려 했다.

카르디가 천천히 고개를 끄덕이더니 말했다.

"그때는 내가 계단 위에 앉아서 내려다보고 있으려고."

막시민이 움찔하더니 미간을 찡그렸다. 단 한마디만으로 그의 머릿속에도 또렷이 떠올랐기 때문이었다. 그날의 풍경이.

일부러 몇 걸음 떨어져 있던 조슈아에게도 마찬가지였다. 그의 것이자 자신의 것이기도 한, 그러나 지금까지 자주 떠올려보지는 않았던 순간이었다. 그러나 카르디는 자신이 복제임을 받아들인 후로 수없이 되씹어보았을 것이다. 자신이 자신이었던 날들을. 나뉘기 전의 기억들을. 이제 그들은 기억의 복도 속 같은 자리에 불을 켜지 않는다. 갈림길을 지나쳐 서서히 멀어질 것이고…….

카르디는 어느새 담담하게 그들을 보고 있었다. 아니, 보지 않는 듯도 했다. 이미 그들 곁에 있지 않은 것 같았다. 아주 가벼워져서, 이 세상뿐 아니라 어디든 갈 수 있어서.

"나만의 힘으로, 다시 한번 모든 것을 시작해야지."

카르디는 먼저 손을 놓고는 돌아서서 동굴로 걸어 들어갔다. 그는 뒤를 돌아보지 않았다. 모퉁이를 돌아서 사라지는 순간까지도.

티치엘이 동굴 앞으로 다가가 손을 뻗고 수인을 맺었다. 결계 입구가 스르르 닫히며 사라지는 것을 모두가 지켜보고 있었다.

"일단 막아두었어. 오늘밤이나 내일 레오멘티스 교수님께 부탁하면 만들어주실 거야. 만약에 교수님께서 해주시지 않는다고 해도, 아빠는 분명 해주실 거야."

확신에 찬 어조로 말한 티치엘은 잠시 후 얼굴을 가리고 조용히 울었다. 동굴이 사라진 벌판의 젖은 풀을 바람이 쓰다듬고 지나갔다.

다시는 되풀이되지 않아도

단 한 번 찬란했던

생애 최고의 순간을

간직하고자 접어 넣었지만

책갈피를 열어보니

빛은 저물고 즙은 마르고

딱딱한 그림자와 훈향뿐

태양은 이마를 찌르고

어지러워 눈도 못 뜨고

무슨 말을 하는지도 몰랐지만

빛나는 버드나무처럼

너는 웃었고 내게 기댔고

바람처럼 강처럼 부풀었네

내가 그날을 기억함은

내게 하는 거짓말 같아서

잊지 않았다고 속삭여보지만

기억 속 바다는 모래처럼

미끄러지고 흘러내리고

한 방울도 남지 않았네.

돌아갈 때는 마법진을 이용하지 못하므로 꼬박 걸어서 가는 수밖에 없었다. 저녁까지 돌아가기 위해 모두 걸음을 서둘렀다. 막 마른 강바닥이 있는 곳까지 내려왔을 때였다. 머리 위에서 누군가가 그들을 불렀다.

"여어."

처음에는 어디에서 부르는지 몰랐다. 그러나 조슈아는 갑자기 바짝 긴장했다. 단 한마디였지만, 잊을 리 없는 목소리였다.

"한바탕 홍역이라도 치른 모양새들이군. 짐승이라도 사냥

했나?"

막시민이 고개를 번쩍 쳐들었다. 머리 위에 걸린 납작한 바위 너머로 그림자가 움직였다. 그 모자는 본 일이 있었다. 챙이 넓은 솜브레로, 그림자가 드리워져 알아볼 수 없는 얼굴.

"모두 물러나!"

막시민의 외침과 함께 그자가 바위에서 뛰어내렸다. 망토가 펄럭이며 내려앉았다. 순식간에 일행은 그자를 반원으로 둘러쌌다. 티치엘이 눈을 동그랗게 뜨며 물었다.

"이 사람이 누군데?"

막시민이 조슈아를 뒤로 밀어냈다. 그 모습을 본 티치엘도 마법을 쓸 준비를 했다. 조슈아는 그자를 노려보았다. 믿을 수가 없었다. 쇠사슬에 묶인 채 바다 한가운데로 가라앉았던 자가, 그렇게 수색해도 찾지 못했던 자가, 어떻게 멀쩡한 모습으로 이 자리에 나타났을까?

"어떻게…… 살아났지?"

"그리 쉽게 물리칠 수 있다고 믿었다면 섭섭한데."

경쾌한 목소리였다. 누군가를 죽이러 왔다고는 상상하기 힘든 어조였지만 경험으로 알고 있었다. 그런 태도와는 관계없다는 것을. 저자는 아침 식사 준비를 하다가 누군가를 죽이고도, 다시 아무렇지 않게 식사 준비를 하러 돌아갈 자라는 것을.

막시민이 맞받았다.

"쉽다고?"

"뭐…… 쉽지만은 않았던가? 어쨌든 이 직업은 누굴 죽이는 것만큼이나 자길 살리는 데도 도통하지 않으면 안 되거든."

그때 티치엘이 그자의 오른손을 알아보고 비명을 올렸다. 보리스의 미간도 찌푸려졌다. 남자는 그들의 기색을 눈치채고 천천히 팔짱을 끼었다. 불균형한 팔 때문에 더욱 기괴해 보이는 모습이었다.

모자 밑의 입이 웃었다.

"긴장할 필요 없어. 너희한테 볼일이 있어서 온 게 아니니까."

"……아니라고?"

"잊었나? 난 샐러리맨이야."

무슨 뜻인가 하여 다들 눈을 깜빡거렸다. 조슈아가 무언가를 깨닫고 말했다.

"당신의 의뢰주가 죽었다, 그 말인가요?"

"빙고."

막시민은 여전히 믿지 못하겠다는 눈빛이었다.

"그렇다면 여긴 대체 왜 나타난 거지?"

"밀린 보수 받으러."

그러더니 산 위를 손가락질했다.

"그런데 두 번째 의뢰인까지도 돈을 못 줄 형편인 것 같더란 말이야. 안에 들어가본 것 같아서 묻는 건데 그자가 뭐 쓸 만한 집기라도 남긴 것 없었나?"

"……."

점차 이자의 말이 농담이 아닌 것 같다는 기분이 들기 시작했다. 몇 번이나 보아왔지만 이자는 사냥감을 말로 속이려 한 적이 없었다. 항상 뻔뻔스러울 만큼 솔직하게 용건을 늘어놓는 인간인 것이다.

막시민이 결국 대꾸했다.

"그런 것 없었어."

"그거 유감이네. 이 몸이 봉급을 떼이다니, 체면이 말씀이 아니야. 내 돈 떼어먹고 죽은 놈들은 다 지옥에 가버려라."

진심 어린 어조로 저주를 내뱉은 그자는 정말로 몸을 돌렸다. 그들이 가려는 방향과 반대쪽, 강바닥의 상류 쪽으로 사라지려는 그자를 조슈아가 불현듯 불렀다.

"정말 가려는 건가요?"

막시민이 조슈아의 팔을 잡아당기더니 아예 입을 막으려고 드잡이질을 했다. 이 미친놈이 또 무슨 소리를 늘어놓으려는 건지 몰라도 이런 마당에 떠들도록 내버려둬서 좋은 일이 없을 것만은 분명했다.

남자가 돌아보았다.

다시는 되풀이되지 않아도

"그럼 무슨 볼일이 있겠어?"

"개인적인 궁금함인데, 지난번에 나와 예술에 대해 대화한 적이 있지 않던가요?"

"그랬지."

조슈아는 막시민의 손을 뿌리치더니 앞으로 한 발짝 나섰다.

"예술의 완성도를 추구하는 당신이 그토록 열심히 죽이려고 했던, 그러다가 바다에 생매장되기까지 했던 상대인 나를 눈앞에 두고 그냥 간다는 게 잘 이해가 안 되어서요."

막시민이 결국 소리를 내질렀다.

"이 미친놈아! 그따위 소리가 지금 입에서 나오냐?"

남자는 잠시 후 소리를 죽여 킥킥거렸다.

"소공작, 당신은 참 재미있는 사람이야. 내가 설명을 해줄게."

남자는 돌아서서 일행을 관객처럼 둘러보더니 말을 이었다.

"사람마다 마음속의 우선순위란 것이 있지. 나한텐 내가 봉급쟁이라는 사실이 가장 중요해. 누군가가 봉급을 주면, 그때부터 그걸 추구하는 방식이야 예술이든 놀음이든 내 마음이야. 하지만 봉급을 안 주면? 그건 다 쓸데없는 짓이라고. 그걸 왜 해? 그냥 끝나. 내 말 알아듣겠어?"

잠시 후 조슈아도 미소를 지었다.

"당신 말 알아듣겠어요. 그러니까 나하고는 계열이 다르군요.”

“당연히 다르지. 고귀하게 자란 소공작과 나처럼 입에 풀
칠하는 것을 중대하게 생각하는 사람은 다를밖에. 참, 이유가
하나 더 있어.”

모자로 가려진 눈이 조슈아를 말끄러미 바라봤다. 편집광
적으로 정교한 디저트를 유리 덮개 너머에서 들여다보는 사
람처럼.

“소공작 조슈아 폰 아르님. 그간 당신을 죽이고 싶어 하는
사람이 많았지? 아마 앞으로도 많을 거야. 하지만 당신은 쉬
운 목표가 아니지. 내가 실패했을 정도니까.”

“그래서요?”

“그런 당신을 누군가가 또 죽이고 싶어 할 가능성은 아주
높잖아? 다시 말해 잠재적인 고객께서 내게 의뢰할 가능성도
충분히 높다 이거야. 그런 당신을 내가 지금 의뢰도 없이 죽
여버리면, 누가 나한테 보수를 주나?”

조슈아는 고개를 끄덕거렸다. 충분히 납득했다는 것처럼.

“겨울을 대비하려면 먹이를 남겨둬야지. 자, 설명은 충분
했겠지? 열심히 살아둬. 다시 만날 때까지. 학교에 숨어든 이
상한 놈한테 걸리지 말고.”

되물을 수밖에 없었다.

“이상한 놈이라고요?”

"그런 놈이 하나 있더구만. 동종 업계 종사자는 딱 보면 알아보거든. 목적이야 내가 모르지. 소공작하고 관계가 없는지도 모르고. 하지만 조심해둬서 나쁠 건 없어. 당신처럼 비싼 목을 딴 놈한테 빼앗기긴 싫으니까."

남자는 돌아서더니 한쪽 손을 올려 두 번 흔들었다. 이어 절벽 몇 군데를 밟으며 바위 위로 올라섰다. 조슈아가 고개를 쳐들었다.

"그럼 내가 당신을 고용하면 어떨까요?"

"나쁘지 않지. 계약도 막 끝났고. 죽일 사람이 있나?"

조슈아는 고개를 갸웃거리다가 미소를 지었다.

"아직은 없는데."

"그럼 소용없지. 난 정원사나 요리사로는 고용되지 않아. 내 일거리를 가져오라고."

다음 순간 망토가 펄럭, 하더니 남자는 사라졌다. 마치 산 위로 날아 올라가기라도 한 것 같았다. 잠시 후 티치엘이 중얼거렸다.

"조슈아, 전부터 네 머리가 이상하다던 말을 방금 이해했어."

막시민이 인상을 찌푸리며 지껄였다.

"그래, 잘 봤냐? 역시 내 생각만은 아니지?"

보리스마저 말했다.

"너를 죽이려던 암살자와 나눈 대화치고는 좀 그렇군."

조슈아는 씩 웃더니 고개를 흔들며 뜻밖의 대꾸를 했다.

"우리가 너무 친해 보였나? 아닌데? 이래 봬도 갚아줄 게 많은 사이라서. 그래서 몇 가지 확인해둔 거야. 위험하진 않았어. 난 저자를 잘 알아."

막시민이 즉각 내뱉었다.

"잘도 확신하는군그래. 목숨이 장난이냐?"

조슈아는 빙그레 웃었다.

"너도 날 좀 믿어봐. 그만큼 자주 마주쳤는데 그 정도 판단도 못 하지는 않아. 물론 지금 당장 나한테 저자를 죽여버릴 힘이 있었다면 그냥 보내진 않았지. 하지만 없잖아? 그럼 대화의 힌트라도 남겨둬야지. 저자는 이해받는 걸 무척 좋아하니까 말이야."

막시민이 찌푸린 얼굴 그대로 조슈아를 흘끔 보더니 물었다.

"너, 지금 한 말 진심이냐?"

"왜 아니라고 생각하는데?"

둘의 눈이 마주쳤다. 조슈아는 침착하게 막시민을 보고 있다가 오른손을 들어 자신의 목을 매만지더니 미소를 날렸다. 평소와는 다른, 꽤 자신만만한 미소를.

이윽고 막시민이 고개를 돌리더니 말했다.

"아니, 됐다."

그날 저녁 넷은 예상치 못한 모험담을 누구에게, 어떤 식으로, 어디까지 알려야 할지 미묘한 의견 차를 보이며 학교로 돌아왔지만 쓸데없는 고민이었다. 그들은 정문에 발을 들여놓자마자 마스터들이 보낸 조교들에게 붙들려 갔다. 그리고 첫 번째로 비밀을 지키라는 명령부터 받았다. 무슨 일이 벌어졌는지 다 알고 있다는 의미였다.

악의 무구 조각이 관련되어 있다 보니 사안이 중대했으므로 밤인데도 즉각 교수 회의가 열렸다. 네 사람은 교수들의 연구실과 실험실이 모여 있는 루이스 틴타겔 관의 고풍스러운 응접실에 모여 앉아 언제 끝날지 모르는 회의를 기다리는 신세가 되었다. 회의가 끝나자마자 개별 면담을 해야 하기 때문이었지만, 단지 그 이유 때문만은 아니었다. 면담 전까지 그들은 사실상 구금 상태였다. 반시간쯤 기다린 끝에 그 사실을 알아차린 그들은 아직껏 저녁을 먹지 못했다고 시위했다. 시위 주동자는 물론 막시민이었다.

따지고 보면 늦은 아침 식사 이후로 아무것도 먹지 못했다. 그런 채로 힘겨운 전투를 하고, 티치엘이 골고루 뿌려준 폭우에 흠뻑 젖은 채로 두 시간이나 산을 타고 학교로 돌아왔다. 지치고 허기져서 쓰러질 지경이어야 마땅할 텐데 이상할 정도로 다들 식욕이 없었다. 조슈아는 강령의 여파가 가시지 않아 머리가 아프고 졸음이 왔지만 정신을 차리려고 노력하며 말했다.

"나 때문에 다들 고생했는데, 쉬러 가지도 못하고 정말 미안하다."

땋았던 머리를 풀어놓고 있던 티치엘이 얼른 고개를 저으며 말했다.

"이건 너 때문이 아니야. 악의 무구 조각하고 접촉했기 때문에 나쁜 마력의 흔적이 남아 있는지 검사를 해야 해서 그래. 검사가 끝나면 보내줄 거야."

"그거 자체가 나 때문이잖아. 하여튼 다들 정말 고마웠어."

티치엘은 계면쩍게 웃었고, 보리스는 고개를 기울였다가 어깨만 약간 들썩해 보였다. 막시민이 말했다.

"난 왜 네놈한테 이런 얘기를 일생 처음 들은 느낌이지."

그러자 조슈아가 눈을 가늘게 하며 웃더니 말했다.

"그건 아닐 거야. 잘 생각해봐."

이쪽에서 기억이 나지 않더라도 상대가 조슈아였으므로 반박하기란 곤란했다. 막시민은 한쪽 눈가만 찌푸리며 말했다.

"너 지금 네놈의 악명을 적절히 이용해먹고 있지?"

"글쎄. 그걸 이용이라고 해야 할지는……."

그들이 식욕이 없는 데는 같은 이유가 있었지만 누구도 굳이 화제에 올리려 하지 않았다. 다행히 교수 회의의 결과에 대한 우려라는 좋은 핑곗거리가 있었다. 사람 살리자고 한 일

다시는 되풀이되지 않아도

에 벌을 주지야 않겠지만, 이번 일로 문제의 신입생들에게 위험천만한 사고를 칠 능력이 있음이 분명해졌으니 혹시 단체로 퇴학시켜버리는 건 아닐까?

퇴학에 충격을 받을 만큼 학교에 애착이 있다고 하기에는 고작 열흘도 안 다녔고, 처음부터 입학하려던 계획도 없었기에 별 생각이 없는 막시민은 그래도 다른 두 명의 입장을 생각하며 말했다.

"야, 소공작께서 그런 정도는 못 막아주나? 이게 다 너 건져 오려다가 이렇게 된 건데."

"마법사들한테 공작 가문은 별 의미가 없다더라고. 오히려 쥬스피앙 가문이 더 의미 있지 않을까?"

막시민이 눈썹을 올려 보이며 티치엘을 곁눈질했다.

"과연 그럴까? 포도원지기님의 의견은 전혀 다를 것 같은데."

"그래도 대마법사고, 또 네냐플 졸업생이니까 어쩌면 옛날 친구 한 명쯤은 있을지도……."

이쯤 되면 누가 더 저평가를 하고 있는지 모를 지경이었지만 당사자도 없고 당사자의 딸도 신경쓰지 않았으므로 막시민은 대충 손을 내저으며 말했다.

"됐고, 하여튼 리프크네 가문에 의미가 없는 건 분명하거든. 야, 진네만 가문에는 뭐 쓸데 있는 인간 없냐? 예전에 네냐플 조교라도 해먹었던 빼어난 조상님이라든가."

보리스가 예의 무표정한 얼굴로 고개를 저었다.

"없는데."

"역시 너처럼 검 휘두르던 조상님뿐이냐? 그래, 역시 인맥은 포기하고 말발로 가는 수밖에 없겠다. 그런데 퇴학당하면 입학금은 환불되는 건가? 고작 열흘도 안 다녔는데 최소한 반액이라도 돌려줘야 하는 거 아니냐?"

그때까지 혼자 심각한 생각에 잠겨 있던 티치엘이 고개를 들더니 막시민을 봤다.

"너 설마, 그것 때문에……."

막시민은 갑자기 정색을 했다.

"너 지금 날 뭘로 보고 그런 말을 하는 거야? 그, 그런데 말이야, 너 표정이 진짜로 안 좋다? 설마 진지하게 퇴학당할 걱정을 하는 건 아니지?"

"그건 아닌데……."

티치엘의 말로는 마법 마스터들이 틀림없이 전투 현장에 감식을 하러 다녀왔을 테고, 일단 감식이 행해진 이상 시시한 주문 하나도 감추지 못한다고 했다. 들판을 절반쯤 태워먹은 다음에 다소 이른 봄비를 내려주는 등 병 주고 약 주는 행동을 하긴 했지만 그래도 부득이한 상황이었으니 주문 하나하나에 트집을 잡겠는가 싶었지만 티치엘은 생각이 다른 듯했다. 보다 못한 조수아가 물었다.

"우리가 모르는 문제라도 있는 거야?"

"포도원 마법진, 그거 쓴 것도 걸릴 거란 말이야."

막시민이 고개를 절레절레 저으며 티치엘을 봤다.

"야, 왜 그렇게 거기에 집착해? 그것 덕택에 제때 가서 이 자식을 살려 온 건데, 그거 한 번 허락 없이 쓴 게 그렇게 문제가 돼?"

"응……. 사실은 그거, 학교에서 만들어놓은 게 아니야. 우리 아빠가 엄마랑 연애하던 시절에 멋대로 만들어놓은 거야. 그게 아직도 있는 줄 알면 이모님께서 화가 나서 기절하실지도 몰라."

"……."

조수아와 막시민은 둘 다 입을 다물어버렸는데 연애를 하는 쥬스피앙을 연상하는 데 과도하게 많은 상상력이 필요했기 때문이었다. 화가 나서 기절한 레오멘티스 교수를 상상하는 데에도. 잠시 후 막시민이 말했다.

"그거참, 교수님께서 기절을 하시다니 학사 일정에 엄청난 차질이 빚어질 것 같아서 참으로 걱정스럽긴 하다만 그래도 뭐, 결국 마법진을 없애는 정도로 끝나지 않겠냐?"

티치엘이 대답하기 전에 조수아가 고개를 갸웃하더니 말했다.

"생각해보니 이상하네. 학교는 안고니나의 커튼이 보호하고 있잖아. 어떻게 그걸 뚫고 이동할 수가 있었지? 혹시 학교 보안을 교란한 거 아니야?"

티치엘이 한숨을 내쉬며 말을 이었다.

"맞아, 바로 그래. 너네니까 말하는 거지만, 안고니나의 커튼에도 약간씩은 빈틈이 있어. 이 세상에 한 번 걸어서 영원히 가는 주문이란 없거든. 세월이 가면 조금씩 보수를 해줘야 하는데 가나폴리의 마법이라서 아무도 그걸 해낼 사람이 없었을 거야. 광범위하고 강력하고 반영구적이지만, 보수는 안 되는 거지. 외부에 밝힐 수는 없는 일이지만, 하여튼 그래."

막시민이 미간을 찡그리더니 말했다.

"혹시 그래서 인형사의 부름도 계속 전해졌던 건가? 낮에 그 얘기 듣고 이상하다고 생각했거든. 부름이 전해졌다는 건 장차 명령도 얼마든지 닿을 가능성이 있었던 거 아니냐?"

티치엘이 고개를 끄덕거렸다.

"그 말이 맞을지도 몰라. 애니스탄 그 사람은 악의 무구 조각을 갖고 있었잖아. 악의 무구처럼 집중된 마력은 마치 불타는 송곳 같은 거라서 시간만 충분히 들이면 온갖 것을 뚫어버려. 다시 말해 여기보다 안전한 곳도 없었겠지만 여기라고 완벽하지는 않았다는 거지. 어쩌면 그 부름이 계속된 것 때문에 안고니나의 커튼도 더 흐트러졌을지 모를 일이야. 교수님들이 알아서 하실 일이지만, 조금 걱정이네."

조슈아는 두통 때문에 소파에 기댄 채 고개를 젖히고 있었는데 인형사에 대한 이야기가 나오자 문득 자세를 바로 하며 보리스를 바라봤다.

"보리스. 나, 이것 하나만은 물어봐야겠어. 아까 네가 말했던 사람 말이야."

보리스는 바로 누구를 말하는지 알아들었다. 의외로 그는 즉각 거절하는 대신 대답했다.

"말해."

"다시 만나지 못한다고 했잖아."

보리스가 고개를 끄덕였다.

"그건…… 그 사람이 만나주지 않아서인 거야? 아니면 단지 필멸의 땅이 위험하기 때문인 거야?"

보리스는 잠깐 생각하다가 말했다.

"그분의 뜻을 알기 어렵다는 쪽에 가깝지. 물론 필멸의 땅도 위험하지만, 위험을 무릅쓰고 어떻게 들어간다고 해도 그분에게 만나줄 마음이 없다면 마주칠 방법조차 없어. 한 장소에 머무는 분도 아니고."

"그럼 너는 어떻게 만났어?"

"우연히 도움을 받았을 뿐이야. 내가 뭔가를 해내서 그렇게 된 건 아니었어."

"그럼 그분은 필멸의 땅에서 살고 있다는 거야? 어떻게 그럴 수가 있지?"

이번에는 조금 망설임이 있었다. 이윽고 보리스가 말했다.

"설명하자면 조금 복잡하지만, 인간이라면 그럴 수가 없겠지."

"인간이 아니라면, 유령이란 말이야?"

"그건…… 그렇진 않아."

인간도 아니고 유령도 아닌 존재에 대한 온갖 상상이 떠올랐지만, 거기서 말을 그친 이상 더 캐묻기는 부담스러웠다. 조슈아는 고개를 끄덕거리며 쓴웃음을 지었다.

"그래. 고마워. 달리 희망을 걸 구석이 없어서, 어쨌든 나는 아직까지 찾지 못해서, 네가 말하기 싫어하는 줄 알면서도 물어보게 됐네. 미안해."

"아니."

보리스의 눈에 평소의 무표정과 다른, 약간의 공감이 떠올랐다.

"네 기분은 알겠어. 어떻게든 만날 방법이 있다고 생각했다면 나부터 널 도와주려 했을 거야. 하지만 거긴 우연을 기대하며 헤매기에는 너무 위험한 곳이야. 도움이 못 되어서 나도 미안하다."

"그래. 너한테 무슨 얘기든 듣는다면 내가 미련을 버리기 힘들겠지. 무슨 사고를 칠지 어떻게 알겠어. 네 판단이 옳아. 나라도 그럴 테지만."

조슈아는 웃으려고 애쓰며 눈가를 찡그리고 있다가 말했다.

"백 년이라니, 너무 길잖아."

다들 대답할 말을 떠올리지 못했다. 한참 뒤 의외로 보리스가 침묵을 깨고 말했다.

"그런 뜻은 아니었어. 오히려 나한테 마음의 준비가 필요한 것 같아. 솔직히 학교에 들어오자마자 이런 이야기를 꺼내야 할 일이 벌어질 줄은 상상도 못 했어. 이 학교, 생각보다 이상한 곳인 것 같다."

막시민이 안경을 벗고 눈을 비비고 있다가 한마디 던졌다.

"과연 학교가 이상한 걸까? 너희 둘이 이상한 건 아니고?"

그때 문이 열리더니 당직 조교인 프레데릭 발레트가 트롤리를 밀고 들어왔다. 두 단으로 된 트롤리에는 이런저런 음식이 담긴 접시가 가득했다.

"이런 데서 뭘 먹겠다는 생각을 해내다니, 요즘 신입생들은 참 패기가 좋아요."

비꼬듯 중얼대면서 어디에 음식을 놓을까 두리번댔지만 놓을 곳이라고는 한가운데 놓인 흰 참나무 테이블뿐이었다. 자연목의 형태를 그대로 살려 만든데다 심상치 않은 윤광이 감도는 물건이다. 프레데릭은 고개를 절레절레 저으면서 테이블을 뚫어져라 보다가 결국 접시를 그 위에 옮겨놓으면서 네 명의 미심쩍어 보이는 신입생들을 향해 경고의 눈빛을 날렸다.

"아무리 신입생이라지만 음식 흘리면서 먹을 나이는 아니지? 믿겠어."

티치엘이 얼른 대답했다.

"그럼요. 고마워요, 조교님."

프레데릭이 트롤리를 가지고 나간 뒤에도 넷은 물끄러미 접시만 바라보고 있었다. 아무도 선뜻 손대려 하지 않자 티치엘이 어설프게 웃으며 말했다.

"이상하다. 원래 마법을 쓰고 나면 졸리거나 배고픈데 오늘은 둘 다 아니네."

막시민이 목을 한차례 가다듬고는 말했다.

"무슨 일이 있었든 간에, 인간은 살려면 먹어야 되잖냐."

그러더니 양고기 스튜를 듬뿍 떠서 제 접시에 담았다. 잠시 후 티치엘이 잼 도넛을 하나 집었고, 보리스는 삶은 강낭콩을 덜어 갔다. 음식에 일관성이 없는 이유는 저녁 배식이 끝난 뒤 남은 것을 모아 왔기 때문이었다. 그렇다 보니 심지어 다 식어 있었지만 불평을 늘어놓기에는 너무 늦은 시각이었.

도넛을 한입 깨문 티치엘이 허공을 쳐다보며 기계적으로 중얼거렸다.

다시는 되풀이되지 않아도

"응, 먹으니까 기분이 좀 낫네."

진짜로 나아졌다기보다는 그래야만 한다는 희망의 표현에 가까웠다. 막시민은 티치엘을 흘끔 보고 나머지 둘을 훑어보더니 자신에게 역할이 있음을 깨달은 사람 특유의 사명감 어린 표정을 했다. 이어 순식간에 접시를 비워버리고 빵을 집어 쪼개며 투덜댔다.

"다 좋은데 술 한 병 곁들여주시는 센스가 없네, 교수님들. 지금 그게 꼭 필요한데."

보리스가 말했다.

"술을 마시면 면담을 못 하겠지."

"난 아니거든? 더 잘하거든? 지금 술 한 병 마시면 전생의 기억까지 좔좔 읊어드릴 것 같은데."

티치엘이 말했다.

"여기다가 음식을 차려주신 것만 해도 감사한 일인걸. 여기 있는 물건들은 대부분 골동품이고 무엇보다 이 테이블, 삼백 년도 넘었거든. 하지만 솔직히 말해서 나도 지금은 막시민 너랑 기분이 비슷한 것 같아."

"잔소리 선생 네가 웬일이냐? 너한테 그런 소릴 들으니까 창문이라도 넘어가서 술 한 병 훔쳐 와야 할 것 같잖아."

막시민은 그냥 지껄인 말이었지만 보리스가 접시를 비우고 내려놓더니 말했다.

"데스 데이븐 관 지하에 술 창고가 있다던데."

막시민과 보리스의 눈이 마주쳤다. 막시민은 한쪽 눈썹만 치켜 올리고, 보리스는 평소처럼 침착한 얼굴로. 그렇게 표정은 달랐지만 '지금 진심이냐?'라고 묻고 있는 건 같았다. 티치엘이 다소 풀린 얼굴로 웃으며 물었다.

"진짜로 있긴 한데 보리스 너, 그건 어떻게 알았어?"

보리스는 대답을 회피했다. 막시민은 계란프라이를 옮겨 담으며 여전히 음식에 손을 대지 않는 한 명을 곁눈질했다. 생각에 잠겨 약간 넋을 놓은 듯, 접시들을 물끄러미 보고만 있는 친구를 향해 고개를 삐딱하게 내밀며 말했다.

"야, 넌 안 먹고 뭐하냐?"

눈이 마주쳤지만 대답은 없었다. 티치엘이 막시민을 불렀다.

"그냥 두는 편이……."

하지만 역시 막시민이 조슈아를 더 잘 알았다. 아니 정확히는, 어떻게 다뤄야 할지 알았다.

"너 지금 맛없어 보여서 그러고 있지? 백 년이나 버티려면 맛이 있든 없든 먹어야 되거든?"

조슈아는 기름지고 식어빠진 계란프라이를 흘끔 보고 눈가를 찡그렸다가, 연기하듯 천천히 표정을 바꾸며 말했다.

"맛없는 걸 먹으면서 어떻게 백 년이나 기다린다는 거야? 맛있는 것만 먹어도 버티기 힘들 텐데. 그런데 이 계란은 도

다시는 되풀이되지 않아도

저히 용납 불가네. 딱 네 접시만 새로 만들어주면 될 텐데, 그런 성의까지 기대하긴 힘든가."

티치엘이 얼른 대꾸했다.

"직원들이 퇴근해서 그럴 거야."

"그렇겠지만 저 밖에는 마법 마스터들이 잔뜩 있잖아. 그런 뛰어난 마법으로 고작 계란 네 개도 못 부치는 거야?"

마침 계란을 한입 먹던 막시민이 대꾸했다.

"듣고 보니 그렇다만, 모처럼 마법 마스터가 등장하셔서 고작 계란이나 부치고 있는 것도 이상하지 않냐."

그 순간 티치엘이 수습할 겨를도 없이 웃음을 터뜨리는 바람에 막 베어 물었던 도넛에 묻었던 슈거파우더가 폭죽처럼 날렸다. 티치엘은 다급하게 입을 막았지만 조슈아는 이미 슈거파우더를 뒤집어쓴 컵케이크 꼴이 된 뒤였고, 그 광경을 건너다보던 막시민의 접시에서 계란프라이가 미끄러져 낙하하는 가운데 보리스만이 자리에서 일어났다. 걸레라도 가지러 간다고 생각한 막시민이 그를 불렀다.

"야, 숯가마. 어딜 가냐. 대충 털면 되지."

"아니, 떨어져 앉으려고."

"……천잰데."

그러더니 막시민도 잽싸게 일어나 떨어져 놓인 소파로 옮겨갔다. 그런데 어찌된 셈인지 계란도 막시민을 따라갔다. 조슈아가 손가락질하며 말했다.

"그거 새로 나온 애완 계란이야?"

"이놈은 또 왜 이래? 마법사들은 마룻바닥도 똑바로 못 만드는 거야?"

티치엘은 도넛을 내려놓고 제 앞치마를 풀어서 조슈아의 무릎이며 머리를 털어주려 했지만 조슈아는 이미 망친 몸이니 됐다는 듯 손을 내젓더니 티치엘의 도넛을 집어 도망친 막시민을 겨냥하는 시늉을 했다. 한입 베어 문 곳에서 초콜릿 잼이 새어 나와 여기저기 떨어지자 막시민이 말했다.

"야, 너 그새 먹을 거 던지는 데 재미 들렸냐? 근데 여긴 빌어먹을 선배 놈들의 거실이 아니라 마법 마스터들의 응접실인 거 같다?"

"넌 그런 곳을 누비고 있는 네 계란부터 어떻게 해보지그래? 네 발밑에서 삐약삐약 울어서 막 코코넛 토핑 같은 거 주고 싶어지잖아."

티치엘이 조슈아의 손에서 재빨리 도넛을 빼앗으며 말했다.

"미안해. 계란 정도라면 내가 데워줄게."

그러자 막시민이 손을 내저었다.

"아니, 그만둬. 너라면 분명 저 테이블까지 같이 데워버릴 거야. 그러고 나면 우린 내일 밤까지 여기 갇혀 있어야 될걸."

티치엘이 갑자기 정색하며 막시민을 쩌려보더니 조슈아를

봤다.

"이거 도로 줄까?"

조슈아가 선뜻 도넛을 받아드는 것과 동시에 막시민은 입구까지 도망쳤다. 조슈아는 슬슬 일어나서 도넛을 한입 베어 물고는 말했다.

"이건 좀 맛있네. 던지기 아깝게."

"네가 웬일이냐? 단걸 맛있다고 하고."

"글쎄, 입맛이 바뀌었나."

어느새 소파에 앉아버린 티치엘이 한 손을 펴 보이며 어깨를 으쓱했다.

"그 도넛이 전통적으로 유명하긴 해. 초콜릿이 쓸데없이 듬뿍 든 걸로. 폭탄 용도로 쓰기에 딱 좋다나?"

"티치엘, 방금 그 발언은 뭔가 의도가 있는 것 같고 말이지……"

유일한 상식인으로서 그 와중에 식사를 마친 보리스는 도넛에서 떨어지는 잼을 다소 신경쓰이는 표정으로 보고 있다가 말했다.

"나도 하나 말해도 될까?"

"뭔데?"

"문밖에 누가 온 것 같아."

말이 떨어지고 셋을 셀 시간이 흐르자, 문 두드리는 소리가 나고 문이 열렸다. 당직 조교 프레데릭, 그리고 레오멘티스 교수의 조교인 잉그릿 캐틀이 안으로 들어오려다가 움찔하며 문간에서 멈춰 섰다. 그때 티치엘은 떨어진 잼을 치우는 체하며 테이블 밑에 숨어 있었고, 막시민은 애완용 계란프라이를 주워서 코트 주머니에 넣는 중이었으며, 보리스는 파우더 범벅이 된 소파를 티치엘의 앞치마로 슬쩍 덮는 참이었다. 조슈아는 정면 소파 가운데 앉아 한쪽 팔을 등받이에 얹은 채 편안히 도넛을 먹고 있었다.

"이건 대체……."

뒤이어 초콜릿 잼으로 얼룩진 골동품 테이블, 슈거파우더를 뒤집어 쓴 소파와 양탄자, 반들반들한 마룻바닥에 계란이 남기고 간 기름의 궤적, 도넛을 다 먹고 초콜릿이 묻은 손가락을 입에 집어넣는 조슈아까지 본 프레데릭과 잉그릿은 기가 막힌 표정이 됐다. 프레데릭이 소리쳤다.

"올해 신입생들이 약간 이상하다고 누가 그랬던 것 같긴 한데, 다들 돌아버린 거 아니야? 여기가 어딘 줄은 알아? 교수 응접실에서 도대체……."

그때 잉그릿이 프레데릭을 팔꿈치로 슬쩍 밀더니 속삭였다.

"야, 너 잊었어? 저기 저 애. 위대하신 쥬스피앙 님 따님이잖아. 나머지는 한패거리고. 뭘 기대하는 거야."

프레데릭은 눈을 크게 떴다가 쉽사리 포기한 표정이 되어

다시는 되풀이되지 않아도

중얼거렸다.

"그래, 그 가문이구나. 음…… 이만하면 양호한가? 지붕은
남아 있으니까……."

조슈아의 면담은 맨 끝이었다. 가장 할말이 많기도 했지만
조슈아가 자청한 순서이기도 했다. 자신 때문에 피곤했을 친
구들을 먼저 쉬게 해주고 싶었다.

밤늦은 시각이었다. 교수들은 다른 세 명에게 대강의 이야
기를 들었기에 조슈아에게 많은 것을 묻지는 않았다. 단지 조
슈아가 직접 보았을 애니스탄의 생전 모습, 납치되어 갇혔던
당시의 상황, 그리고 조각에 대한 것만 조금 더 질문했다. 그
리고 티치엘이 말했던 대로 마력의 흔적을 검사했다.

애니스탄의 시체는 그들이 응접실에 갇혀 있는 사이 마스
터들이 직접 거두어 왔다고 했다. 네냐플 출신이기도 했고,
또 악의 무구에 오염되었던 시체인지라 단순히 매장할 수는
없는 모양이었다. 시체는 마스터들의 연구소로 가게 될 예정
이었다.

그 말을 들은 조슈아가 교수들을 둘러보며 말했다.

"부탁이 있습니다."

"또 할말이 있느냐? 네 주위엔 문제가 너무 많아."

조슈아는 고개를 가볍게 숙여 보인 뒤 말했다.

"애니스탄 뷜프에게는 유족이 없는 것으로 압니다. 그는 제 인형을 만들었고 저를 해치려 했으니 시체에 대한 권리가 제게 있다고 봐도 무리는 없겠지요. 다만 카르디를 위한 결계를 만들어주시기로 했기 때문에 마스터들에게 권리를 넘길 수 있다고 생각했습니다. 그러나 한 가지만은 약속해주십시오."

"뭐지?"

"연구가 끝나면 반드시 정식으로 매장해주십시오."

레오멘티스 교수는 다른 교수들을 둘러보며 시선을 주고받은 뒤 곧 고개를 끄덕였다.

"너는 그를 적으로 느끼지 않는 모양이구나. 이미 죽었기 때문인가?"

"그가 저를 죽이려 한 건 사실입니다."

조슈아의 얼굴에 희미한 착잡함이 스쳐갔다.

"하지만 마지막 순간 카르디는 그를 '아버지'라고 불렀습니다. 왜 그랬는지 알 것 같습니다. 그러니 카르디가 언젠가 깨어났을 때 아버지의 무덤을 볼 수 있어야 한다고 생각합니다."

조슈아가 루이스 틴타겔 관을 나왔을 때는 이미 11시였다. 아무도 없는 교정을 혼자 가로질러 기숙사로 갔다. 친구들이 먼저 거쳐갔기에 굳이 사정을 묻지 않는 관리인에게 가볍게 얼굴을 비추고 3층으로 올라갔다. 문을 열자 방안은 조용했다.

조슈아는 문간에 선 채 잠시 가만히 있었다. 부재를 의식하면서. 실은 그가 있을 때도 늘 조용했다고 생각하면서. 그림자처럼 입을 열지 않았기에.

문을 닫고 몇 걸음 내딛던 조슈아는 바닥에 떨어진 뭔가를 보고 멈춰 섰다. 달빛 때문에 희끄무레하게 보이는 것을 집어 들고 보니 옷이었다.

조슈아는 촛대를 집어 들고 복도로 나가 램프에서 불을 옮겨 붙여 돌아왔다. 촛대를 테이블에 놓고 옷을 살펴보려다가 문득 주위를 휘둘러봤다. 그제야 알았다. 옷뿐이 아니었다. 방 곳곳에 물건이 떨어져 있었다.

"......"

카르디는 어젯밤 이곳에 혼자 있었을 것이다. 도움을 청할 사람도 없이 기나긴 밤을 보냈을 것이다. 애니스탄의 부름을 들으면서 애니스탄이 조슈아를 데려갔다는 것도, 왜 데려갔는지도 알았을 것이다. 카르디는 끝내 애니스탄이 하자는 대로 하지 않았다. 하지만 지난밤 내내 고통스러웠을 것이다. 인형사가 속삭이는 제안에 도리질 치면서, 그러나 그만두라는 외침을 되돌려줄 방법조차 없이, 동시에 마음속에서는 실낱같은 욕망을 품어보면서, 그러나 끝내 거절하면서.

조슈아가 집어 들었던 옷은 칼라이소에서 리체가 만들어주었던 것이었다. 〈일 드 모르비앙의 결혼식〉에서 소년 백작의 결혼식 예복이었던 눈부시게 하얀 재킷이다. 그러나 부둣가에서 벌어졌던 전투의 흔적을 지우지 않아 곳곳이 찢어지고 긁힌데다 얼룩도 남아 있었다. 그런 것을 굳이 네냐플로 오는 짐 속에 집어넣은 사람은 조슈아 자신이었다.

하지만 카르디가 알았을 리 없었다. 이 옷에 어떤 기억이 담겨 있는지. 조슈아가 어떤 마음으로 이 옷을 가져왔는지. 모르면서도 하필이면 골라냈다. 온갖 옷들 속에서, 단 한 번도 꺼내 보여준 적이 없는데, 어째서? 마치 보지 않았지만 동시에 보았다는 것처럼. 그 나날들을, 조슈아가 온갖 것들과 사랑에 빠졌던 순간을.

정말로 그들 둘은 떨어져 있어도 부분적으로는 같았던 것일까? 같은 꿈이라도 꾸었단 말인가?

조슈아의 시선이 옷을 천천히 훑었다. 소매 끝의 장미 모양 컷워크 아래에 없었던 얼룩이 비쳐 드러난 것을 보았다. 소매를 뒤집어 보았다. 핏자국이었다.

숨이 탁 막혔다가, 한숨과 함께 트였다.

"후……."

마치 떠나버린 조상의 과거를 기억하는 후손이 된 것처럼 기분이 이상했다. 이 옷을 입고 공연했던, 그리고 벗어두고 가버린 존재가 자신이 아닌 카르디인 것만 같았다. 어쩌면 정

다시는 되풀이되지 않아도

말로 그랬다. 그날의 그는 조슈아 폰 아르님이라기보다 막스 카르디였으니까.

그날의 열정과 광채와 환호를 가장 빛나던 순간에 버리고 왔다. 피날레조차 없이. 이번에도 피날레는 없었다. 막스 카르디는 정말로 만족했을까? 아니리라. 그럴 리 없으리라. 누구도 그러지 못하리라. 그런데도 그 모든 고통을 그저 옷처럼 벗어두고 가버렸다.

동시에 카르디가 놀랄 만큼 자신이었다는 생각이 들었다. 그는 정말로 조슈아처럼, 빼앗긴 자신의 자리를 아득바득 되찾으려고 덤벼들지도 않았던 것이다. 끝나버린 공연처럼, 끝났기 때문에 돌아보지 않으려 노력했던 것이다.

하지만 부당하지 않단 말인가? 그런 아름다움이 다시는 되풀이되지 않아도 상관없단 말인가?

이윽고 조슈아는 일어나 카르디가 쓰던 방으로 들어갔다. 침대 위에 카르디가 늘 입고 있던 실내복이 흐트러진 채 떨어져 있었다. 그 옷을 내려다보며 나직이 말했다.

"나, 네가 돌아올 때까지 살아 있고 싶다. 영원히 기다려서라도 네가 만드는 것들을 보고 싶다."

그러더니 눈물이 글썽이는 눈으로 갑자기 웃었다.

"네가 그걸 원할지는 모르겠지만."

다시 한번 그 배를 타고

그것은 당신의 약속이었지만

이제 내 약속입니다.

그것은 당신의 맹세였지만

이제 내 맹세입니다.

당신이 준 과일을 받아먹고

즙을 마시고 자란

나는 당신의 아이입니다.

당신의 꿈을 꾸는 사람입니다.

이튿날, 히스파니에가 보낸 전갈이 도착했다.

느지막이 수업 시간도 무시한 채 일어난 조슈아는 막시민이 문틈에 끼워놓고 간 쪽지를 읽고는 다른 의미로 감탄해서 중얼거렸다.

"막군이 이렇게 일찍 일어나다니."

그런 다음 도토리 빌라로 찾으러 갔지만 막시민은 거기에도 없었다. 교정에 나갔다가, 점심시간이 가까운 듯해 식당으로 가보니 막시민이 발견되긴 했는데 그는 반쯤 빈 그릇을 앞에 놓은 채 멍하니 생각에 잠겨 있었다.

조슈아가 다가가자 막시민은 쳐다보지도 않고 불쑥 내뱉었다.

"무슨 잠을 그렇게 자냐."

"그런 말을 막군한테 들으니까 진심으로 어처구니가 없는데?"

막시민은 잠이 부족한 얼굴이었지만 평소처럼 불평을 늘어놓지는 않았다. 식사가 담긴 쟁반이 조슈아 앞에 놓이자 그저 이렇게 물었다.

"쪽지 봤지?"

"응, 수업 끝나면 가자."

"바로 출발해야 할걸."

"이따가 교수님한테 말씀드리고 와야지."

막시민이 창밖에서 시선을 거두며 조슈아를 봤다. 조슈아는 맞은편 그릇을 흘끗 봤다.

"너도 별로 안 먹었네."

"꿈자리가 뒤숭숭해서 그런다. 넌 많이 먹어라. 우라지게 오래 살게. 초콜릿 도넛 한 열 개 갖다줘?"

조슈아는 고개를 저으며 킥킥 웃더니 식사를 하기 시작했다. 쓴 채소만 집어먹던 평소보다는 제법 골고루 맛을 보았다. 막시민은 턱만 괴고 있다가 저만치 입구에 보리스가 나타난 것을 보더니 손을 흔들어 불렀다. 보리스가 가까이 오자 막시민이 말했다.

"야, 너 오후에 별일 없지? 재밌는 구경시켜줄 테니까 같이 가자."

보리스는 쟁반을 직접 가져다가 내려놓고 그들 앞에 앉더니 대꾸했다.

"이번에는 평범한 구경거리이길 바랄게."

막시민이 조슈아를 흘끔 보더니 피식대며 이죽거렸다.

"평범한데 재미가 있겠냐? 생활의 지혜 같은 건데, 저 자식하고 관련된 것치고 평범한 건 없거든?"

조슈아가 얼른 손을 내저으며 말했다.

"이번엔 위험하지 않아. 안심해."

보리스가 사과를 든 채로 조슈아를 봤다. 별다른 표정은 없었지만 조슈아가 피식 웃더니 말했다.

"네 생각 알겠는데, 솔직히 너도 평범한 인생 같진 않거든. 네 검 말이야. 악의 무구에 오염된 상대는 본래 칼날로 베어지기는커녕 흠집도 안 나."

보리스는 딱히 부인하지 않고 말했다.

"그래서 되도록 복잡한 일에 말려들지 않으려고."

"넌 악의 무구가 뭔지도 알고 있었잖아. 무엇보다 너는 악의 무구가 들어간 쪽의 몸을 잘라내면 된다는 사실을 정확하게 알고 있었어."

"난 몰랐어. 상식적으로 생각했을 뿐이야."

조슈아는 '아아, 그래?' 하고 말하는 것처럼 어깨를 으쓱하더니 말을 이었다.

"그럼 그 악보는?"

보리스가 먹던 것을 멈췄다. 잠시 후, 다시 천천히 씹으며 말했다.

"무슨 소린지 모르겠어."

"내 방에 있던 거, 그거 네가 고쳤잖아. 안 그래?"

막시민은 영문을 몰라 둘을 번갈아 봤다. 그러다가 미간을 찌푸리며 물었다.

"혹시 찬트 말하는 거냐?"

그때 보리스가 자리에서 일어났다. 어느새 식사는 끝낸 후였다.

"난 그게 뭔지 몰라. 그럼 그만 갈게."

보리스가 어쩐지 도망치는 것처럼 가버리고 나자 막시민이 물었다.

"어떻게 된 거야? 보리스가 찬트를 안단 말이야? 그리고 고쳤다고?"

조슈아는 올리브 한 개를 집어 손끝으로 굴리면서 보리스가 간 쪽을 쳐다보고 있었다. 그러더니 어깨를 다시 으쓱했다.

"반쯤은 추측으로 찔러봤는데 반응 보니까 맞는 것 같네. 그런데 얘길 하기 싫어하네. 음표로 세자면 딱 일곱 개인데, 아주 적절한 터치였다는 걸 보자마자 알겠더라."

막시민은 조슈아와 함께 그 악보를 수없이 들여다봤고, 심지어 연주한 경험이 있었으므로 일곱 개의 적절한 음표가 어떤 가치가 있는지도 알았다. 몇 소절의 빈칸이 채워져 주제부가 명확해지면 다음 부분의 선택지가 대폭 줄어든다.

"너, 전부터 네 귀에 듣기 좋다고 해서 찬트가 성립하는 건 아니라고 했잖아. 그런데 그게 적절한지 아닌지 어떻게 알았다는 거야?"

"찬트도 근본은 음악이잖아. 따라서 주제부도 완전한 무규

칙은 아니더라고. 다만 기존의 악곡들이 갖는 습관적인 균형과 크게 다른 것뿐이지. 나도 그동안 나름대로 연구를 했잖아? 솔직히 완성된 악보가 몇 장만 있었어도 내가 이 지경으로 감을 못 잡지는 않았지."

아마도 조슈아가 일생 동안 가장 반복해서 고쳐본 악보였을 것이다. 약간은 자존심이 상했을 정도로.

"그런데, 보리스가 고쳐놓은 걸 보니 알겠더란 말이냐?"

"응. 분명한…… 아니, 분명하다고 하면 그렇고 교묘한 규칙이 있더라고. 나도 그간의 고생이 없었더라면 바로 알아차리진 못했겠지만. 하지만 한번 안 이상 예전처럼 헤매지는 않지."

그렇게 말하는 조슈아의 표정이 어딘가 지기 싫어하는 아이 같기도 해서 막시민은 조금 어처구니가 없어졌다. 데모닉 조슈아가 누굴 상대로 저런 표정을 짓다니. 분야가 음악이라서 그런가?

조슈아가 말을 이었다.

"그리고 보리스에 대해서도 조금 알 것 같은데. 검에 대한 얘기는 마치 네가 나한테 유령 보는 얘기 꺼내지 말라고 하는 것처럼 남들의 기분을 생각해서 감추는 느낌이거든. 그런데 찬트는, 금기야. 말하면 안 되는 이유가 있어. 틀림없어."

그 말을 듣자마자 막시민도 납득했다. 그런 쪽의 판단은 막시민이 조슈아보다 빠른 편인데 오늘은 웬일인지 모를 일이었다. 막시민이 고개를 천천히 끄덕거리며 말했다.

"그래, 내가 보기에도 네 얘기가 말이 되는 것 같긴 해. 그런데 진짜로 금기라면 걔가 왜 악보를 건드려봤을까? 설마 모를 줄 알고?"

"글쎄. 내가 보기에 보리스는 찬트에 대해서 들은풍월 정도로 아는 게 아니야. 정답을 아는 입장에서 내가 엉망진창으로 부숴서 흩트려놓은 음표들이 얼마나 거슬렸겠어? 하지만 내가 그런 상태로도 모조리 외우고 있을 줄은 몰랐겠지. 너, 보리스한테 데모닉이 뭔지 설명해준 적 없지?"

말끔한 악보도 아닌, 각 악보마다 서너 가지 이상의 진행이 덧씌워진 난장판 악보였지만 그렇더라도 조슈아가 남의 가필을 알아차리지 못할 리는 없었다. 막시민은 대꾸하는 대신 이렇게 말했다.

"너 지금 되게 웃기는데, 예전에는 무슨 저주라도 받은 것처럼 구질구질하게 굴더니 지금은 자랑을 하고 싶은 것 같다?"

그러자 조슈아가 만지작거리던 올리브를 입에 넣어버리고는 대꾸했다.

"하면 안 될 건 뭐야?"

그렇게 가버렸으니 초대는 거절하는 줄 알았는데 의외로 보리스는 수업이 끝난 뒤 두 사람과 합류했다. 조슈아가 빙그레 웃으며 바라보자 보리스도 마주보며 그림 같은 미소를 지어 보였다. 미소의 뜻은 '물어봤자 소용없어'.

조슈아는 쉽사리 포기하고는 말했다.

"실은 너 안 오는 게 아닐까 했는데."

그러자 막시민이 말했다.

"응, 내가 이 안전주의자를 아주 싱싱한 떡밥을 뿌려서 낚았지."

며칠 동안 룸메이트로 지낸 막시민의 평에 따르면 보리스는 놀랄 만한 안전주의자여서 문제가 벌어질 소지를 늘 최소화한다고 했다. 다시 말해 없던 문제도 순식간에 확대시키는 조슈아와는 정반대라는 거였다. 어쩐지 그렇게 살아도 위험이 알아서 덤벼들 것 같은 분위기였지만.

"정말 나하고 인생철학이 잘 맞는다니까."

보리스는 그렇다고 생각하지 않는 눈빛이었지만 군이 입밖에 내지는 않았다. 역시 그는 문제가 터질 가능성을 최소화했다.

함께 호수까지 이어지는 산길을 오르는 동안 조슈아와 막시민은 앞으로 닷새에서 이레 정도 자체 휴강을 할 예정이라고 말해주었다. 보리스는 바로 반응을 보이지는 않았으나 십 분쯤 더 올라간 뒤 문득 말했다.

"그런데 닷새 뒤에 내야 하는 과제가 있던데."

조슈아와 막시민은 얼굴을 마주봤다. '그까짓 것 신경 꺼라', '그러다가 낙제한다', '이미 포기한 것 아니었냐', '그런데 넌 왜 과제가 있는 줄도 모르고 있냐' 같은 눈빛 대화가 오가고 나서 조슈아가 뻔뻔스럽게 말했다.

"그…… 그래? 그거 제출하기 전에 개요라도 남겨주면 안 될까? 무슨 과제인지도 몰라서, 아니 실은 무슨 과목인지도 모르겠네."

보리스는 의아한 표정으로 조슈아를 봤다.

"수업도 안 들어오면서 과제가 신경쓰여?"

"난 상관없는데, 그래도 막군은 졸업을 해야 할 것 같아서."

막시민이 조슈아의 어깨 너머로 찌푸린 얼굴을 불쑥 내밀며 외쳤다.

"야, 너 왜 갑자기 내 핑계 대는 건데?"

호숫가에 다다르자 수면에 반가운 그림자가 드리워져 있었다. 조슈아와 막시민은 저도 모르게 소리쳤다.

"미의 극치호다!"

그러자마자 둘 다 뭔가 깨닫고 보리스를 돌아봤다. 동시에 눈썹을 올리며 '방금 그 이름은 사실……'이라고 말하려 했지만 마침 등뒤에서 누군가가 조슈아를 불렀다.

"무사하신 모습을 뵈니 기쁩니다, 아르모리크 경."

검은 머리를 틀어 올린 중년 여자였다. 조슈아는 상대가 누구인지 몰랐지만 일단 절을 받았다. 그러는 동안 막시민은 배 이름의 유래에 대해 상대방이 요청한 적 없는 장황한 설명을 하고 있었다.

여자가 말했다.

"전 프리실라 포사다라고 합니다. 히스파니에 어르신을 모시고 있죠."

풀숲 뒤에서 익숙한 목소리가 말을 받았다.

"어르신이 그쪽을 모시고 있는지도 모른다던가."

"할아버지!"

히스파니에는 천천히 걸어나와 세 소년을 훑어보더니 조슈아와 막시민을 향해 말했다.

"용케도 살아들 있구나. 혹시 나머지 한 명 덕택인가?"

"아니, 어째서 나까지 위험한 일만 골라 만드는 손자 놈하고 같은 취급이야?"

"너야 혼자라면 죽을 일이 절대로 없겠지만 네가 이 자리에 와 있다는 것부터가 왜 그런 취급을 받게 됐는지를 보여주지 않느냐?"

"그게 빌어먹을 축복을 두레박으로 퍼 받은 아르님들 때문이라는 걸 자각들 좀 하시지그래?"

조슈아가 얼른 끼어들어 말했다.

"이쪽은 내 작은할아버지셔. 이쪽은 보리스 진네만이고,

학교 친구예요."

히스파니에는 보리스에게 악수를 청하더니 말했다.

"히스파니에 폰 아르님이라고 한다. 반갑구나. 그런데 어쩌다가 이런 녀석들과 함께 다니게 됐느냐? 아직 학기 초니까 기회가 있을 때 빨리 떨어지도록 해라. 네냐플에는 멀쩡한 녀석들이 많단다."

진담인지 농담인지 모를 말에 보리스가 대꾸할 말을 찾지 못하자 조슈아가 계면쩍게 웃더니 말했다.

"안 그래도 벌써 크나큰 신세를 졌어요. 그런데 말씀하시는 걸 들으니 저희한테 무슨 일이 있었는지 아시는 것 같네요."

막시민도 말했다.

"내 추리로는, 아무래도 우리가 영감이 와서 하려던 일을 해결한 것 같고 말이지."

히스파니에가 고개를 끄덕였다.

"그랬지. 인형사가 죽은 건 알고 있다."

히스파니에는 조슈아와 카르디를 네냐플에 보내놓았으니 인형사가 근처에 나타나리라 생각하고 마법사를 몇 명 파견해서 학교를 둘러싼 산맥 일대를 감시했다고 했다. 그러던 중 이곳에 결계가 나타난 것을 감지하고는 쥬스피앙에게 빌려두었던 배를 타고 달려왔던 것이다.

"결국 그렇게 됐구나……."

이야기의 전말을 듣고 난 히스파니에도 긴 탄식을 토했다. 그 또한 카르디와 함께 시간을 보낸 일이 있었다.

그들이 이야기를 나누는 동안 보리스는 조금 떨어진 호숫가에서 배를 바라보고 있었다. 이 배가 바로 막시민이 말했던 싱싱한 떡밥이었다. 배가 날아간다는 말을 들으면 보통 사람은 곧이듣지 않겠지만, 보리스는 그런 배에 대해 어디선가 들어보았던 모양이었다. 조슈아가 다가오자 보리스가 말했다.

"저게 하늘을 나는 배란 말이지?"

"응."

"책에서 읽은 일이 있어. 실존하리라고는 생각도 못 했지."

조슈아는 그냥 미소만 지었다. 그런데 얼마간 더 미의 극치호를 보고 있던 보리스가 말했다.

"그런데 생각보다는 모양이 이상하네."

"그건…… 필수적인 부분은 아니고 단순히 취향 차원의 문제로서……."

'취향'이라는 말에 보리스가 히스파니에 쪽을 흘끗 봤다. 조슈아가 얼른 변명했다.

"그쪽은 아니고……."

그러자 보리스의 시선이 조슈아에게 돌아왔다. 조슈아는 다시 한번, 이번에는 도저히 참을 수 없다는 표정으로 말했다.

"이쪽도 아니거든?"

그때 히스파니에가 다가오더니 보리스에게 한 번 더 악수를 청했다. 보리스가 의아한 기색으로 손을 잡자 히스파니에가 말했다.

"네가 해준 일에 정식으로 감사를 표하고 싶구나. 언젠가 도움이 필요한 일이 생기면 말하도록 해라. 내 명예를 걸고 꼭 돕도록 하마."

보리스는 상대에 대해 잘 몰랐으므로 그 도움이 어떤 것일지 예상하지는 못했지만, 어르신이 진심으로 하는 말인 것 같아 사양하지 않고 대답했다.

"네."

그사이 히스파니에가 데려온 선원들이 호수를 건너갈 보트를 준비해놓았다. 이제 출발해야 할 시각이었다. 조슈아가 보리스를 보더니 웃었다.

"네 얼굴 보니까 꼭 한번 태워줘야 할 것 같은데 지금은 사정상 그럴 수가 없네. 미안하다."

"괜찮아, 어쨌든 날아가는 걸 볼 수 있겠지."

"응, 사실 타면 훨씬 더 근사한데……. 그럼 과제는 꼭 부탁한다?"

보리스는 이렇다 할 대답을 해주지 않았지만 조슈아는 제멋대로 씩 웃으면서 엄지를 세워 보이고는 보트에 올랐다. 호수를 건너간 일행이 모두 배에 오르고 고작 오 분도 지나지 않아 배는 아주 가볍게 하늘로 날아올랐다. 배가 떠오른 직후 호수 밑에서 커다란 물보라가 솟아올라 호숫가로 밀려왔다.

보리스는 배가 하늘 멀리 사라질 때까지 고개를 쳐들고 지켜보고 있었다. 딱히 그 안에 탄 사람들 때문은 아니었지만.

오랜만에 미의 극치호에 오르고 보니 배는 구석구석 말끔하게 수리되어 있었고 선원도 열 명이나 되었다. 선원들이 알아서 착착 할 일을 하고 제자리를 지키는 광경을 휘둘러본 막시민이 중얼거렸다.

"셋이서 돛을 편다, 키를 잡는다, 망을 본다, 난리 치던 생각을 하니 눈물이 앞을 가리는구나."

"어차피 그중 하나도 제대로 못 했잖아?"

"시끄러워."

조슈아는 선실을 돌아보고 오겠다고 내려갔다. 잠이 부족한 막시민이 한잠 자려고 담요를 주섬주섬 챙기고 있는데 직접 돛을 점검한 히스파니에가 돛대에서 내려왔다. 예전에 몰고 왔던 악마를 뒤쫓다호에 비하면 장난감처럼 형편없는 미의 극치호를 타고도 그는 당당히 선장 재킷을 입고 있었다.

"이놈들아, 너희가 얼마나 험하게 몰았는지 이 배가 죽는 시늉을 하더라."

막시민이 배 곳곳을 째려보며 말했다.

"우리가 탔을 땐 엄살도 안 피우더니. 할아버지가 어리광을 받아주니까 그렇지."

"그렇게 배의 마음을 몰라주니 몇 번이나 빠져 죽을 뻔한 것이 아니겠느냐?"

"길들이기가 막 끝난 참이었다고요. 이제 영감이 없었어도 잘 타고 갔을 텐데."

히스파니에가 헛웃음을 터뜨렸다.

"너희 둘이서 이걸 몰고 노을섬까지 가려 했다고? 거참 건방지게 과감한 놈들이로세."

"전에도 둘이 그러고 잘만 다녔는데 뭘 그래요?"

"언제 너희 둘이 그러고 다녔니? 사람 하나 간단히 쏙 빼먹네."

갑자기 익숙한 목소리가 들려오자 깜짝 놀란 막시민이 뒤를 돌아봤다. 그리고 한 대 얻어맞은 것 같은 표정이 되었다.

"너 왜 여기 있냐?"

리체는 혀를 내밀어 보이며 픽 웃었다. 고생고생하며 여행 다니던 때와는 달리 무릎까지 오는 치마에 케이프를 두른 모습이 경쾌해 보였다. 늘 귀찮아하던 머리도 어깨 언저리에서 잘려 있었다. 그녀는 이윽고 허리에 손을 얹으며 흐음, 하고 콧소리를 냈다.

"반가워하는 사내아이들의 인사란 게 고작 그 정도지. 나니까 이해할게."

눈을 가늘게 뜬 막시민이 히스파니에에게 몸을 돌렸다.

"얘는 왜 데려왔어요?"

히스파니에는 대답을 회피하고 딴전을 피웠다. 막시민은 어깨를 움츠렸다가 곧 승강구로 다가가 외치려 했다.

"조슈아! 지금 여기……."

그러나 리체가 쫓아와서 입을 막아버리는 바람에 끝까지 외칠 수가 없었다.

"내가 얘기할 테니까 그만둬."

"왜 이래? 너 수줍음 타냐?"

막시민이 휘적휘적 내려가기 시작하자 결국 리체도 뒤쫓아갔다.

"갈 거면 같이 가!"

조슈아는 갑판 쪽에서 익숙한 목소리가 들리자 벌떡 일어나 승강구로 쫓아나갔다. 리체는 막 내려오려 하고, 조슈아는 올려다보는 상태로 둘의 눈이 딱 마주쳤다.

"……"

이미 내려온 막시민이 굳어져 있는 둘을 보더니 이죽댔다.

"그런 자세로 쳐다보고 있으면 목 안 아프냐?"

확실히 그 말은 사실이었다. 머뭇거리다가 하나는 올라가려 했고 다른 하나는 내려가려 했기 때문에 둘은 결국 계단

중간에서 맞닥뜨렸다. 리체가 급히 말했다.

"내가 오게 된 건 너희 때문이 아니라, 그러니까 할아버지께서 우리 의상실에 옷을 주문하셨는데, 재단만 겨우 했는데 갑자기 떠나셔야 한다고 해서, 주문을 취소할 수는 없으니까……."

리체는 말을 끝까지 할 수가 없었다. 조슈아가 와락 끌어안아버렸기 때문이었다. 다음 순간 리체는 조슈아를 밀어내며 소리쳤다.

"진짜! 너 너무 포옹 좋아하는 거 아니니?"

조슈아는 어쩔 줄 몰라 하며 입가를 매만졌다.

"아, 미안해, 너무 반가워서……."

"나도 물론 반갑지 않은 건 아니지만……."

둘이 말을 맺지 못하고 있자 막시민은 간지럽다는 눈초리로 둘을 번갈아 보고는 갑판으로 올라가버렸다.

해가 질 무렵, 한잠 자고 일어난 막시민은 뱃전을 스쳐가는 안개를 멀거니 보고 있었다. 안개처럼 보여도 실은 구름이었다. 처음 이 배를 탔을 때 어마어마하게 긴장했던 것을 생각하면 참 많은 변화가 있었다.

"벌써 이 년 전이네, 우리 이 배 탔던 거."

뒤에서 다가와 선 조슈아도 아래를 내려다보았다. 바다는 불빛 한 점 없이 캄캄했다.

"처음엔 참 신기했지. 그러고 보면 별것 다 아는 보리스도 비행선은 처음 보았나 보더구만."

조슈아가 고개를 끄덕거렸다. 막시민이 이어 물었다.

"리체한테 우리 어디 가는지 설명해줬지?"

"할아버지한테 거의 다 들었더라고. 지난번에는 왜 말해주지 않았느냐고 화내더라."

두 소년은 어깨를 움츠렸다.

"쳇, 걱정 안 시키려고 그런 거였구만."

"응, 그 말 했더니, 자기도 이제부터 걱정 안 시키기로 작정했으니 그동안 자기가 하이아칸에서 뭘 하고 지냈는지 전혀 가르쳐주지 않겠대."

막시민이 눈을 가늘게 뜨더니 말했다.

"여전히 보통이 아니네."

조슈아는 낮게 한숨을 내쉬었다.

"지금 같이 가는 것도 사실 조금 걱정돼. 다시는 저번 같은 일을 겪게 하고 싶지 않아."

"그래도 무구 조각을 없앴으니 무시무시한 마법사님한테 한 방에 죽을 걱정은 덜었지 뭐냐."

"그래, 그러지 못했으면 리체를 데리고 가진 않았어."

"바로 그런 태도를 리체가 싫어할걸."

조슈아는 뱃전에 턱을 괴며 잠시 생각하다가 말했다.

"그럼 고쳐봐야지."

막시민은 더 대꾸하지 않고 하품을 했다. 낮잠을 실컷 잤지만 그래도 졸린 모양이었다. 조슈아가 불쑥 말했다.

"그런데 보리스 말이야. 정체가 뭘까."

"뭐긴 뭐냐. 우리하고 똑같이 걸레 들고 잼 청소하던 놈이지."

조슈아가 킥 웃더니 말했다.

"그걸 생각하면 마법사는 아닌데. 필멸의 땅은 어떻게 갔을까 몰라."

"그 검 있잖냐. 마법사는 확실히 아니야. 티치엘이 그 셀러리 썩은 물인가 갖고 왔을 때 그 자식도 겁내더라고."

조슈아가 고개를 끄덕거리더니 말했다.

"그렇긴 한데, 너 실버스컬 우승 얘기 생각 나지?"

"루시안이 떠들던 그 무슨 검술 대회?"

"응. 그거. 그런데 그 얘기 듣고 나서 나중에 생각해보니까 우리 말이야, 보리스 얘기를 다른 사람 입에서 들은 적이 있더라고."

"다른 사람?"

막시민이 생각하는 것 같자 조슈아는 잠시 기다렸다. 얼마 후, 막시민이 갑자기 미간을 찡그리더니 괴상한 표정으로 조

253

다시 한번 그 배를 타고

슈아를 봤다.

"설마⋯⋯."

"생각났어? 열다섯 살 때 우승이라고 했잖아. 따져보니까 바로 그해야."

"야, 근데 잠깐. 그때 그 샐러리맨 놈이 그놈답지 않게 되게 고평가하지 않았냐? 어느 자작 아들인가는 별거 없다고 욕하면서, 우승자는 범상치 않았다고 했던 거 같은데?"

조슈아가 웃을 듯 말 듯한 표정으로 고개를 끄덕거렸다.

"그랬지."

막시민은 어처구니없는 표정이 되어 어깨를 움츠리더니 빠르게 중얼거렸다.

"야, 볼수록 수상쩍다 했더니 진짜로 보통 놈이 아니었네. 그런 놈이 잘도 학교에 있고 심지어 같은 기숙사야. 이거 뭐 어떻게 된 거야. 뭔가 단단히 잘못됐어. 살려줘라 살려줘."

"뭐, 루시안의 친구란 걸 생각하면 그렇게까지 끔찍한 존재는 아닐지도."

막시민이 심각하게 고개를 끄덕이며 턱을 괴었다.

"휴, 그래 루시안이 있었지. 그 녀석 아주 좋은 애야. 쓸모가 있어. 정신적 안정을 위해 생각해보자. 샐러리맨한테 칭찬받는 끔찍한 놈이지만 기분 나쁘다고 파이 백 개 사서 던지는 루시안 칼츠의 친구."

"아흔여섯 개지. 네가 네 개 뺐잖아."

"그거 일부러 그런 거야."

"일부러라니?"

막시민은 헛기침을 큼큼, 하더니 말을 돌렸다.

"나중에 얘기해줄게. 그런데 가만히 생각해보니 제일 신나서 파이 던진 사람이 누구더라?"

조슈아가 키득거렸다.

"그래, 내가 루시안보다 먼저 던졌다."

"난 그걸 보고 알았어. 역시 돈 있는 집안에서 자란 놈들은 다르구나. 나하고 보리스를 봐라. 한 개 3엘소나 하는 파이님을 감히 던질 생각도 못 하고 뒤에서 구경만 했잖냐?"

조슈아가 소리 내어 웃기 시작했다. 반면 막시민은 쩝, 하고 입맛을 다시며 말했다.

"돌아가면 크림 뭐라는 빌라 인간들이 우릴 잡아먹으려고 들 텐데. 그걸 생각하니 괴물의 존재도 꽤 든든한 것 같기도."

조슈아가 고개를 끄덕이더니 기지개를 켰다.

"그렇지. 그때가 빨리 왔으면 좋겠다."

막시민은 대구하지 않았지만 조슈아의 말뜻을 알고 있었다. 농조로 이야기를 주고받으면서도 실은 둘 다 긴장하고 있었다. 노을섬에 돌아가고, 아나로즈 티카람을 다시 만난다는 것에.

"그런데 이 배는 느리게 갔으면 좋겠고."

그러나 배는 최고 속도로 날아가고 있었다. 앞으로 약 사흘 후면 도착할 예정이었다.

마음을 꿰맨 실

저 강이 품은 섬에 실 잣는 여인
낮에는 태양 아래 물레질하고
밤에는 달빛 아래 실을 빗는다.
물들인 실은 두 가지 빛깔
흰 실은 운의 실, 붉은 실은 피
실의 끝은 아무도 알 수가 없네.

한때 켈스니티가 인도해주었던 길이었다. 여름볕 따갑던
해변에서 활엽수 우거진 언덕을 지나 우물로, 폐허로, 무덤에 이르기까지. 두 사람에게 말을 걸던 온화한 목소리만이 곁에 없었다.

아니, 없지는 않았다. 다만 깊이 잠들어 있었다.

작은 광장으로 접어들었다. 기둥만 남은 건물 앞에 이르러 조슈아는 걸음을 멈췄다. 주위를 휘둘러보니 여름 잎이 말랐을 뿐 참나무는 그대로였다. 돌도 그대로였다. 돌에 새겨진 세월도 그대로였다.

"켈스, 듣고 있나요?"

조슈아가 불쑥 말하자 내쳐 가려던 막시민과 리체도 걸음을 멈추었다. 조슈아는 기단만 남은 기둥 앞에 서서 정말로 누군가를 만난 것처럼 손을 내밀었다.

"약속은 지켜야죠."

"너, 설마 켈스를 보고 있는 건 아니지?"

조슈아는 대답 대신 부러진 기둥을 올려다보며 말을 이었다.

"세 가지 소원 중에 마지막 한 개는 안 들어줬잖아요. 우리 그때 노를 저었으니까. 물론 그 덕택에 〈남풍 교향곡〉을 만들긴 했지만."

리체가 조슈아 곁으로 가서 같이 기둥 위를 올려다봤다. 이윽고 조슈아가 빙그레 웃었다.

"그러니까 세 번째 소원을 들어주러 나타나요."

바람이 말없이 지나갔다. 켜켜이 쌓인 널찍한 잎들이 바스

락댔다. 어디선가 겨울새가 낮게 지저귀었다. 목소리는 들려오지 않았다.

조슈아는 몸을 돌려 걸어갔다. 두 사람이 따라오자 말했다.

"켈스는 들었을 거야. 이런 부탁에 약하거든."

"정말 그럴까?"

"이곳에 없는 건 아니니까. 여기, 있으니까."

조슈아는 흉터가 있는 곳에 손을 얹었다. 가슴이 두근거렸다.

그들은 우물을 지나갔다. 빈집들도 지나갔다. 숲을 통과하자 드디어 암반이 나타났다. 켈스니티가 가르쳐주었던 대로 암반 끝으로 가서 뛰어내리려니 리체가 겁을 내서 쉽지 않았다. 먼저 내려가서 잡아주려 해도 치마 때문에 곤란했다.

"업고 내려갈까?"

조슈아가 말하자 막시민이 비웃었다.

"네 주제에?"

리체가 말했다.

"너 그 말, 은근히 기분 나쁘다."

"네가 왜?"

"조슈아가 업기엔 내가 지나치게 무겁다고 한 거잖아!"

막시민은 바로 맞혔다는 듯이 검지를 세워 보였다.

"그러니까 이쪽에 업혀라."

옥신각신했지만 결국 막시민이 업고 내려갈 수밖에 없었

마음을 꿰맨 실

다. 뒤이어 뛰어내린 조슈아가 중얼거렸다.

"은근히 자존심 상하네."

"채소만 골라 먹던 주제에 말이 많아."

이윽고 눈구멍처럼 생긴 동굴이 나타났다. 리체가 말했다.

"조금 으스스하다."

안으로 들어가면 램프가 켜져 있다는 것을 알고 있었으므로 캄캄한 통로를 더듬으며 들어갔다. 어느 정도 왔다 싶었을 즈음 조슈아가 말했다.

"여기, 약간 달라진 것 같아."

"뭐가? 난 모르겠는데?"

모르겠다고 하긴 했어도 데모닉 조슈아가 달라졌다고 하면 달라진 것이었다. 증거는 곧 밝혀졌다. 아무리 가도 램프가 나타나지 않는다 싶더니 벽에 부딪히고서야 상황을 알았다. 지난번까지만 해도 밝혀져 있던 금장 램프가 모조리 꺼져 있었다. 주변을 한참 더듬어 램프를 찾아낸 막시민은 미간을 찌푸린 채 손끝으로 표면을 두드렸다.

"이거, 우연히 꺼졌다고 생각해도 되는 거냐?"

조슈아는 고개를 저었다. 그들은 어쨌든 다른 램프도 준비해 왔다. 불을 붙이자 내부가 밝아졌다. 주위를 휘둘러보던 조슈아가 깜짝 놀라며 말했다.

"열려 있어."

지난번에 왔을 때 열어보려고 그토록 고민했던 육중한 돌문이 세 뼘 정도의 너비로 열려 있었다. 웬만한 사람이 충분히 드나들 법한 틈이었다.

"지난번에 우리가 열고 들어갔잖아. 그게 닫히다가 만 것 아닐까?"

"그럴듯한 추측이긴 한데……."

셋은 차례로 틈새를 통과해서 안으로 들어갔다. 곧 발에 뭔가 걸리는 것을 느낀 막시민이 조슈아의 램프를 빼앗아 들었다.

"이게 뭐지?"

언뜻 돌 부스러기들처럼 보였지만 자세히 보니 조각상 같은 것이 부서진 잔해였다. 막시민이 돌조각 하나를 집어 들었다. 짐승의 앞발 모양이었다.

"우리가 여길 처음 왔을 때 계단 밑 어느 방에서 짐승 같은 게 어슬렁대고 있다고 생각했잖아. 기억나지?"

조슈아가 고개를 끄덕였다. 리체가 다른 돌조각을 주워 왔다. 앞발 말고 귀나 꼬리 비슷한 것들도 있었다.

"동물 모양 조각상이었나 봐."

조슈아가 말했다.

"그때 켈스가 말해줬잖아. 가나폴리에는 마법 걸린 짐승 조각이 있었다고. 그때 우리가 본 게 정말로 그것이었다면,

이렇게 부서져버렸다는 건 무슨 문제가 생겼다는 뜻이잖아?"

막시민은 내심 그 짐승과 마주치는 것보다는 낫다고 생각하며 대꾸했다.

"그렇긴 하지. 왜일까?"

"그분의 신변에 무슨 일이 생긴 건 아닐까?"

"몇백 년 동안 괜찮다가 갑자기 한두 해 만에 어떻게 됐다는 게 믿어지지 않는데."

"하지만 이런 것들 말고도 큰 변화가 있었어. 생각해봐."

"뭐 말이야?"

"마법 폭풍."

확실히 그들은 이번에 노을섬으로 오면서 마법 폭풍을 보지 못했다. 지난번과 달리 하늘을 나는 배를 탔기 때문일까?

"처음 올 때 우린 미의 극치호로는 폭풍을 넘어갈 수 없을 거라고 생각했어. 그때의 판단이 틀렸던 걸까? 내 생각에는 그렇지 않아."

"그럼, 그것도 사라졌다고?"

막시민은 잠시 생각하는 기색이더니 고개를 끄덕였다.

"마법 폭풍은 애초에 사라졌다가 돌아온 거였지. 그게 다시 사라졌다라."

조슈아가 돌조각을 내려놓고 어깨를 움츠렸다.

"지난번에 펠 집정관은 노을섬에 돌아온 마법 폭풍은 사라졌던 마력이 돌아왔다는 의미일지도 모른다고 걱정했어. 어쩌면 이곳에 켜져 있던 램프며 짐승 조각, 그런 것들은 그때 마법이 돌아왔던 영향으로 잠깐 움직였던 것일지도 몰라. 우리가 본 광경이 수백 년 동안 죽 그랬다는 증거는 없잖아."

둘은 서로를 보며 고개를 끄덕거렸지만 그들끼리의 동의일 뿐, 정답을 말해줄 사람은 없었다.

이제 내려가는 길과 올라가는 길 둘 중 하나를 택해야 했다. 막시민이 말했다.

"지난번에 내려가서 어찌 잘 가긴 했지만, 이번에도 그런 기적이 벌어지리라는 보장은 없지. 위로 가보자."

조슈아도 동감이었다. 분명 직접 겪었던 일이긴 했지만 나무가 갑자기 자라 그걸 타고 올라가는 일이 또 벌어지리라고는 어쩐지 기대하기 힘들었다. 무엇보다 마법도 사라진 것 같았으니까. 걷기 시작하면서 조슈아가 리체에게 말했다.

"지난번에 아래로 내려갔을 때 아주 멋진 걸 봤는데."

"어떤 건데?"

조슈아는 잠시 생각을 더듬다가 고개를 저었다.

"말로는 설명하기 어렵네. 나중에 그림으로 그려볼게."

올라가는 길도 내려가던 길과 형태가 같았다. 걸으면서 조슈아가 중얼거렸다.

"노을섬의 마력이 사라진 건 그분이 악의 무구를 봉인해서

였고, 마법이 사라져가니까 살기가 힘들어진 노을섬 사람들은 그걸 저주라고 생각하며 그분을 미워했지. 그렇게 사라졌던 마력은 인형사 때문에 잠시 돌아왔었고."

막시민이 말을 받았다.

"그자가 갖고 들어온 무구 조각이 수백 년 동안 유지되던 봉인을 깨뜨렸으니까."

"지금 그분은 봉인을 재생하려고 애쓰고 있겠지. 아마 새 봉인이 다 되어가는 모양이야. 그래서 마법 폭풍도 없어졌고, 이곳에 잠시 나타났던 마법적 효과들도 사라져버렸고 말이지."

리체가 말했다.

"그럼 이곳의 마법이 사라진 건 다행스러운 일이구나."

거기까지 정리하다 보니 당혹스러운 사실이 떠올랐다. 조슈아와 막시민은 거의 동시에 깨닫고 얼굴을 마주보았다.

"그렇다면 그분은 다시 잠들어 있겠는데?"

정원은 아늑한 어둠을 품고 있었다.

검은 나뭇가지가 우거진 틈으로 작은 반짝임이 떠돌았다. 반디 초롱이었다. 빛의 과일이었다. 불쑥 휘몰아치는 바람에 풀 그림자가 이리저리 누웠다. 땅의 손짓이었다. 그림자 극장이었다.

지난번에 보았던 오솔길은 찾지 못했다. 책이 놓여 있던 곳도, 의자들이 있던 곳도 못 찾았다. 셋은 오랫동안 산책하듯 정원을 걸었다. 숲은 끝없이 이어지는 듯했다. 그러나 이제 그들은 동굴 위에 어떻게 이런 정원이 존재하는지 궁금해하지 않았다. 이곳은 결계 속이었다.

"조슈아, 네가 말하곤 하던 네 안의 세계라는 것 말이다. 그 절벽이 있고, 풀밭이 있다던 곳."

조슈아가 돌아보자 막시민이 여전히 두리번대며 말을 이었다.

"결국 결계와 비슷한 것 아니냐?"

조슈아는 고개를 갸웃거리다가 저었다.

"글쎄다. 결계는 마법으로 만들어내는 거고, 또 주문이나 결계석 같은 것으로 들어가잖아. 하지만 난 잠이 들거나 의식을 잃어야만 그리로 갈 수가 있어."

"그래, 너한테 마법은 없겠지. 하지만 마법으로도 못 만들 괴이한 정신세계가 있잖냐. 그리고 결계도 물리적 공간은 아니고 말이야. 다만 네가 들어가는 방법을 제대로 모를 뿐이지."

"하지만 약속의 사람들은 그런 세계가 모든 사람에게 존재한다고 했어. 나의 경우가 넓었던 것뿐이지, 비록 작은 방의 형태라 해도 누구한테든 있다고 했어."

"그래, 그러니까 온 세상 인간들의 머릿속에는 결계로 통하는 문이 있을지도 모른다고."

마음을 꿰맨 실

막시민이 떠올린 생각치고는 드물게 상상력을 발휘한 이야기였다. 조슈아는 생각에 잠겨 좀더 걷다가 중얼거렸다.

"네 말대로라면 우리 모두는 자신만의 결계를 갖고 있구나. 들어가는 방법을 정확히 모를 뿐."

그러자 리체가 지적했다.

"그러면 켈스도 결계에 갇혀 있는 걸까? 그래서 조슈아가 열어줄 방법을 찾아내기만 하면 되는 걸까?"

다들 의혹에 사로잡혔지만 결국 막시민이 말했다.

"나도 확신하지 못하는 이야기를 너무 확장시키지 말라고."

이윽고 다리가 아파졌다. 세 사람은 풀밭에 앉아 쉬었다. 조슈아의 기억력에 의존해서 걷고 있긴 해도 이곳이 얼마나 넓을지는 추측하기 어려웠다. 실재하는 공간이 아닌 이상 무한히 넓을지도 모른다. 또한 계속 변할지도 모른다. 그들이 보았던 이카본의 관은 어디에 있을까?

만일 찾아낸다 해도 아나로즈가 잠들어 있다면 어떻게 깨워야 할까? 깨워도 문제가 생기지는 않을까?

"대체 지난번엔 어떻게 그렇게 쉽게 마주쳤던 거지?"

막시민이 불평처럼 한 말에 조슈아가 문득 깨닫고는 말했다.

"그분이 우리를 만나려 했기 때문이 아니었을까?"

"아."

생각해보면 아나로즈는 그들이 아무도 없다고 생각했던 자리에 나타나 기다리고 있었다. 이곳은 그녀의 결계였다. 모든 것은 그녀의 마음대로였다. 리체가 물었다.

"그렇다면 그분이 아무도 만나고 싶지 않다고 생각한다면 평생 헤매도 만나지 못하는 거네?"

"그럴지도. 그리고 잠들어 있다면 누굴 만나고 싶다고 생각할 리도 없겠지."

조슈아가 일어섰다. 그리고 갑자기 노래를 불렀다.

이곳이 그대의 꿈이라면

우리도 그대의 꿈이리니

그대가 마음만 먹는다면

우리를 지워버릴 수도 있으리

그러나 그대의 꿈속에서

조각난 이야기를 지어 잇는

우리는 마음만 먹는다면

그대를 깨워버릴 수도 있으리

"너 협박하냐?"

조슈아는 빙그레 웃기만 했다. 이어 손을 내밀려 했지만 자유롭지 않은 것을 깨닫고 내려다보았다. 리체가 깜짝 놀라 소리쳤다.

"네 손, 묶였어!"

가느다란 나무덩굴이 살아 있는 것처럼 일어나 조슈아의 손목을 휘감고 있었다. 지난번 일을 생각한 그들은 크게 당황해서 주위를 둘러봤지만 다른 덩굴이 더 다가오지는 않았다. 막시민이 말했다.

"손만 감았잖아. 혹시 어딘가로 당기고 있지는 않냐?"

"아…… 그런 것 같아."

"따라가봐."

덩굴은 곧 조슈아의 손을 풀어주더니 나무들 틈으로 천천히 빨려 들어갔다. 세 사람은 덩굴을 따라 숲속으로 들어갔다. 몇 군데의 빈터를 거쳐 마침내 눈에 익은 풍경을 발견한 조슈아가 속삭였다.

"여기야."

조슈아가 가리킨 곳에 끄트머리만 묻힌 채 세워진 거대한 돌 닻이 있었다. 리체는 분위기에 눌려 저도 모르게 속삭이듯 물었다.

"저게 관이라고 했지?"

세 사람은 닻 앞으로 가서 주위를 둘러보았다. 처음에는 아무도 없다고 생각했다. 그러나 잠시 후 조슈아는 흙 위에, 관이 묻혀 있을 바로 그 자리에 낙엽과 덩굴로 뒤덮인 나무뿌리처럼 누운 여자의 얼굴을 알아보았다.

"아나로즈……."

마치 슬픈 꿈인 듯했다. 덩굴과 이끼꽃, 클로버로 뒤덮인 몸은 숲에 녹아가고 있었다. 붉은 머리카락은 나무의 핏줄인 양 흩어졌다. 깊이 잠든 흰 얼굴에는 표정이 남아 있지 않았다. 고통도, 절망도 없었다.

조슈아는 아나로즈에게 다가가 앉았다. 손을 내밀어 이마를 가린 줄기와 잎을 치워냈다. 손끝에 닿는 피부가 차디찼다.

"방해해선 안 될 잠이라는 걸 알고 있어요."

낮게 속삭이는 목소리에 부드러운 떨림이 있었다. 노래처럼, 조슈아가 낼 수 있는 가장 아름다운 목소리처럼.

"깨우지 못한다는 것도, 당신이 택한 이 고통이 얼마나 고귀한 것인지도 알아요."

바람이 불어왔다. 아나로즈를 감싼 덩굴이 사그락대며 움직이다가 멎었다. 한쪽으로 기울어진 얼굴 아래로 몇 가닥의 머리카락이 흘러내렸다.

"하지만 당신에게 선택할 힘이 있다면, 내 이야기를 들어주세요. 가장 아름다웠던 시절에 당신 곁에 있었던 한 사람을 위해서."

조슈아는 손을 뻗어 작고 하얀 꽃 속에 묻힌 아나로즈의 손을 잡았다. 얼어붙은 겨울 땅 같은 기운이 서서히 팔을 타고 올라왔다. 그러나 손을 놓지 않았다. 눈을 감았다. 꿈에 보았던 페리윙클의 풀밭과 주춧돌을 떠올렸다. 그것은 자신이 만든 것이 아니었다. 켈스니티의 것이었다. 조슈아의 의식에 얽혀버린 켈스니티의 기억이었다.

「돌아왔어. 당신이…….」

머릿속에 울린 목소리와 함께 조슈아는 눈을 떴다. 아나로즈의 얼굴을 내려다보자 눈꺼풀이 떨리는 것이 보였다. 찢어진 나비 날개처럼 애처로운 떨림이었다.

이윽고 녹색 눈동자가 열리며 조슈아를 올려다보았다. 푸르다 못해 회색이 된 입술이 말했다.

"약속을 가져왔니?"

"조각은 이제 세상에 없어요."

"……."

아나로즈는 고개를 끄덕인 듯했다. 잠시 후 그녀를 감쌌던 나무줄기와 뿌리가 소리 없이 벗겨져나갔다. 이끼와 꽃이 흘러내렸다. 그녀가 몸을 일으키려 하자 조슈아가 부축해주었다. 상반신을 세운 그녀는 맞은편에 앉은 막시민과 리체를 보았다. 특히 리체를 보았다.

"아가씨는 누구지?"

"저, 저는……."

자신에게 말을 걸 줄은 상상도 못 한 리체가 쩔쩔매다가 조슈아를 쳐다봤다. 조슈아가 미소를 지었다.

"말해도 돼."

"리체…… 아브릴이라고 해요. 조슈아랑 막시민의 친구예요."

"어떤 일을 하지?"

"저기, 재, 재봉사요."

잠시 후 아나로즈의 얼굴에 놀랍게도 미소가 나타났다. 조슈아와 막시민은 마주보며 당황한 눈빛을 주고받았다.

"난 한 번도 옷을 꿰매어보지 못했어."

아나로즈가 두 손을 올려 머리카락을 쓸어내렸다. 나뭇잎의 잔해가 흘러 흩어졌다. 그녀의 소매며 치맛자락이 삭아 해진 것을 본 리체가 저도 모르게 말했다.

"그럼 제가 꿰매드릴까요?"

이제는 조슈아가 어쩔 줄 몰라 하며 리체를 바라보았다. 아나로즈가 고개를 끄덕였을 때는 더더욱 어찌할 바를 몰랐다.

"그래줘."

리체는 치마 앞주머니에 넣어 다니는 반짇고리를 꺼냈다. 아나로즈의 왼쪽으로 다가가 앉더니 실을 골라 바늘에 꿰었다. 먼저 왼손을 잡고 소매 끝을 당겨 시접을 잡았다. 이윽고 바늘이 움직이기 시작하자 아나로즈가 가만히 보고 있다가 말했다.

"솜씨가 좋구나."

"고마워요."

조슈아와 막시민은 할말을 잃고 서로 눈짓만 주고받았다. 리체는 어느새 자연스럽게 바느질을 하고 있었다. 편안히 손을 맡기고 있는 아나로즈까지, 둘 다 그들이 이해할 법하지 않은 세계에 있는 듯 보였다.

아나로즈가 조슈아를 바라보았다.

"그럼 다음 약속을 지켜야지."

"죽어달라고 하셨죠."

막시민이 의아한 얼굴이 되었다.

"잠깐, 조각을 없앴으니까 끝난 것 아닌가? 왜 또 죽어달라는 얘기가 나와?"

조슈아가 막시민을 돌아보며 고개를 저었다.

"약속은, 조각을 없앤 뒤에 와서 죽어달라는 거였어."

"아니, 그게…… 꼭 그런 뜻이 되지는……."

돌이켜보면 그날의 대화는 곳곳이 암시여서 불분명한 부분이 많았다. 막시민은 기억을 더듬어봤지만 어디를 딱 집어 반론을 제기해야 할지 혼란스러웠다. 아나로즈가 죽어달라고 했고, 조슈아가 거절하며 이카본의 자손이라는 이유로 죽을 수는 없다고 했고, 그러자 그녀가 조슈아가 계약의 이행자가 되려 하는 한 이카본의 이름에서 벗어날 수 없다고 했고, 이어 조슈아가 켈스니티의 경우를 들어 약속의 사람들을 옹호했고, 그러나 다시 그녀의 자존심이 그들을 용서하지 못하는 것을 이해한다고 했고……

"젠장, 이게 다 어떻게 된 거였든 분명한 건 나 또한 저놈의 생명에 권리가 있다는 거야! 내가 살렸으니까. 난 찬성 안 한다고 분명히 말했고."

그러자 아나로즈가 고개를 끄덕였다.

"네 권리도 인정해."

"그럼 된 거지? 난 조슈아가 죽도록 놔둘 순 없어."

그러나 조슈아가 말했다.

"난 아나로즈의 요구를 이해해."

"넌 도대체……."

리체도 바느질하던 손을 멈췄다. 조슈아가 고개를 흔들며 웃었다.

"난 이카본의 자손이고, 그의 공과 과를 모두 물려받았어. 내게 흐르는 데모닉의 피와, 공작의 지위와, 그와 맹세를 나눈 약속의 사람들이 여전히 내게 묶여 있는 것과, 따라서 그들을 위한 약속의 이행자가 되려 하는 것까지. 난 그 모두를 인정해. 공을 누리면서 과를 버릴 수는 없어. 그러니 이카본과 약속의 사람들을 용서할 수 없는 아나로즈의 요구는 온전히 내 몫이야. 어떤 요구일지라도."

아나로즈가 고개를 끄덕이며 말했다.

"난 네 죽음을 원해. 그럴 수 있겠어?"

너무나 침착한 목소리여서 리체는 순간 진심은 아니지 않을까 싶었다. 하지만 조슈아도 마찬가지로 저런 목소리로 대꾸하곤 한다. 제정신이 아닌 소리를. 그럴 때면 그 말은 항상 농담이 아니었고…….

조슈아가 대답하기까지 모두가 숨을 죽이고 있었다.

"네, 난 죽었습니다."

언뜻 이해하기 힘든 대답이었다. 아나로즈가 고개를 약간 기울였다.

"죽었다가 살아나 이 자리에 왔다는 건가?"

"네, 반년 동안 죽어 있었죠. 그후에 살아났고요."

"죽은 자는 마법으로도 살리지 못해."

조슈아는 손을 뻗어 가슴을 매만졌다.

"내가 죽어 있는 동안 누군가가 내 몸을 대신 움직였죠. 그래서 반년이 흐르고 나서 다시 돌아올 수가 있었어요. 이 몸으로."

손끝이 옷깃을 헤쳐내자 세로로 날카롭게 남은 흉터가 드러났다. 아나로즈가 그걸 잠시 바라보더니 천천히 고개를 끄덕였다.

"죽었다가 살아난 것이 맞는구나."

"누가 날 되살렸는지 궁금하지 않아요?"

조슈아의 입가에 안타까운 미소가 떠올랐다. 아나로즈의 녹색 눈이 조슈아의 얼굴 근처 어딘가에 머물렀다.

"말해봐."

"약속의 사람들…… 그리고 켈스였죠."

아나로즈의 눈동자가 허공으로 올라가 흔들렸다. 한참 동안 말없이 숲을, 어둠 속을 더듬고 있었다. 이윽고 입을 연 아나로즈의 목소리가 심하게 떨렸다.

"켈스가…… 그곳에 있구나……."

조슈아는 눈을 감았다.

"아시는군요. 네, 켈스는 지금 내 몸안에 잠들어 있습니다."

"켈스가 너를 살리려고…… 자신을 버렸구나……."

잠시 후 아나로즈의 눈에 눈물이 차올랐다. 석상처럼 창백한 얼굴을 타고 흘러 죽은 잎과 줄기 위로 흩어졌다. 바늘을 쥔 리체의 손등으로도. 눈물은 조슈아의 감긴 눈에도 차올라 흘러내렸다. 막시민은 눈가를 찡그렸다가 입술을 깨물며 고개를 돌려버렸다. 아나로즈의 입술에서 바람 소리 같은 뇌까림이 흘러나왔다.

"왜…… 당신은 항상 모든 것을 주어버리는 거지?"

조슈아는 아나로즈의 손을 놓으며 일어섰다. 한 손을 자신의 가슴에 얹었다.

"이 몸은 그들이 준 선물입니다. 내가 오랫동안 가볍게 생각했던, 어느 날인가 끊어질 한 가닥 리본처럼 여겼던 생명을 구해내려고 켈스는 자신을 잃었습니다. 약속의 사람들 또한 그들을 유령으로 존재하게 해주는 힘을 상당 부분 잃었습니다. 이제 그들은 내게 말을 걸지도 못합니다. 이제는 내게 약속의 이행을 요구하지도 못합니다."

조슈아는 아나로즈 앞에 한쪽 무릎을 꿇었다.

"이카본과 약속의 사람들을 용서하지 못한 당신의 마음을 이해합니다. 하지만 그들은 내 몸을 살려냈습니다. 그렇기에 이제는 나만의 것이 아닙니다. 내가 계약의 이행자가 되는 건 이제 나만의 선택이 아닙니다. 내가, 나를 살리고자 한 그들의 뜻을 잇지 않는다면 이카본의 자손이 아니며, 따라서 당신의 요구를 들어줄 필요도 없을 겁니다. 그러니 용서하세요. 난 이제 내 몸을 누구의 칼에도 허락하지 않을 것이고, 다시는 죽음을 가볍게 생각하지 않을 겁니다. 할 수만 있다면 영원히 살 겁니다."

아나로즈의 눈이 조슈아와 눈과 맞닿았다. 조슈아는 고개를 숙여 절을 했다.

"……."

아나로즈의 시선이 조슈아에게서 떨어졌다. 입술만 가늘게 떨릴 뿐이었다. 고개를 숙인 채 조슈아가 속삭였다.

"그래서 부탁드립니다. 당신의 힘으로 소원 거울을 불러주세요. 그들이 저절로 소멸되어버리기 전에, 켈스가 내 의식 속에 묻혀 영원히 자신을 잃어버리기 전에, 그토록 원했던 고향을 밟아보도록 해주고 싶어요."

영원과도 같은 침묵이 흘렀다. 이 침묵을 깨뜨릴 것은 몇백 년의 분노와 바꾸어야 할 해답뿐이었다.

"내게 그들을 용서하라고 하는구나."

아나로즈가 몸을 일으켰다. 치맛자락에서 숲의 흔적들이 흩날려갔다. 덩굴들이 저절로 끊어지며 오그라들었다. 그녀의 걸음이 닿는 곳마다 무어라 말할 수 없는 변화가 일어났다. 숲은 마치 빛처럼, 또는 그림자처럼 그녀의 움직임을 따르고 피했다.

"네 말은 옳아. 그들의 뜻은 너를 살리는 것이었고, 네가 그런 뜻을 잇지 않는다면 내 요구를 들어줄 필요도 없지. 공과 과는 따라다니는 것. 어느 하나만 골라 가질 순 없는 것. 그러나 그것이 나조차도 그들을 용서해야 할 이유가 될까?"

조슈아는 고개를 저었다.

"아뇨."

"그래, 아니야. 나도 알고 있어."

그때 리체가 일어났다.

"저, 저기, 제가 한 말씀 드려도 될까요?"

아나로즈가 리체를 보는 시선은 냉담하지 않았다. 그녀가 고개를 끄덕였다.

"말해봐."

리체는 말을 잘하려고 애써 생각을 가다듬었지만 첫마디를 떼는 것은 쉽지 않았다.

"저도, 저기, 저도…… 약속의 사람들하고 당신 사이에 무슨 일이 있었다는 것을 알아요. 저는 처음에 그 이야기를 듣고 당신이…… 너무 안됐다고 생각했어요. 그러니까, 저는 평범한 여자아이지만요, 그런 저라도…… 그런 건 용서 못 할 것 같았어요."

아나로즈는 말없이 듣고만 있었다. 리체는 긴장해서 자꾸만 손을 가다듬어 쥐었다. 손에는 아나로즈의 소매에서 뽑아낸 바늘을 잡은 채였다.

"그런데 지금 이야기를 들으니까 이런 생각도 들어요. 화내지는 마세요. 그냥 상상이에요. 만약에 몇백 년의 세월이 흐르기 전에, 그러니까…… 당신께서 이카본 폰 아르님을 떠나던 그때로 돌아가서 생각한다고 할 때요."

아나로즈가 천천히 고개를 끄덕였다.

"돌아가서?"

"만일 당신이 떠난 뒤에, 약속의 사람들이 이카본을 위해서 죽어버렸다는 걸 알았더라면…… 당신은 어떻게 하셨을까요?"

아나로즈의 얼굴에 의아한 빛이 떠올랐다. 그러나 점차 생각하는 표정으로 변해갔다.

"네 말은, 그랬다면 내가 이카본에게 돌아갔을 것이고, 죽어버린 약속의 사람들도 용서했을 거라는 뜻인가?"

리체는 고개를 끄덕이며 웃으려고 애를 썼다.

"……네. 저…… 제 생각에는…… 당신이 그들을 미워한 게요, 그 사람들이 이카본을 당신에게서 빼앗으려 해서가 아니었나 해요. 하지만 그런 그들이 당신의 이카본을 위해 죽었다면…… 최초에 화가 난 이유는 없어지는 셈이잖아요. 왜냐면 이카본이 있어야…… 당신도 기쁘잖아요? 오히려 두 사람의 사랑을 도운 셈이라고…… 그렇게 볼 수도 있지 않을까요? 당신이 이카본을 떠났더라도 그가 죽기를 원치는 않았을 거잖아요?"

아나로즈는 대답 없이 리체를 바라보았다. 리체가 머뭇거리다가 덧붙였다.

"제 생각과 다르실 수도 있어요. 그런 일을 다 이해하기에는, 전 어리기도 하고 경험도 부족해서요."

아나로즈는 눈을 감고 있었다. 수백 년의 침묵이었다. 말하지 못하고 묻어둔 애증이었다. 사랑을 원망하고, 그러면서도 사랑했다. 그녀는 스스로를 유폐했다. 그를 저주하지는 않았다. 이곳에서 아나로즈는…… 이카본이 사는 세계를 지키려 했다.

"너는 네 최선을 말했어."

눈을 뜬 아나로즈가 천천히 걸어 돌아왔다. 그리고 리체 곁에 선 조슈아 앞에 멈추었다.

"조슈아 폰 아르님. 내가 네게서 이카본의 과실을 본다면, 내가 이카본을 사랑한 마음도 똑같이 보아야 공평하겠지. 그래야만 하겠지."

조슈아는 대답하지 못했다. 아나로즈의 눈동자에서 빛이 살아났다. 단 한 번 본 일이 있던 맥동하는 녹색이었다.

"리체 아가씨가 말한 대로야. 이카본이 날 찾으러 온 사이에 그들 모두는 성을 지키다가 죽었지. 자신들의 목숨을 이카본을 위해 내던졌지."

아나로즈는 조슈아의 눈을 들여다보고 있었다. 조슈아도 그녀의 눈을 보았다. 검은 눈 속에서 찾으려 했다. 단 한 사람의 흔적을, 자신을 바라보던 순간을, 그가 품었을 찬란한 빛을.

"그리고 또 한 번 켈스는…… 그리고 약속의 사람들은 자신을 희생했고, 그래서 이카본의 이름을 이은 네가 살아났어."

아나로즈는 팔을 뻗어 조슈아를 끌어당겼다. 그리고 껴안았다. 싸늘하던 그녀의 몸에 온기가 흘렀다. 가슴이 뛰고 있었다. 눈물이 흐르고 있었다.

"난 그 사실을 기뻐해야지. 마치 이카본이 살아온 것처

럼. 그러니 이미 죽었고 또 한 번 죽으려는 그들을 용서해야
지……."

별장의 저녁 식사

압생트빛

그보다 찰랑이는 녹색

심장 속에서

꼬리 한번 치고 달아나는

남쪽 물고기

✤

"소원 거울을 불러내기는 그리 어렵지 않아."

아나로즈는 돌 닻 옆에 앉아 있었다. 조슈아가 대답했다.

"밖으로 나가는 것이 어렵겠죠."

아나로즈가 고개를 끄덕였다. 예전에 켈스니티가 들어올 수 없었던 것처럼 이곳은 유령이 들어오지 못하는 결계였다. 따라서 그들을 위해 소원 거울을 만들자면 밖으로 나가야만 했다.

그러나 아나로즈는 이곳을 떠나서는 안 되었다. 악의 무구, 피 흘리는 창을 이곳에 붙들어놓는 것은 오로지 그녀의 힘이었다. 지난번에 창 조각 때문에 깨어진 봉인도 혼자만의 힘으로 끝내 회복시켰다. 만일 그녀가 잠시라도 이곳을 떠난다면 악의 무구의 힘은 아무도 걷잡지 못할 재앙이 되어버릴 터였다.

"그래서 궁리를 해봤는데요."

조슈아가 악보를 한 장 꺼내어 막시민에게 건네주었다. 막시민은 한숨을 내쉬더니 바이올린을 꺼냈다.

아나로즈는 금방 알아보았다.

"그건, 신성 찬트를 연주하는 바이올린이군."

"네, 이 곡을 한번 들어봐주세요."

망설이는 듯하던 현이 가락을 자아냈다. 몇 번 미끄러지면서 길게, 짧게, 다시 길게 이어졌다. 막시민이 바이올린을 켜는 동안 아나로즈는 눈을 감고 있었다. 이윽고 연주가 멈추었다.

"되긴 되는 건지 알 길이 없으니."

바이올린을 어깨에서 내린 막시민은 한숨을 내쉬며 이마에

맺힌 땀을 소매로 닦아냈다. 아직껏 이토록 긴장해서 연주해 본 적이 없었다. 잠시 후 아나로즈가 눈을 뜨더니 말했다.

"정말이구나."

"그 말은…… 된다는 겁니까?"

아나로즈가 고개를 끄덕이자 막시민은 기뻐하는 것 같기도 하고 당황하는 것 같기도 한 표정이 됐다.

"젠장, 된다고 하는데 내가 믿을 수가 없네."

막시민이 카프리치오 바이올린으로 연주한 곡은 짧은 시간을 반복시키는 힘을 가진 신성 찬트였다. 바로 유령선에서 주워 왔던 악보 속에 있었던 곡이었다. 이 곡을 연속해서 연주해서 이곳의 시간을 잠시 반복되게 할 작정이었다.

아나로즈가 결계를 나간 동안에도 봉인을 보존하려면 시간을 멈추면 된다는 생각을 처음 해낸 사람은 조수아였다. 지난번 노을섬 앞바다에서 만났던 유령선, 고향의 별호에 왜 그런 일이 벌어졌는지 생각하다가 떠올린 착상이었다.

"그때 막군이 나쁜 짓을 한다고 모두에게 이런 일이 벌어지지는 않는다고 했잖아? 그 말을 듣고 줄곧 생각해봤는데, 그들의 이야기에서 마력을 발휘할 만한 요소는 찬트 악보뿐이었어. 찬트 악보를 숨겼던 광대 클랭은 대단한 노래 실력을 갖고 있었잖아. 악보를 탐낸 이유도 그만한 실력이 있었기에 훌륭함을 알아봐서였겠지."

"그래서, 그자가 어떤 특별한 효과가 있는 찬트를 불렀고, 그래서 유령선이 그 꼴이 됐다?"

"누가 노래했는지는 모르지만, 아니 노래를 하지 않아도 악보 자체에 깃든 힘이 발휘되는 건지도 모르지만. 어쨌든 이 악보 속에 시간을 멈추거나, 시간이 되풀이되게 만드는 힘을 가진 곡이 분명히 있으리라는 생각이 들었어."

그 곡의 효과를 확인한 것은 레오멘티스 교수가 넘겨준 두 소절 덕택이었다. 이후 보리스가 건드린 음표 덕택에 찬트의 규칙성을 부분적으로 알아차린 조슈아는 그간 백여 갈래로 풀어놓았던 곡을 딱 다섯 곡으로 정리해 왔다. 그리고 그중 하나가 들어맞았다.

신성 찬트의 기원이나 한계에 대해서는 아나로즈도 잘 알지 못했다. 다만 이렇게 말해주었다.

"찬트는 본래 기원의 힘이기 때문에 어떤 곡이 반드시 어떤 효과를 가진다고 정해져 있지는 않아. 어떤 기원을 하느냐, 얼마나 간절히 원하느냐, 그리고 그것을 얼마나 효과적으로 표현하느냐에 달렸지. 다만 네가 가져온 이 곡은 특정한 악기를 위해 만들어진 것이어서 어느 정도 정해진 효과가 있는 것 같아."

다만 문제가 있다면 찬트가 반복시켜주는 시간이 매우 짧다는 점이었다. 혼자 결계 안에 남아 연주를 반복해야 할 상

285
—
별장의 저녁 식사

황에 처한 막시민은 불만스레 중얼거렸다.

"조군 네놈의 좋은 생각은 어째선지 날 혹사하는 결론으로 이어지는 경우가 많은데 대체 이유를 모르겠단 말씀이야."

조슈아가 힐끔 눈치를 보더니 웃었다.

"그 바이올린 값이 꽤 비싸네."

"그래, 어마어마하다. 레오멘티스 교수가 카르디의 결계에 써준 것 같은 마법이 통한다면 얼마나 좋겠냐고."

"악의 무구를 그런 식으로 막을 수 있었다면 아나로즈가 처음부터 여길 지킬 필요도 없었겠지."

나가기 전에 리체는 아나로즈의 옷을 깨끗이 꿰매주었다. 이윽고 아나로즈가 일어나 돌로 된 닻 앞으로 가며 말했다.

"소원 거울은 주춧돌이 힘을 품고 있기만 하다면 누구나 불러낼 수 있어. 마법을 전혀 모르더라도."

"예전에는 페리윙클에 주춧돌이 있었죠? 그 주춧돌은 역시 힘을 잃었던 건가요?"

"잠들어 있었지."

아나로즈가 닻에 손을 얹자 주위에 부드러운 빛이 생겨났다. 빛은 돌의 표면을 타고 흘러내려 땅속까지 스며들었다. 조슈아가 머뭇거리다가 물었다.

"그건 이카본의 관이잖아요?"

"그래."

286
—
데모닉 9

땅이 울리기 시작했다. 아나로즈는 손을 내저어 일행을 물러나게 했다. 이윽고 흙이 물결처럼 흐르며 좌우로 갈라졌다. 땅 밑에 들어있던 석판과, 그 위의 음각 무늬들이 뚜렷이 드러났다. 잠시 후 그것은 솟아올랐다. 요동치는 흙 속에서 거대한 석관, 아니 바위에 가까운 것이 빠져나오고 있었다. 눈을 의심케 하는 광경이었다.

"대체 왜······."

질문은 끝까지 이어지지 못했다. 석관처럼 보였던 것은 아래로 갈수록 진짜 바위 같기도 하고, 무언가 거대한 것을 떠받치는 받침대 같기도 한 윤곽으로 변해갔다. 그들의 키를 넘길 정도로 높아지고 나자 맨 위는 닻이고, 중간은 관이며, 그 아래는 받침대인 것이 모습을 드러냈다. 사방에서 붉은 흙과 자갈이 흘러내렸다.

위를 올려다보던 조슈아가 잠시 후 전율하며 말했다.

"이게······ 바로 소원 거울의 주춧돌인가요? 관이 아니라?"

"관이기도 해."

아나로즈는 몸을 돌려 한쪽을 가리켰다. 그러자 그쪽의 나무들이 좌우로 스르르 비켜났다. 거대한 주춧돌은 허공에 뜬 채로 새로 생긴 통로를 지나갔다. 아나로즈가 뒤따라 걸음을 옮겼다. 조슈아가 막시민을 돌아보았다.

"부탁해, 막시민."

막시민은 바이올린을 집어 들고 각오를 다지며 대꾸했다.

"그래, 내가 근성이 뭔지 보여준다."

조슈아와 리체가 아나로즈를 따라가고 나자 혼자 남은 막시민은 문득 뒤를 돌아봤다. 이런 큰일이 벌어졌는데도 쓰러지거나 꺾인 나무 하나 없이 숲은 고요했다. 받침대이자 관인 것이 빠져나온 자리에 거대한 구멍만이 남아 있었다. 막시민은 구멍 주변에 걸터앉더니 천천히, 그러나 신중하게 바이올린을 켜기 시작했다.

"페리윙클에 있었다던 주춧돌을 가져간 사람은 바로 당신이었군요."

아나로즈는 아무렇지도 않게 고개를 끄덕였다.

"처음에 날 찾아왔던 이카본과 켈스가 약속했던 일이야. 나 말고는 아무도 깨우지 못할 물건이니 내가 가져가도 이상할 건 없었어."

숲에는 끝이 있었다. 그리 오랫동안 찾아도 없는 듯했는데 어느새 그들은 숲 가장자리에서 서서 경사진 언덕을 내려다보고 있었다. 아나로즈는 주문을 외우는 기색조차 없이 손끝을 움직여 주춧돌을 언덕 아래로 보냈다. 거대하고 육중한 그것이 소리조차 없이 풀밭에 내려앉는 광경은 조마조마하고도 기이했다.

아나로즈가 언덕 아래로 한 발짝을 떼어놓았다.

"후……."

바람을 들이마셨다. 빛이 눈부셨다. 눈을 감자 온 세계가 귓가에서 춤추었다. 온몸이, 머리카락 하나하나마저 되살아나는 느낌이었다. 믿기 힘들도록 새로운 이 세상은 한때 그녀가 살았던 고향이었다. 수백 년을 짓누르던 거대한 압력은 꿈인 듯 사라지고 없었다.

발치의 풀은 아나로즈의 의지에 따라 몸을 굽히지 않았다. 구름은 수수께끼처럼 움직였으며 태양은 때가 되기 전에 지지 않았다. 그녀가 창조하지 않은 세상은 자연스럽다. 거칠고 생생하며 제멋대로다. 온몸을 던지고 싶도록 아름답다.

주춧돌 앞에 이르러 아나로즈는 돌 위에 앉았다. 조슈아가 다가와 마주앉더니 말했다.

"당신에게 딸이 있었다고 들었어요."

아나로즈는 눈을 감은 채로 고개를 끄덕였다.

"그녀의 딸인 제노비아를 알고 계신가요?"

"이카본이 그 아이의 얼굴을 그려 갔다고 들었지. 내 얼굴을 감히 그리지 못했으니 그 아이라도 그려 넣겠다면서."

조슈아는 순간 놀랐으나 곧 상황을 이해했다. 백치 소녀였던 제노비아, 그녀의 얼굴이 어디에 있는지 깨달았던 것이다.

"제노비아의 그림은 아직도 비취반지 성의 홀에 있어요.

듣고 보니 켈스는 그 그림 속 소녀가 제노비아라는 것을 일찌 감치 알고 있었던 것 같네요."

아나로즈가 눈을 뜨며 조슈아를 보았다.

"아직도?"

"네, 제 누나가 그림 속 제노비아를 닮았었죠."

"그 아인 백치였는데."

조슈아는 고개를 끄덕이며 언덕 꼭대기를 바라보았다.

"누나도요."

언덕 위에서 사람의 그림자가 둘 나타났다. 조슈아가 일어 나 그들을 향해 손짓했다. 그리고 아나로즈를 돌아보았다.

"딱 한 번뿐인 기회니까, 당신과 만나게 해주고 싶은 사람 이 있어서 데려왔어요."

둘 중 한 명은 히스파니에였다. 그는 어린 소녀의 손을 잡 고 내려왔다. 아나로즈가 일어났다. 소녀의 얼굴을 바라보는 그녀의 손끝이 미세하게 떨렸다.

주춧돌 앞에 다다르자 히스파니에는 말없이 인사를 하고는 소녀의 손을 놓아주었다. 희게 탈색되어가는 금발을 한 소녀 가 다가와 아나로즈를 올려다보았다. 누가 먼저 손을 내밀었 는지 몰랐다. 소녀가 아나로즈의 손을 꼭 잡자 다른 한 손이 다가와 겹쳐졌다.

"너는…… 이름이 뭐지?"

"아우렐리에 티카람."

아우렐리에는 로어티카람이라는 이름을 말하지 않았다. 그
것은 노을섬을 떠난 뒤에 생겨난 슬픈 이름이었다. 아나로즈
가 손을 내밀어 소녀의 머리카락을 쓰다듬었다.

"네 머리가 하얗게 됐구나."

"제노비아도 그랬다지요?"

"그래, 점점 그렇게 됐었지."

두 사람은 주춧돌 위에 나란히 앉았다. 조슈아는 몇 걸음 물
러나 히스파니에에게 다가갔다. 히스파니에가 미소를 지었다.

"저 아이를 데리고 노을섬 곳곳을 돌아봤다. 저 애는 여기
온 것이 처음이더군."

다른 사람들은 물러나고 두 사람만이 소곤소곤 이야기를
나누었다. 어머니와 어린 딸처럼, 닮지는 않았지만 분위기가
비슷한 두 사람이었다. 리체가 다가와 누구냐고 묻자 조슈아
가 조그맣게 설명해주었다. 리체가 다시 돌아보더니 놀란 얼
굴로 중얼거렸다.

"그럼 너하고는 멀리 한 핏줄이구나. 그렇게 말하니까 조
금 닮은 것도 같고."

조슈아가 희미하게 웃더니 이리저리 흔들리는 풀줄기를 하
나 뽑아 들었다.

"모녀나 자매, 사촌 간이 아닌데도 몇 대를 걸쳐 한 가문에

비슷한 얼굴이 내려오는 경우가 있지. 아우렐리에와 제노비아, 그리고 제노비아와 이브 누나처럼."

"그렇게 된 거구나."

리체가 고개를 끄덕거리고 있는데 조슈아가 불쑥 말했다.

"쟤가 페리윙클꽃의 주인공이야."

"에…… 뭐?"

리체는 잠깐 멍한 표정이었으나 곧 생각해냈다. 선원들이 잔뜩 오해하게 만들었던 그 식탁 위의 페리윙클꽃?

"그걸 저 애가 줬다고?"

"새벽녘에 나갔다 온 얘기 했었잖아. 그때 준 거야. 그걸 받을 때까지만 해도 난 무슨 뜻인지도 몰랐고."

"저기, 그럼 저 애는 무슨 뜻인지 알았고?"

조슈아는 잠시 손에 든 풀줄기만 내려다보고 있더니 낮게 대꾸했다.

"알았던 것 같아."

이윽고 아나로즈와 아우렐리에는 나란히 일어났다. 떨어지기 직전에 아나로즈는 아우렐리에의 이마에 키스를 해주었다. 아우렐리에가 물러나자 아나로즈가 조슈아를 향해 말했다.

"이제 그들을 부르자."

조슈아는 고개를 끄덕이고 주춧돌에서 멀찍이 떨어져 서며 리체에게도 물러나라고 눈짓했다. 이어 눈을 감더니 두 손을 내밀었다.

잠시 후, 바람이 거세어지더니 점차 회오리치기 시작했다. 조슈아를 둘러싼 풀들이 끊어질 듯 세차게 날렸다. 리체는 옛날 쥬스피앙의 집 앞에서 있었던 일을 기억하고 있었기 때문에 조금 겁이 났다. 처음으로 강령술을 썼던 조슈아가 대지를 파헤치고 암반을 부숴 꺼냈던, 수천 개의 돌과 바위가 허공에 떠서 소용돌이치던 광경이 떠올랐다.

아나로즈가 리체를 보더니 말했다.

"주춧돌 뒤에서 기다리면 괜찮아."

"아…… 그럴게요."

조슈아의 몸에서도 희미한 광채가 떠올랐다. 머리카락이 더 밝은 빛으로 변했다. 그러나 리체가 기억하는 것처럼 엄청난 일은 벌어지지 않았다. 잠시 후 조슈아는 눈을 떴다. 그리고 주위를 둘러보았다.

"모두 온 건가요?"

대답은 들려오지 않았다. 조슈아가 고개를 갸웃했다.

"그렇군요. 아나로즈, 당신이 이들의 모습을 볼 방법은 없나요?"

아나로즈는 말없이 품에서 어떤 주머니를 꺼냈다. 그 안에서 빛나는 가루가 나와 흩뿌려졌다. 다음 순간, 아나로즈는 조금 놀라며 한 걸음 물러섰다.

별장의 저녁 식사

리체, 아우렐리에, 히스파니에의 눈에도 보였다. 수백에 달하는 희미한 윤곽들이 아나로즈 앞에 모여 있었다. 모두 무릎을 꿇고, 고개를 숙이고서. 사방을 메우며 언덕 위까지 이어지고 있었다. 리체가 중얼거렸다.

"이렇게 많은 줄은 몰랐어……."

한 노인이 일어났다.

「티카람 님, 당신이 우리를 용서할 날이 오리란 희망은 버린 지 오래였습니다. 이 순간에도 저희의 말을 오래 듣고자 하지 아니하실 것을 압니다. 하지만 이 말씀만은…… 저희는 당신께 너무 큰 죄를 지었습니다. 감히 사죄합니다. 감히 고맙습니다.」

아나로즈는 아무 대답도 하지 않았다. 조슈아가 말했다.

"티카람 님의 용서가 그대들을 약속의 땅으로 인도합니다. 주춧돌은 힘을 되찾았으니 여러분의 소원에 따라 갈 곳이 정해질 겁니다. 말해두지만, 이제 거울을 통과하면 돌아오지는 못합니다. 저쪽에서 또 다른 소원 거울을 만들거나 찾아내지 않는 한. 그랬기에 가나폴리 사람들도 이 거울을 이용해서 그곳으로 떠나지 않았던 것입니다."

모든 그림자들이 일어나더니 조슈아를 향해 절을 했다. 수많은 목소리가 다투어 말했다.

「공작 폐하의 발아래 세상 모든 바다의 복속이 있기를.」

「공작 폐하께서는 반드시 두 번째 데모닉 공작이 되실 겁니다. 저희에게는 이미 그렇습니다.」

「축복받은 아르님에게 무한한 영광과 승리가 있을지어다! 만세! 만세!」

조슈아는 허리를 굽히며 날렵하게 궁정식 절을 했다. 그리고 몸을 일으켜 그들을 바라보았다.

"첫 번째 축복받은 아르님이었던 공작, 이카본 폰 아르님을 대신해서 그대들과의 약속을 지킵니다. 약속의 사람들이여, 그대들과 축복받은 아르님 사이의 기나긴 맹세는 끝났습니다. 이제 모두 고향에 닿기를, 그리고 고향의 모습이 그대들이 바라는 바와 같기를."

주춧돌 위에 반짝이는 뭔가가 나타났다. 잠시 후, 반짝임은 물처럼 미끄러져 내려왔다. 찬란한 거울이었다. 그러나 계속해서 흔들리고 소용돌이치는 거울이었다.

유령들은 하나하나 주춧돌 위로 올라갔다. 첫 번째 유령이 거울을 바라보며 한 걸음 내딛자 모습은 흔적도 없이 지워져버렸다. 누군가는 돌아보며 손을 흔들었다. 돌아서서 다시 한 번 절을 하기도 했다. 겁먹은 듯 불안한 걸음을 내딛는 자도 있었다. 기쁨을 못 이겨 뛰어드는 자도 있었다.

주춧돌에는 돌로 된 닻이 솟아나 있었다. 풀밭에 또렷한 그림자를 드리웠다. 그 아래에 이카본 폰 아르님의 묘비명이 새겨져 있었다.

> 남쪽 바다를 지배하는 위대한 섬 페리윙클을 구하고
> 스스로를 왕으로 삼은 이
> 아노마라드 국왕의 왼쪽 심장
> 비취반지 장원의 공작
> 이카본 폰 아르님.
> 뱃놈들을 수호하는 혼이여, 우리 폐하를 바다 밑 산호 궁전
> 에 모시어
> 남쪽 바다가 하얀 소금 들이 되는 날까지 지키소서.

수많은 발이 그 묘비명을 딛고서 사라져갔다. 오래전에 약속한대로 그들은 이카본이, 그의 몸이, 그의 관이 만든 주춧돌을 얻었다.

"모두 가버렸네."

들판이 고요해지자 리체가 거울을 올려다보며 중얼거렸다. 저 안으로 들어가면 자신은 어디로 가게 될까 생각해봤지만 기껏해야 블루코럴섬에 있는 집이 떠오를 뿐이었다. 어쩐지 한심하다는 생각을 하며 시선을 돌렸을 때였다.

눈을 감은 조슈아가 거울 앞으로 나아가고 있었다. 마치 거울로 걸어 들어가기라도 할 것처럼. 리체가 당황해서 부르려

하는데 거울 앞에 이르러 멈춰 선 조슈아가 눈을 떴다.

"아나로즈, 이쪽으로 와서 제 손을 잡아보세요."

둘은 거울 앞에서 두 손을 맞잡았다. 조슈아가 다시 눈을 감았다가 뜨더니 말했다.

"거울 안으로 들어가세요."

아나로즈가 의아한 표정을 지었다.

"무슨 뜻이지? 난 돌아가야 할 곳이 있어."

"알고 있어요. 하지만 이건 소원 거울이잖아요. 당신이 꼭 가야 할 곳을 거울이 알고 있을 거라고…… 지금 마음속에서 켈스가 말해줬어요."

켈스니티의 이름을 들은 아나로즈의 표정이 부드러워졌다.

"켈스는 나타나지 못하는 건가? 거울로 들어가는 것은?"

"당신이 이 거울로 들어가면 모든 걸 알게 된다고 했어요. 아무 걱정 하지 않아도 된다면서."

아나로즈는 조슈아의 눈을 보며 무언가를 읽고자 했다. 그리고 읽은 듯했다. 그녀에게는 켈스니티의 흔적이 보이는지도 몰랐다.

발을 들여놓자, 아나로즈의 모습은 거울에 녹아버린 듯 사라졌다.

처음에는 그냥 거울을 통과해서 맞은편 풀밭으로 나온 건가 했다. 그러나 아니었다. 발치의 풀은 짤막한 겨울 풀이 아니었다. 길게 자라기 시작한 목초였다. 해는 아직 높았고 공기는 부드러웠다. 오후 3시쯤일지도 모른다. 어쩐지 그런 것 같다.

"앤."

등뒤에서 난 목소리에 돌아보면서 아나로즈의 가슴에 기쁨이 차올랐다. 켈스니티가 그곳에 서 있었다.

"켈스!"

아나로즈가 두 손을 내밀자 켈스니티가 잡아주었다. 잠시 후 아나로즈는 손을 놓고 켈스니티의 목을 껴안았다. 믿을 수 없었던 재회였다. 웃음과 눈물이 범벅이 되었다.

"다시 만났어. 정말로, 다시 만날 수 있었어."

"기뻐하기엔 일러."

"이르다니?"

켈스니티는 아나로즈의 손을 떼어놓으며 미소 지었다. 오랫동안 보고 싶어 했던 바로 그 미소였다.

"따라와. 좋은 걸 보여줄게."

둘은 목초지를 가로질러 갔다. 아나로즈는 곧 이상한 점을 눈치챘다.

"여긴 별꽃 골짜기잖아? 어쩌면 예전과 이렇게 똑같지?"

그러다가 문득 무언가를 깨닫고는 걸음을 멈췄다. 앞장섰던 켈스니티가 돌아보았다. 아나로즈는 눈을 크게 뜬 채 말했다.

"켈스…… 당신은 죽었잖아."

켈스니티가 고개를 끄덕였다.

"맞았어. 여긴 진짜 세상이 아니야."

"그러면?"

"우리가 가장 행복했던 날의 세상이지."

"가장 행복했던 날이라면…….."

잊었을 리 없었다. 아나로즈는 숨을 깊이 들이마셨다. 그리고 자신의 모습을 내려다보았다. 익숙한 나막신, 리넨으로 지은 편안한 치마, 발목에 건 나무 구슬 장식이 있었다. 머뭇거리며 올린 손에 타버리지도, 덩굴에 얽히지도 않은 고운 루비빛 머리카락이 만져졌을 때 그녀는 넋을 잃었다. 눈물이 흘렀다.

켈스니티가 아나로즈의 손목을 부드럽게 끌어당겼다.

"가자. 기억 안 나? 시간 모자라서 발 동동 굴렀잖아. 얼른 안 가면 오늘도 똑같게 돼."

이끌려 걸으면서도 꿈을 꾸는 기분이었다. 사각거리는 풀 틈으로 별꽃이 하얗게 올라오고 있었다. 골짜기를 넘어 절벽으로 오르는 내내 곧 보게 될 것 때문에 가슴이 벅차올랐다. 마침내 나타났을 때는 자신이 느끼는 감정이 기쁨인지 슬픔인지 종잡지 못할 지경이었다. 가슴도, 귀도, 먹먹할 따름이었다.

그들만의 작은 별장이 서 있었다. 기울어지기 시작한 볕을 받으며, 흔들리는 십자 풍향계와 함께.

"난 조금 있다가 나타나게 돼 있지? 그럼 이따가 봐."

켈스니티는 별장 뒤로 사라졌다. 문손잡이를 잡자 두근거리는 가슴을 누를 수가 없었다. 문에 걸린 화환은 앵초와 라벤더를 엮은 것이었다. 창틀에 나란한 바이올렛 화분 세 개가 보였다. 마지막으로 보았던 날과 달리 보랏빛 꽃이 얌전히 피어 있었다.

달칵, 문이 열렸다.

"앤? 꽃 가져왔어?"

그가 식당 바닥에 앉아 의자를 거꾸로 놓고 주머니칼로 다리 길이를 맞추고 있었다. 눈앞이 흐려지면서 잠시 앞이 보이지 않았다. 왼손 소매로 눈물을 닦는데 그의 손이 다가와 어느새 오른손에 들려 있던 별꽃 다발을 받아들었다.

"이걸로 장식이 될까? 너무 작은데."

다행히 기억하고 있다. 입술이 저절로 말한다.

"아니······. 할 수 있어."

눈물이 걷히자 이카본의 얼굴이 눈앞에 있었다. 회색 머리, 활기 넘치는 검은 눈동자, 미소 어린 입술이. 그의 두 팔이 다가와 한차례 그녀를 껴안고 놓았다. 모든 것이 꿈처럼 흘렀다.

"그런데 지금 갑자기 의자 다리는 왜 붙들고 그래?"

"삐딱해지잖아, 자꾸. 몇 번 잘랐더니 의자가 아예 낮아졌네."

"당신이 앉으면 되겠네. 나랑 딱 맞게."

"내 키가 작아졌으면 좋겠어?"

"응, 나보다 작아져서 내 품에 폭 안겼으면 좋겠어."

둘은 키득키득 웃으면서도 서둘렀다. 손님이 올 시각이 다 되었는데 식탁 준비는 아직이었다. 겨우 별꽃 다발을 병에 꽂아 올려놓고 수프 맛을 보는데 문 두드리는 소리가 났다. 아나로즈가 외쳤다.

"잠깐만!"

"뭐가 잠깐이야. 무슨 엄청난 걸 차려놓으시려고."

개의치 않고 문을 밀고 들어오는 스초안을 보며 아나로즈가 낭패한 표정을 했다. 뒤에서 켈스니티의 목소리도 들렸다.

"들어가도 될까요, 주인아씨?"

"아씨는 아주 많이 바빠요. 도와주려면 들어오든가 해요."

그동안 벌써 거실을 두리번대고 돌아다니던 스초안은 뭔가 발견하고는 선뜻 집어 들어 아나로즈를 향해 내밀었다.

"이거 직접 만든 거야? 우와, 대마법사 아가씨가 바느질도 하네."

"바느질 못 해! 얼른 올려놔!"

"하긴 이건 자수니까 좀 다른가."

이카본이 손질하던 의자를 바로 놓고 나오며 검지를 흔들어 보였다.

"이것 봐, 예의 없는 손님들. 오려면 아주 일찌감치 와서 청소라도 하든가, 그게 아니면 아씨의 요리가 끝난 다음에 오는 게 예의라고."

스초안은 딴전을 피웠다.

"아니, 우리 공작 폐하께서 의자를 다 고치시고, 이런 망극한 사실을 누구한테 가서 알려야 하나."

"누구긴 누구야, 가구 수리공이지. 자, 자, 잔소리는 그만두고 얼른 선물들 내놔. 설마 빈손은 아니겠지?"

"저 공작 폐하께서 또 공짜로 묻어가려는 건 엄청 싫어해요."

이카본이 실랑이하며 시간을 때워주는 사이에 상차림이 다 되었다. 켈스니티는 시킨 대로 의자에 앉아 기다리며 빙그레 웃었다.

"수프 냄새가 아주 좋은데."

이윽고 모두 둘러앉았다. 식탁 중앙에 놓인 케이크는 가운데가 꺼진 까닭에 아나로즈가 못내 신경쓰는 기색이었다. 켈스니티가 얼른 칼을 집어 이카본에게 쥐여주었다. 이카본도 상황을 눈치채고 재빨리 여러 조각으로 잘라버렸다.

"아주 맛있어."

"고기 조각 하나 없는데 잘들 먹네."

"고기는 성에 가면 실컷 먹는데 이런 데서까지 뭘."

"우리 대마법사 아가씨, 요리하시느라 수고하셨어요. 거참 이상하지. 왜 요리는 마법으로 안 되나 몰라."

마지막 말은 스초안의 지분거림이었다. 아나로즈가 발끈하며 말했다.

"마법으로 요리를 왜 못 해? 안 하는 것뿐이지."

식사가 끝나자 손님들이 뒤처리를 도맡았다. 거실로 나와 앉았던 이카본은 아나로즈의 손가락에 덴 자국이 있는 것을 보더니 슬쩍 잡아당겨 입을 맞추었다.

"……."

다른 두 사람이 볼까 봐 신경이 쓰인 아나로즈가 손을 잡아당겼지만 이카본은 빙그레 웃을 뿐이었다. 결국 아나로즈도 웃고 말았다.

"오늘 잘 먹었어. 다음에는 내가 개암구이 만들어줄게."

"그거 개암을 굽기만 하면 되는 거 아냐?"

"아냐, 일단 개암을 꼬챙이에 꿰어야 한다고."

아나로즈는 빙그레 웃었다.

"그거 어렵겠네."

날이 저물어갔다. 스초안은 바람 쐬러, 실은 파이프를 피우러 나갔고 이카본은 2층에 잠시 올라갔다. 아나로즈가 거실에서 접시와 컵 들의 물기를 닦아 그릇장에 넣고 있는데 켈스니티가 다가왔다.

"이제 시간이 다 되어가."

손이 떨렸다. 작은 접시 하나를 깨뜨릴 뻔했다. 켈스니티는 안타까운 눈빛으로 아나로즈를 바라보았다.

"마지막으로 보여줄 것이 있어."

켈스니티는 뒤뜰로 나오라고 손짓했다. 그리고 어느 창 아래 앉게 했다. 창 안쪽으로 거실 구석이 보였다. 그곳에서 기다리라고 말한 뒤 켈스니티는 안으로 들어갔다.

잠시 후 이카본이 내려왔다.

"우리 아가씨는 나갔어?"

"산책 좀 하고 오겠다더군."

"잘됐다. 켈스. 얘기 좀 하자."

둘은 거실 테이블을 사이에 두고 마주앉았다. 아나로즈에게 두 사람의 얼굴이 보이지는 않았지만 목소리는 들려왔다.

"결혼 말이야."

말하는 투로 보아 둘 사이에 이 화제가 처음은 아닌 듯했다. 아나로즈는 머리를 나무 벽에 기댔다. 열린 덧창을 타고 부드럽고 나직한 목소리, 그리고 그녀가 사랑하는 자신 있고 빠른 목소리가 번갈아 흘렀다. 아련한 기억이었다.

"그래, 얘기는 했어?"

"아니, 신경쓰이는 문제가 있어서 궁리하는 중이야. 그래서 너하고 의논하려고."

"어떤 건데?"

"결혼식에 앤의 가족은 아무도 안 올 거 아냐. 내색하진 않겠지만 서글플 텐데. 한 사람이라도 와줬으면 좋겠는데 말이야."

잠시 후에 켈스니터의 목소리가 들렸다.

"그래, 생각해볼 만한 문제겠지. 어머님을 설득하긴 힘들 테고, 누이라면 설득이 될 수도 있지 않을까?"

"에일로즈 아씨?"

"응, 지난번에 찾아왔을 때 얘기해봤는데."

"네가?"

켈스가 나직하게 웃었다.

"조금 이야기가 통할 것도 같았어."

손가락을 딱 울리는 소리가 들려왔다. 이카본의 버릇이었다.

"좋은데. 그거 좋은 생각이야. 편지를 써봐야겠어. 고맙다. 사제님한테 고해를 하면 꼭 뭔가 수가 생기더라."

웃음소리가 들려왔다.

"그게 바로 사제의 일이야. 그런데 이러면 또 결혼이 미루어지겠는데."

"미루어지면 누구보다도 아쉬운 건 나지. 하지만 난 앤이 가족의 축복을 받으며 결혼하길 바라니까."

잠시 사이를 두고 일어나는 소리가 들렸다.

"그럼 난 밖에 나가봐야겠다. 우리 아가씨 밤중에 길 잃을라."

"앤이 위대한 마법사라는 걸 잊지 마."

"위대한 마법사여도 늘 걱정되는 마음을 우리 사제님이 왜 모르시지."

아나로즈는 고개를 젖혀 처마를 올려다보다가 눈을 감았다. 따뜻한 눈물이 관자놀이를 타고 흘러내렸다. 이것이 꿈이라면, 천 년 동안 잠들더라도 영원히 꾸고만 싶다.

손이 다가와 아나로즈의 어깨를 감쌌다.

"앤."

눈을 뜨자 켈스니티의 얼굴이 보였다. 처마는 이제 없었다. 기댔던 나무 벽도, 아름다운 별장도 없었다.

"고마워."

아나로즈는 몸을 일으켰다. 사방이 캄캄했다. 정말로 길을 잃은 것처럼. 그러나 이카본은 그녀를 찾으러 오지 못할 것이다. 그녀가 갇힌 검은 무덤 속으로는.

"기뻤어?"

아나로즈가 느리게 고개를 끄덕이며 발치를 내려다보았다. 흰 별꽃 한 뭉치가 소복이 피어 있었다. 그것만이 남았다.

"이제 여기가 어딘지 말해줘."

"여긴 조슈아의 세계 속이야."

켈스니티의 입가에 씁쓸한 미소가 떠올랐다.

"내가 조슈아의 세계에 갇혀 있다는 말은 들었지? 내가 조슈아를 살리려고 그 애의 몸에 들어가 있던 반년 동안 내 의식은 조슈아의 의식에 섞이고, 능력도 점점 옮겨갔지. 조슈아의 입장에서는 일종의 강령 상태인 거니까. 예전에는 그렇게 막으려 했던 일이지만 죽음 앞에는 다른 수가 없더라."

켈스니티는 오랫동안 강령은 물론이고 조슈아의 몸과 닿는 것조차 되도록 피해왔다. 강한 영매인 조슈아에게 사제인 자신의 능력까지 옮겨가면 그렇지 않아도 가누기 힘든 힘을 타고난 조슈아의 정신에 무리가 갈 것을 우려해서였다.

"내겐 기억 속의 세계를 일시적으로 만들어내는 힘이 있어. 그 힘이 조슈아에게 옮겨가서 그 애의 세계 속에 이곳을 만들게 한 거지. 다시 말해 조금 전의 것은 전부 내 기억이야."

아나로즈는 가만히 생각하다가 웃었다.

"그래. 조금씩은 달랐어. 내 기억하고는. 그럼 그날 켈스는 사실 더 일찍 왔는데 내가 허둥대는 걸 보고 일부러 기다렸던 거구나."

켈스니티도 마주 웃어 보였다.

"더 있다가 나타나려 했지만 스초안이 자꾸 들어가자고 재촉해서 어쩔 수가 없었지."

아나로즈는 고개를 끄덕였다. 그때의 일을 생각하며 웃는 것이 마음 한구석을 아프게 했다. 이윽고 아나로즈는 주위를 휘둘러보며 물었다.

"그런데 여기가 조슈아의 세계라면, 난 어떻게 들어왔지?"

"소원 거울을 통과했잖아, 앤. 그 거울은 이 세상 어디든 그 사람이 가장 가고 싶은 곳으로 보내줘."

"그렇다면……."

켈스니티가 다시 웃었다. 바람이 긴 머리를 쓰다듬어 날렸다.

"꼭 여기일 거라고 생각했어."

아나로즈가 고개를 끄덕이며 눈을 감았다. 조금 전에 본 생생한 기억들이 머릿속에 휘몰아쳤다. 몇백 년이 흘러도 기억은 이리 또렷하다. 되살아난다. 잊으려 애쓰던 세월은 책 한 페이지처럼 접혀버렸다. 그날과 오늘 사이의 고통보다 더 가까이 있었다. 별장의 저녁 식사, 여름밤의 웃음은.

"이제 다시는 잊으려 하지 않겠어."

켈스니티는 아나로즈의 녹색 눈동자를 들여다보았다.

"그래. 잊지 마, 앤."

켈스니티는 한 걸음 떨어져 서더니 검은 허공을 올려다보았다. 마치 누군가에게 말을 하는 듯한 모습이었다. 아나로즈가 그를 불렀다.

"그럼 켈스는 어떻게 되는 거야? 거울은?"

"……."

켈스니티의 몸이 희미해지더니 빛나기 시작했다. 반짝이는 가루로 그린 그림처럼 변하더니, 이윽고 휘날렸다.

"켈스!"

아나로즈가 다가가 손을 내밀었지만 잡히지 않았다. 나비가 떨어뜨린 가루를 잡을 수 없듯, 그렇게 흩어져 날아갔다.

「앤, 난 조슈아의 의식과 분리되어 밖으로 나갈 수가 없어.」

희미한 윤곽이 말했다. 아나로즈는 멍하니 그 모습을 보았다. 금빛 가루는 점점 빛을 잃어갔다.

「이대로는 점차 조슈아의 의식에 묻혀 다시는 깨어나지 못하게 될 뿐이야. 더 늦기 전에 떠나는 수밖에 없다고 생각했어. 다행히 지금껏 날 혼으로 남게 한 소원은 이루어졌어. 더 남아 있을 필요는 없어.」

"그 말은……."

「꼭 돌아올게. 이카본과 내가 처음 쪽배를 타고 당신을 찾아간 그날처럼, 다시 한번 그를 찾아내어 그와 함께 갈게.」

빛이 눈물처럼 흘렀다. 이제 윤곽조차 남아 있지 않았다.

"켈스!"

「안녕, 앤. 안녕, 조슈아. 다시 태어나도 그대들을 지키겠어.」

가루가 스러졌다. 빛나지 않았다. 이제 어느 세상에도 존재하지 않게 된 사제의 마지막 말을 안고 홀로 따뜻한 어둠 속에 남겨졌다.

아몬드나무 아래

불이 꺼지고

자리에서 일어나

찾아보았지, 그대가 있던 자리

아무도 없고

빈 의자만 남았네

가버렸을까, 내 연주 들었을까

알 수 없지만

허리 굽혀 정중히

인사했다네, 그대 있는 것처럼

그게 내 최선

이제 물러나

무대 뒤로 내려가

사라집니다, 그대가 사라졌듯

내게 남은 건

그대에게 들려준

나의 마음뿐, 줄 수 있는 모든 것

담은 노래뿐

조슈아는 눈을 떴다.

"켈스."

언덕 아래에 히스파니에가 앉아서 조슈아를 무릎 위에 눕히고 있었다. 해가 뉘엿뉘엿 넘어갔다. 조슈아는 상반신을 일으켰다. 눈앞에는 리체가 있었고 아우렐리에, 그리고 막시민도 있었다.

막시민이 물었다.

"켈스는?"

조슈아는 말없이 일어나 주위를 둘러보았다. 이미 주춧돌은 사라지고 없었다. 이카본의 관이기도 한 그것은 다시 아나로즈와 함께 무덤으로 돌아갔을 것이다. 조슈아가 나지막이 말했다.

"진혼되었어."

리체는 시선을 떨어뜨린 채 말이 없었다. 막시민이 한참 뒤에 말했다.

"네 손으로 해줬으니 켈스도 만족했을 거다."

바람이 불어와 주춧돌에 눌려 있던 풀들을 일으켰다. 조슈아는 한동안 그 모습을 멍하니 바라보고 있었다. 리체가 다가오더니 주머니에서 뭔가를 꺼내어 내밀었다.

"그분이 돌아가기 전에 내게 이걸 주더라고."

리체의 손바닥에 놓인 것은 작은 루비 브로치였다. 장식은 간소하고 예스러웠다. 루비의 빛깔은 아나로즈의 머리카락과 꼭 같았다. 남쪽 섬의 루비였다.

조슈아는 리체의 손을 오므려 브로치를 쥐여주며 말했다.

"잘 간직해줘."

"내가 가져도 되는 거야? 너희 집안의 물건이 아닐까?"

"아니, 그분은 내 조상이 아닌걸."

"하지만 이상해."

리체가 뒤를 한번 돌아보더니 중얼거렸다.

"저 애도 아니고 왜 날 줬을까?"

조금 떨어진 곳에 서 있던 아우렐리에는 두 사람을 빤히 바라보고 있다가 리체와 눈이 마주치자 얼른 고개를 돌렸다. 조슈아는 웃었다.

"네가 옷을 꿰매줘서 그랬을 거야."

그때 막시민이 다가와 어깨를 움츠렸다 내리며 말했다.

"난 이해가 안 되더라고. 그런 상황에서 갑자기 옷을 꿰매주겠다고 한 너나, 그걸 해달라고 한 아나로즈나. 대체 뭘 하자는 건지."

리체가 빙긋 웃더니 말했다.

"너 몰라?"

"모르냐고? 그럼 네 생각은 뭔데?"

"그 관이 왜 거기 있었겠어?"

막시민은 더욱 어리둥절한 표정이 됐다. 조슈아도 눈을 깜빡거리더니 물었다.

"조금만 더 설명해봐."

"사랑한 사람의 무덤이잖아. 수백 년을 그곳에서 살았어."

리체는 만지작거리던 브로치를 내려다보았다. 루비는 석양빛을 받자 더욱 황홀하게 반짝거렸다.

"그 사람 앞에서 그분은 늘 아름답고 싶었을 거야. 지치고 초췌해진 모습은 보이기 싫었을 거야. 그동안은 너무 힘들어서 그러지 못했더라도, 오늘만은 예전의 자신으로 돌아가도 되잖아. 조슈아 너는 그 사람의 일부를 간직한 사람이고, 그러니 해진 옷차림으로 만나고 싶지는 않을 거라고 생각했어."

막시민은 고개를 갸웃거리며 생각해봤지만 결국 완전히 이해한 눈치는 아니었다. 조슈아가 슬그머니 웃더니 말했다.

"다 이해했다는 얘기는 안 할게. 하지만 너랑 같이 오길 잘했다는 생각이 들어."

리체가 브로치를 주머니에 집어넣으며 어깨를 으쓱했다.

"실은 나도 그래. 그분의 옷을 꿰매어드려서 기뻤어. 나, 솔직히 우리 셋이 한 엉터리 여행의 마지막 순간이라는 생각 때문에 같이 오고 싶었지만 내가 뭔가를 하게 될 줄은 몰랐거든. 이런 보답을 받을 줄도 몰랐고."

조슈아가 고개를 끄덕이다가 문득 리체를 보며 말했다.

"그래, 그런데 정말로 마지막 순간일까?"

리체가 미간을 찡그리며 조슈아를 올려다봤다.

"그건 또 무슨 소리야? 너네 또 뭐 감춰놓은 비밀 있어? 아니, 아니, 됐어. 그냥 몰라야겠다. 이번에는 누군가가 시체 놀이를 하고 있어도 절대로 걸레 자루 같은 건 휘두르지 않을 거야. 알았지? 너 듣고 있어?"

조슈아는 대답 없이 빙그레 웃기만 했다.

이윽고 다섯 사람은 미의 극치호가 정박하고 있는 해변을 향해 걸어갔다. 가는 동안 막시민은 이제 앞으로 백 년 정도는 바이올린을 켜지 않겠다고 이를 갈았고, 조슈아는 리체에게 지난번에 막시민과 둘이 왔던 때의 이야기를 해주었다. 아몬드꽃이 흩날리던 광경을 이야기하고 싶어서였지만, 리체는 거기까지 가는 과정에 더 흥미를 느끼는 모양이어서 도무지 그 부분까지 갈 수가 없었다.

"그래서, 그 돌문을 연 암호는 대체 뭐였어?"

조슈아는 조금 창피한 듯 웃으면서 말했다.

"그건 암호 같은 게 아니었어. 무슨 말을 해도 상관없었어. 내 생각엔 일종의 기원인 것 같아. 찬트처럼. 찾아온 사람의 마음을 읽는 거지. 내가 한 말에 별 의미는 없었어."

그러나 리체는 끈덕졌다.

"그래서 대체 뭐라고 했는데? 무슨 말이든 하긴 한 거 아냐?"

"그러니까 그냥, 이카본이 찾아왔다고 생각하면서 말해본 거야. 대사처럼. 나 배우인 거 알잖아."

"그럼 지금 해봐. 배우니까, 대사처럼."

결국 지고 만 조슈아는 일부러 다른 곳을 쳐다보면서 말했다.

"사랑하는 우리 아가씨, 당신을 만나러 내가 왔어요."

"……."

잠시 후 돌아보니 리체도 애써 다른 곳을 쳐다보고 있었다. 조슈아는 부르지 않고 미소만 지었다.

산중턱에 위치한 네냐플도 3월은 완연한 봄이었다. 벚꽃
철은 이미 지나고 라일락과 삼색제비꽃이 봉오리를 내밀 즈
음이었다.

아나야 사반테 관 옆의 미로 정원에는 아몬드나무가 몇 그
루 있었다. 조슈아는 그 나무 아래에 앉아 생각에 잠기는 버
릇이 생겼다. 언제부터인가 그가 사라지면 친구들도 가장 먼
저 그리로 찾아가게 되었다.

그날 아침 조슈아는 편지를 쓰고 있었다. 일부러 나무 서안
을 하나 갖고 나왔다. 공연 대본도 하룻밤 만에 써 내려가던
그가 벌써 첫머리를 세 번째 고치는 중이었다. 방에서 잘되지
않아서 일부러 밖으로 갖고 나오기까지 했는데, 구겨버린 종
이가 벌써 두 장이나 주머니 속에 들어 있었다.

저만치에서 루시안이 둘둘 말린 종이를 쥐고 달려왔다. 언
제부터인가 루시안은 그가 좋아할 법한 일들은 보리스나 막
시민에게 묻기보다 조슈아와 의논하면 좋은 수가 난다는 걸
알아차렸다. 루시안이 다가오자 고개를 든 조슈아가 재빨리
편지지를 치웠다. 루시안이 물었다.

"편지 써? 누구한테?"

"……아니 뭐, 그냥."

루시안은 편지 문제를 캐물으려 하지 않았다. 자기가 하고
싶은 말 때문에 몸이 달아 있었다.

"이거 좀 봐봐! 드디어 우리 대결 날짜가 결정됐어."

조슈아는 종이를 받아들어 펼쳤다. 맨 위에 "크림 차 빌라 대對 도토리 빌라의 대결! 놓칠 수 없는 한판 승부!"라고 적힌 것을 본 그는 바로 폭소를 터뜨렸다.

"야, 이거 누가 쓴 거야? 보는 것만으로도 뒤통수가 간지러워지잖아."

"내가 쓴 거 아냐! 하여간 이 종이가 온 걸 보면 교수님들의 허락이 떨어진 거야. 날짜도 정해졌어. 닷새 뒤 르노아의 날이야. 호이오크 교수님께서 직접 입회해주신대. 너 알지? 초급 마법학 교수님."

조슈아는 솔직히 시인했다.

"몰라, 한 번도 못 봤어."

"그러니까 수업 좀 나와! 그 교수님 아주 재밌어. 자, 그럼 대결 내용이 뭐냐면, 첫 번째는 없어진 물건을 누가 먼저 찾느냐 하는 건데, 교수님이 직접 숨기실 거래. 내 생각엔 막시민이 아주 잘할 것 같아! 그리고 두 번째는 네가 하면 좋을 것 같은 거야. 뭐냐면……."

조슈아는 흥분한 루시안이 하는 설명을 웃으면서 다 듣고 있었다. 이어 연습을 해야 한다는 주장을 듣더니 오늘 오후에 티치엘을 만나 도와달라고 하자고 제안했다. 어느새 티치엘은 도토리 빌라의 비공식 빌라 전쟁 매니저가 되어 있었다.

도토리 빌라에 사람이 세 명밖에 없는 까닭에 조슈아는 객원으로 대결에 참가할 예정이었다.

얘기가 끝날 즈음 바람이 불어와 조금 남은 목련 꽃잎을 몇 개 떨어뜨렸다. 루시안은 문득 머리 위의 아몬드나무 가지를 보면서 물었다.

"그런데 이 나무는 언제 꽃 피어? 잎만 잔뜩 올라왔네. 원래 꽃이 안 피는 나무인가?"

조슈아가 같이 머리 위를 올려다보더니 빙그레 웃었다.

"우리가 입학하기도 전에 피었다가 졌어."

루시안이 의아해서 눈을 깜빡거렸다.

"그땐 아직 눈도 내리고 그럴 때였는데?"

"원래 그래."

"되게 성질 급한 나무구나."

조슈아가 고개를 끄덕였다.

"응, 하지만 아주 아름다운 꽃이 피지."

『룬의 아이들 ─ 데모닉』 종막

Knotted

  루시안의 충고 아닌 충고의 영향이었는지 조슈아는 그날 수업에 나타났다. 벌써 루시안이 가져온 종이가 강의실을 한 바퀴 돌았던 모양이었다. 곳곳에서 박수와 휘파람 소리가 울렸다.

  "1학년의 자존심을 책임지라고!"

  "루시안 칼츠가 까짓거 파이 백 개 더 실어 오면 우습지, 뭐."

  "마법사 매니저까지 있잖아?"

  "가서 한 번 더 뼈를 부러뜨려!"

  마지막 말에 조슈아는 난감해하며 중얼거렸다.

  "이런 평판 괜찮은 건가……."

막시민은 동급생들이 뭐라 하든 개의치 않고 책상에 엎드려 자고 있었다. 조슈아가 다가가 흔들자 그가 웅얼거렸다.

"너 나 깨우면 깨운 값 내야 되는 거 잊었냐……."

1교시는 문제의 호이오크 교수가 들어오는 초급 마법학이었다. 수업이 시작되자 조슈아는 은근히 당황했다. 마법은 어차피 배우지 않겠다고 마음먹은 까닭에 관련된 자료도 일부러 피해온 터였다. 책을 펼쳐보니 완전히 생소한데다가 오늘 진도를 듣는다고 지난 내용을 이해할 수 있는 종류의 학문도 아니었다.

난생처음 수업을 따라가지 못해 헤매고 있는 조슈아를 본 막시민이 한마디했다.

"고소하구만."

"너 그게 친구가 할 말이야?"

내심 화가 나기 시작한 조슈아에게는 다행스럽게도 도중에 교수가 수업을 멈추더니 강의실 밖으로 나갔다. 그러나 곧 다시 들어와서 말했다.

"얘들아, 우리 학교가 얼마나 재정이 부족한지 알지?"

웃기는 말투로 유명한 호이오크 교수였으므로 학생들은 이건 또 무슨 농담인가 하며 기대에 찬 눈빛을 보냈다. 한 학생이 볼멘소리를 했다.

"글쎄요. 저희 입장에서는 학교가 그 많은 돈을 걷어다가 다

뭐에 쓰는지 모르겠는데요. 이 책상 낡은 것 좀 보시라고요."

"마법에는 돈이 많이 들어. 그렇게 알면 돼. 하여간 우리 학교는 항상 돈이 모자란다. 빈방 하나라도 반드시 세를 놔야 돼."

"빈방요?"

강의실 문이 열리더니 소년 하나가 들어왔다. 호이오크 교수가 소년에게 손짓을 해서 강단 중앙에 세웠다.

"편입생이다."

어느 학생이 눈을 동그랗게 뜨며 소리쳤다.

"네? 우리 학교는 편입생 같은 거 안 받잖아요! 그렇게 알고 있는데?"

"시끄럽다, 이놈아. 통찰력을 발휘해봐라. 편입생은 안 받는다고 해서 정규 학기 시작에 맞춰 싹 모이게 한 다음 부득이하게 남은 자리에 편입생을 받는 것하고, 처음부터 편입도 가능하다고 해서 네놈들이 한가롭게 아무때나 오느라 학기 초에 텅텅 빈 강의실을 만드는 것하고, 어느 쪽이 바람직하냐?"

"결론은 특혜라는 거잖아?"

"쳇, 말도 안 돼."

"학교가 뭐 이래?"

그때 루시안은 곁에 앉은 보리스를 팔꿈치로 열심히 찌르는 중이었다.

"우리 쟤 본 적 있지? 나 저 머리 색깔 기억나."

강의실이 소란스러워졌다. 수업이 멈춘 틈을 이용해서 재빨리 책을 외워버린 조슈아는 겨우 한숨을 돌리며 고개를 들었다. 그 순간, 때마침 그를 보고 있었던 듯한 편입생과 눈이 마주쳤다.

분명 처음 보는 사이였다. 그러나 오래전부터 알았던 기분이었다. 마치 보이지 않는 곳에서 누군가의 손이 둘의 삶을 한차례 꼬아놓았던 것 같았다.

시선은 곧 떨어졌다. 소년은 가볍게 고개를 숙였다 들며 말했다.

"란지에 로젠크란츠입니다."

후기

첫머리에 비밀의 말이 등장한다. '악마가 귓가에 속삭여줬던 비밀의 말'을 기억해내지 못하면 그의 운명은 평생 악마의 손아귀에 있다.

어쩌면, 비밀의 말은 밖에서 들어온 것이 아니라 저절로 생겨난 것일지도 모른다. 그러나 그것은 항상 '악마가 속삭여준 비밀의 말'로 느껴지며 외부에서 들어왔을 것 같다는 느낌을 준다. 그 이유는 낯설기 때문이다. 스스로조차 정체를 모르기 때문이다.

그러나 자신 속에는 자신조차 모르는 것들이 수없이 들어 있다. 자아 속 정체불명의 불안감은 늘 존재한다. 다만 구체적으로 느낄 수 있는가 없는가 하는 차이가 있을 뿐이다. 그것의 존재를 느끼는가? 그렇다면 당신 안에는 비밀의 말이 있다.

그간 질문을 받은 일이 많아 이 기회에 밝혀둔다. 본문 내에서 패러디된 동화들은 다음과 같다.

그림 형제, '행운아 한스'
빌헬름 하우프, 『난쟁이 코』
그림 형제, '헨젤과 그레텔'
샤를 페로, '잠자는 숲속의 미녀'
그림 형제, '룸펠슈틸츠헨'
오트프리드 프로이슬러, 『대도둑 호첸플로츠』

『윈터러』와 『데모닉』의 구조가 비슷하지 않느냐는 질문을 받곤 한다. 맞다. 그들은 하나는 검고 하나는 흰 쌍둥이 같다. 밤과 낮이라는 쌍둥이 말이다.

밤을 위한 송시가 있다면 낮에게도 한 편 바쳐야 공평하다. 프랑스의 시인 기욤 아폴리네르의 묘비에는 다음과 같은 시가 새겨져 있다.

마침내 흥미를 잃었네

모든 자연물로부터

죽을 수는 있지만 죄지을 순 없네

사람들이 결코 건드리지 못한 것

난 그걸 건드렸고 그걸 말했네

아무도 그것에서 상상하지 못하는 것

난 그 모든 걸 캐냈네

그리고 난 여러 번 맛보았네

맛볼 수 없는 삶까지도

난 웃으며 죽을 수 있네

나처럼 습관을 들여보지 그러나

내가 알려주는 이 경이에

이 힘센 선의에

내가 견디는 이 괴롬에

그러면 미래를 알게 될 걸세

데모닉 조슈아는 미래를 알게 되었는가?

2007년 2월, 또 하나의 새벽을 기다리며

전민희

룬의 아이들 – 데모닉 9

1판 1쇄 2020년 6월 12일
1판 5쇄 2024년 7월 10일

지은이 전민희

책임편집 임지호 ∣ **편집** 지혜림 이송 ∣ **일러스트** UK Nakagawa
표지디자인 이혜경디자인 ∣ **본문디자인** 이원경
저작권 박지영 형소진 최은진 서연주 오서영
마케팅 정민호 서지화 한민아 이민경 안남영 왕지경 정경주 김수인 김혜원 김하연 김예진
브랜딩 함유지 함근아 고보미 박민재 김희숙 박다솔 조다현 정승민 배진성
제작 강신은 김동욱 이순호 ∣ **제작처** 상지사

펴낸곳 (주)문학동네 ∣ **펴낸이** 김소영
출판등록 1993년 10월 22일 제2003–000045호

주소 10881 경기도 파주시 회동길 210
문의 031–955–8892(편집) 031–955–2696(마케팅) 031–955–8855(팩스)
전자우편 elixir@munhak.com ∣ **홈페이지** www.elmys.co.kr
인스타그램 @elixir_mystery ∣ **X(트위터)** @elixir_mystery

ISBN 978-89-546-7197-2 04810
       978-89-546-7187-3 (세트)